《山西抗日根据地红色文化经典文献大系》
编纂委员会 编

山西抗日根据地红色新闻经典文献

晋察冀根据地卷（八）

张汉静 主编

山西出版传媒集团 山西人民出版社

山西抗日根据地红色新闻经典文献

晋察冀根据地卷（八）

王鹏媛　编撰

一九四四

YI JIU SI SI

《晋察冀日报》

一九四四

敌寇大批解决伪军的阴谋

华北敌寇最近大规模进行对伪军、伪组织的"肃清工作",特别在冀中,冀北,许多著名的伪军头子都被敌人枪决了,部队被解除了武装,财产被没收了,家属被拘押了起来,伪县长、科长之流也都被扣了,造成了伪军伪组织中的普遍动摇与恐慌,暴露了敌伪之间极端尖锐的矛盾与冲突。总计从去年十二月到今年二月间,已经被敌人解决了的伪军主要的有霸县黄锡标部,永清王禄祥及康德林部,安次李宝伦部,文安于谩部,武清柳小五部,涿县汪景昶、陈士杰、王歧山、王奎、景焕然等部及任邱、高阳两县的伪军与孟昭兰的伪"工作先锋队",黄锡标、王禄祥、李宝伦等伪军头子均被杀戮;霸县、永清、固安、安次、武清等县伪县长、科长等也都被扣押了。这种残暴的"肃清工作"敌人至今还在变本加厉地继续进行着。

这是一个极端险诈的阴谋鬼计,敌人豢养这些伪军已非一日,而且像黄锡标、王禄祥等本来就是当地著名的惯匪,敌人为了摧毁我冀中十分区抗日根据地,镇压人民的抗日运动,去掉对平津的直接威胁,以维持它在占领区的统治,几年来却一直豢养着他们,把他们"收编"起来,武装起来,要他们"协力",要他们"效死",利用他们横霸地方的旧有势力,以达到其破坏我根据地与稳定敌占区"治安"的目的,利用这些惯匪,充当日本法西斯的右力的刽子手;而他们也确实曾经大卖气力,帮助敌人进攻破坏我十分区,使十分区根据地一度变质,暂时的实现了它的目的。并且当敌人和这些汉奸们在形式上暂时"确保"了十分区的时候,一切最残暴的镇压与掠夺,就日益严重地加到十分区人民的身上,人民的生命可以随时在各种借口和各种刑罚下被杀害,人民的一切财产随时可以在各种名目和各种手段下被勒索和劫掠而去,以致有许多村庄的人民,在敌寇和汉奸的无限制的掠夺之下,不但被迫把家具卖得精光,而且连房屋也被迫拆卖得干净,那些伪军头子所以能够在短短的时间之内,发了那样的大财,有那么多的"家产"被日寇"没收"而去,也正说明了他们对人民的勒索与掠夺是何等的凶恶和繁重,他们的"发财"正是反映了十分区人民被劫掠到无法生活下去的悲惨的景况。这些伪军过去的确是曾经不断替敌人出过力、效过劳,与敌人共同破坏进攻我抗日根据地与抗日的军民。但是,由于被敌寇奴役下的广大抗日人民不堪敌寇汉奸的残暴掠夺,为了报仇雪耻,顽强坚持对敌斗争,由于我党我军的不断努力,像十分区那样的被敌人"确保"了的地方,才一年多的时间,又被我恢复为抗日游击根据地,并在继续扩大之中。同时更由于世界战争的形势对日寇极端的不利,由于我们对敌政治攻势的展开,由于我们的伪军工作的深入,使许多伪军都看透了日寇的必然失败,看到了世界反法西斯战争和中国人民抗日战争的必然胜利,他们就日益动摇起来了，他们不愿意继续当日寇的鹰犬，为日寇"协力""效死"而自归于灭亡，因此他们与日寇之间的矛盾和冲突就日益加深起来了。同时，在另一方面，日寇由于它自己兵力的不足，许多地方要依靠伪军，但又由于它在太平洋战争中的继续失败和敌后各抗日根据地继续扩大给它不断的打击之下，觉得这些伪军不能继续替它维持血腥的统治，加以这些惯匪成性的伪军又不是那样的驯服，因此为了在政治上企图缓和敌占区人民对它的仇恨，给人民以新的欺骗，它就采取了残暴的手段来解决这些伪军，把它自己多年豢养起来的这批刽子手拿来充当它自己的牺牲品！

敌寇用了那样残暴的手段，解决了这些汉奸伪军以后，现在又派了一伙新的刽子手，用着新的花样，在十分区等地进行着比以前更毒辣的阴谋，但是我们要告诉敌人，十分区久经战斗锻炼的人民，决不会被轻易欺骗与镇压下去的，新的英勇顽强的斗争，正在进行着和扩大着。现在倒是日本法西斯强盗们自己要继续血腥统治所遭遇的危机更加空前严重了。因为日寇由于它本身兵力的不足，不得不大量组织伪军，发展伪军，替它当炮灰，替它维持占领区的统治，实行"以华制华"的政策，而它又无法信任那些伪军，因此它利用伪军的一贯"谋略"就只有"轮着利用"和"分别操纵"，它一批又一批地组织伪军，编起一批新的，就踢开一批旧的。当一批伪军新被利用的时候，它就放纵你为非作歹，通过你的狐假虎威去勒索地方，掠夺人民；当它要踢开你的时候，它又找到了借口，加你"罪状"，把你解决，"没收"你的财产，归入它的荷包里去，表面上它倒装做"好人"，借此企图欺骗敌占区的人民。过去已经发生的许多大大小小的先例，都已经暴露了日寇对待汉奸伪军的这种诡诈手段，这一次黄锡标，王禄祥等部伪军的被解决，更彻底的暴露了日寇的这个一贯阴谋，且其手段更比过去任何一次都要险诈与毒辣，因为黄、王等部伪"警备队"或"保安队"既是多年惯匪，横霸地方，被日寇利用之后却不是可以随时赐罪的，日寇想要实行"轮番利用"以新的伪军代替旧的伪军的政策，要以伪"治安军"来代替那些伪"警备队"或"保安队",颇有无从下手的苦恼,因此它只有采取最后的毒辣手段,来达到它的阴谋目的。但是日寇却没有想到,这样一来,它的阴谋反而愈加破产了。它以为这样的做法可以逼使伪军更加驯服,听它随便调遣,随便踢开吗?那我们可以告诉日本法西斯强盗们,你不要做梦了!你那一套"以华制华"的鬼计现在谁也看得清楚了!今天希特勒法西斯还没有被打死,日寇正在准备决战的情况下,便开始对汉奸伪军采取这样毒辣阴险的手段,那末,当着希特勒法西斯被打死,全世界反法西斯的力量向着日寇进行决战,中国抗日的军民大举向日寇进行反攻的时候,所有汉奸伪军们当然更无能为力来帮助日寇挽回垂死的命运,到那时候,所有曾经替日寇"尽忠效劳"的伪军汉奸们,更将遭到什么样残暴狠毒的逼害,更是可想而知了!世界的形势,对日本法西斯极端的不利,它是一定要死亡的,稍为聪明的人,谁愿意当它的牛马奴才,替它去"协力""效死",今天受调遣,明天被踢开,遭受它那残暴狠毒的逼害呢!今日日寇把这一批伪军汉奸杀掉的杀掉了,下枪的下枪了,扣押的扣押了,没收的没收了,这对于其他伪军伪组织的人们是何等寒心的事呀!我们要告诉日本法西斯,你的兵力不足,不能不靠着伪军来填补你的空虚,但是当伪军的他们毕竟都还是中国人,为什么要白白的替你去送死呢?所有的伪军现在都更加普遍地动摇了!他们有的已经逃跑了,有的已经反正了,有的准备着逃跑,有的准备着反正,他们自己要找活路,不能跟你去走死路呵!

  伪军伪组织的人员现在在日寇的压迫下是没有出路的,事实证明当伪军伪组织的人员,只是日寇随便宰割的鱼肉,无论"治安军""保安队""警备队",所有伪军都是一样的命运,稍有血性的人只有脱离敌人,参加和帮助抗日,这不但是自己的无上光荣,也是自己的唯一出路,如果有决心,有机会,逃跑反正到抗日根据地来的,八路军和抗日政府完全保障其人权与财权,不究既往,共同抗日。现在世界反法西斯战争最后胜利的时期已经日益逼近了,苏联红军已经突破新国界,打进罗马尼亚,追击败退的德寇,法西斯希特勒的死亡为时已不在远,日本法西斯又有什么办法逃脱它的狗命呢?日寇对伪军伪组织所进行的残杀的"清内运动",正是它临近末日的疯狂挣扎。日寇牺牲汉奸们的时日已经更加逼近了,在这种形势之下,伪军伪组织人员更应该看清自己的前途,决定选择自己的前途,现在已经是时候了。

日寇大批解决伪军与伪组织人员的"肃清运动"现在还继续在发展着,而且它的诡诈阴谋今后只有变本加厉,这就是要求我们更进一步展开对敌的政治攻势,继续加强与深入伪军工作,普遍瓦解伪军伪组织,争取伪军伪组织人员,准备反攻的力量。

(原载一九四四年四月十二日《晋察冀日报》第一版社论)

贯彻全党办报的方针

我们共产党人办的报纸，应该是"集体的宣传者与集体的组织者"，这是马列主义新闻政策的基本观点。今年二月间我们提出全党办报的方针，正是为了贯彻这一基本精神的。在整风运动当中，要更好的克服主观主义的毛病，真正做到"从群众中来到群众中去"，就必须依靠全党进一步的深入工作，密切与群众的联系，经常把各地群众斗争与工作经验，有系统的反映与报导，并不断从群众的创造中，发掘出来大量宝贵的东西，把它总结提高到理论的水平，再拿来指导各地的群众斗争与实际工作。只有这样，理论与实际才不至脱节，只有这样，党与群众才可以保持密切的联系，也只有这样，党才能做群众的学生，又做群众的先生。而所有这一切，如果没有全党办报方针的实现，那是很难通过其他的办法来达到的。

晋察冀日报从创办以来，是逐渐朝着这个方向前进的。通讯工作由报社移交党委领导，曾经初步奠定了党报的群众基础。在组织发行与读报方面，我们都曾尽过很大的努力，早在一九四二年秋，我们就提出日报要成为党的有力的武器，应该加强日报对各种工作的指导性。然而直到今年二月，我们明确提出全党办报的方针之后，全党在思想上才有了进一步正确的认识。有些党委真正开始把党报工作列入议事日程上，部分负责同志开始真正注意组织通讯工作，或亲自动手给党报写稿。有些地区掌握了不少骨干通讯员，初步着手培养工农通讯员，并已积累了一些经验。而各地战斗英雄劳动英雄的广泛介绍，也说明了在写作方面，进一步走向群众路线，根据这些情况来说，全党办报的方针已经在政治上组织上，打下了初步的基础。这就是说，党报已经进入了一个发展的新时期。

我们应该指出：由于过去全党对党报工作的忽视，晋察冀日报存在着一些严重的缺点，直到今天，还未能彻底克服。这是党的损失，也是广大人民的损失。它的严重的缺点都是那些呢？

第一，党对武装斗争的宣传，作的非常不够，如果说对民兵斗争多少还有些生动的介绍，那么对主力军可歌可泣的英勇战迹，除了照例发表一些枯燥的战斗统计数字之外，几乎是没有或者极少有任何活泼而有系统的描述的。这正如总政所指出："我们的军事实际，是无愧于国人的，但是我们的军事宣传，却是愧对我们的军事实际的，它远落后于我们的军事实际。"

第二，党报与各种斗争的密切结合是非常不够的。我们的实际斗争是极其复杂的，在不同时期不同地区，各种斗争围绕着一定的中心互相配合着。然而翻党报来看，却看不到全面的多样性的反映。过去只有一条条新闻的罗列，而看不到显明的斗争中心，近来如对大生产运动有了中心，而又忽视了各种斗争的如何配合，以保证生产任务的胜利完成。总之，党报还未能把全面斗争有重点的反映出来。

第三，如果说，在一定意义上，党报是自我教育与自我批评的武器，那么在这一点我们做的也非常不够，许多英雄模范的涌现，许多斗争胜利的经验，我们应该引为光荣，应该进行广泛的宣传与介绍，然而如果仅止这一方面，那就会麻痹了自己。难道我们没有懒汉和二流子需要改造吗？没有工作中的困难需要克服吗？没有失败中的教训需要检讨吗？一句话，在我们进行各种工作的全部过程中，难道都是一帆风顺，绝无缺点与错误吗？由此可见，我们利用党报，进行正确的自我批评，以教育全党教育群众，做的太差了。

第四，党报许多通讯稿件，表现了脱离群众的现象，表现了艺术至上主义的倾向，如描写英雄，多侧重其超群出众，而忽视其与群众的联系，报告减租运动，多强调政府的"恩赐"作用，而忽视群众的斗争力量。甚至有些稿件字里行间充满小资产阶级的自我反映，而缺乏群众的思想感情。许多同志不肯把通讯改写成新闻，而往往把新闻拉长为通讯。所有这一切都是缺乏群众观点的结果。

上述党报严重缺点存在的原因何在呢？我们可以说，基本上是由于未能贯彻全党办报的方针，也就是说，未能经常动员全党，参加这一集体宣传鼓动与集体组织的事业。今后如何贯彻全党办报的方针呢？

第一，必须从思想上动员全党，使其深刻认识，党报是全党教育与组织群众的集体事业，任何对党报不关心不帮助的观念都是错误的，都是对党不负责任的。各级党员不仅要把党报工作列入议事日程上，而且要善于利用党报来指导工作。因此，把本地区的各种斗争有重点的，组织有系统的报导，必须是各级党委的经常工作。

第二，各级党委必须亲自下手，抓紧本地区的中心任务，联系到各种斗争，有计划的组织通讯工作。负责同志并应亲自参加写作或协同搜集材料。在部队方面，无论军事政治干部，都应负责给党报写稿，必须克服"军事干部只管拿枪打仗，不管拿笔宣传"的错误观念。各级政治机关对每次战斗都应抓紧时机，组织深入的采访写作工作。

第三，各级党委必须加强通讯工作干部的思想领导，与工作中的具体领导。中心通讯小组必须建立与健全起来。关于培养工农通讯员问题，各级党委应根据已有的经验，有重点有步骤的进行。认为工农份子不适宜于通讯工作，这种错误观点必须彻底肃清，只有培养出来大批的工农通讯员，与为工农兵服务的知识份子通讯员才能使党报进一步与广大群众结合起来。

第四，我们的党报所以不同于资产阶级报纸的基本特点，就是我们不仅有专业记者，而且更加万分重要的，就是我们还有广大的与群众血肉相联的非专业的记者。这两者必须是互相结合着的。这就是说，非专业记者除了亲自给党报写稿之外，还必须供给专业记者以实际斗争的材料，来充实他的通讯内容，而专业记者除了虚心向非专业记者采访之外，还必须热情帮助他们不断提高写作的技术。经过这种结合，党报的内容就会日益充实而生动，就会成为反映广大群众斗争的一面镜子。

第五，党报有了充实而生动的内容，还必须依靠全党的努力，帮助发行推销，广泛组织读报工作。并随时倾听党内外的意见与批评，汇报上来，以便党报不断的改进。总之，我党已成为广大群众性的政党，我们有了公开的党报，他应为全党所珍重与爱护，我们一定要把群众的意见集中到这里，然后经过它的宣传鼓动，拿到群众中坚持下去。

最近分局宣传部召开的通讯工作会议不仅检讨了两个月来各地对全党办报方针执行的情形，而且对贯彻全党办报方针，作了进一步具体的决定。现在会议业已结束，各地参加会议的同志，业已返回工作岗位。我们殷切的希望，各级党委及社会热心关怀本报的读者，迅速的根据这次会议的基本精神与具体决定，进行深入动员与切实布置。党报的发展前途正有待于全党的共同努力！

（原载一九四四年四月二十二日《晋察冀日报》第一版社论）

边区妇女大会的主要教训

本月初,边区抗联召集的各种模范妇女给奖及扩大的妇女干部座谈会,是一个成功的会议,给我们了许多经验教训。其主要教训是什么呢?

第一,这次大会又一次证明了只有劳动群众是真正的英雄。韩凤龄戎冠秀是什么人?到会的这些模范人物又是什么人?她们不是别人,而是中国四万万劳动妇女中的一个,是晋察冀千百万劳动妇女中的一个,是一些"平凡的"人物。但是,创造了惊天动地的事业的也不是别人,而恰恰是她们。在共产党领导下建设起来的新民主主义的社会,解除了她们身上的重重锁链,提高了她们的经济政治社会地位,她们被埋没了几千年的创造天才得到了发展,走进田地里，成为韩凤龄那样的生产能手；成为刘先和那样从贫困中创造家务的能手；或者像王世舆那样，善于管家，使全家和睦，全家有计划有组织的过日子，一年到头，有条不紊。像杜元林那样劳动一生，还保证反"扫荡"中不受损失。当她们参政的时候，她们又能像梁春莲那样，了解群众的情绪和要求，处处为群众着想，处处替群众打算，当她们掌握到武器的时候，她们勇敢地跟侵入家乡的敌人作坚决的斗争，像爆炸手隰志做的那样。同时，新民主主义生活提高了边区妇女的政治觉悟，她们对敌人充满了仇恨，她们热诚的拥护共产党和毛泽东同志，更像母亲爱儿子一样爱护子弟兵，戎冠秀同志的事迹是到处闻名的了，梁春莲今年不要政府补助优待粮，刘先和每年给丈夫作新衣，要丈夫不领公家的，表现了模范抗属的优良品质。这些模范人物，是晋察冀千百万劳动妇女的代表，是新社会的女状元。

同时，我们又看到，像模范妇女干部张品同志，她忠实于民族和妇女解放事业，有坚强的群众观点和革命的优良作风，因而得到群众的支持，坚持了艰苦的斗争阵地。

由此可见，劳动群众是真正的英雄，与群众相结合的干部是好干部。而当毛泽东思想的新民主主义政治跟广大的劳动群众结合起来的时候，就会成为无可限量的巨大的斗争力量。可惜，我们不少同志，特别是不少知识份子出身的妇女干部，在口头上好像也这样说，而在实际上还没有从思想上彻底搞通，还没有真正认识劳动妇女群众的伟大，还没有从狭小的知识份子与上层妇女中走出来，或者虽然身体在群众中，思想上仍然偏爱小资产阶级知识份子妇女，或者幻想抗战胜利之后，妇女工作的主要对象将是城市的学生们小姐们。有这种观点的同志从这次妇女大会中应当得到教训了。我们的妇女工作，现在和将来的方向是不变的，首先是为劳动妇女的，其次才是为小资产阶级知识份子妇女的，而且要推动小资产阶级妇女与劳动妇女结合，从而改造她们的思想和作风，这是唯一正确的方针。只有执行这个方针才能使妇女工作得到发展，使中华民族和妇女自身得到解放。

第二，这次大会又一次告诉我们，妇女工作的首要的工作就是组织与领导妇女参加经济生产，这是妇运开展的关键。

应当承认我们对这个问题在过去并没有被完全认识清楚，许多同志教条主义地喊着："反对四重压迫""经济独立""婚姻自由"，等等口号，空喊妇女要参加抗战，而还不知道在抗战中妇女可能作些什么与必要作些什么；在进行工作时，不了解群众的真正的切身的要求，不顾妇女家务之累，生理限制，生活困难等等，开起动员会来，就讲些难懂的道理，向群众要东西；因此，妇女工作成为孤立的，浮在表面上的，妇女干部也是浮在上层的小圈子里的。

去年三八节前，我党中央发表了关于当前各抗日根据地妇女工作方针的决定，清算了过去妇女工作的缺点与错误，正确的指出了妇女工作的新方向，要求我们每个妇女工作者，深刻认识经济建设对于坚持抗战与建设根据地的重要，而经济工作正是今天妇女对抗战最大与最□□的工作，与壮丁上前线，同样是战斗的光荣任务。同时帮助妇女发展生产，又是"保护妇女切身利益中心的环节"。

中央决定指出："多生产，多积蓄，妇女及其家庭生活都过得好，这不仅对根据地建设起重大作用，而且，依此物质条件，她们也将会逐渐挣脱封建压迫。"因此，"各地妇委妇救，应以研究组织妇女团体与集体的生产为首要工作"。

显然，这是两种不同的立场观点和方法，前者是脱离群众的，后者是站在群众立场，具有坚强的明确的群众观点和革命的实事求是的方法，这正是小资产阶级思想与毛泽东思想的原理差别。许多事实证明，党中央和毛泽东同志的方针是唯一的正确方针。韩凤龄和其他的模范妇女，由于积极生产，不但使自己在家庭中社会上的地位提高了，成为千百万群众敬仰羡慕的英雄，也不但使她们家庭和睦生活改善，根据地建设增加了强有力的新的劳动大军，也就是加强了对敌斗争的力量，对民族解放事业作了宝贵的贡献，而且使妇救会的工作内容充实了，组织巩固健全了，在群众中的威信空前提高了。大会中，她们一致感谢毛泽东同志的原因在这里是不难想到的。

再者，一年来，不是一切妇女干部在思想上都已经彻底搞通了。不少同志还没有真正的认识了妇女参加经济生产的重要性，对劳动还存在着不正确的观点，有些知识份子出身的干部对深入下层，从与劳动妇女结合中，从参加劳动中改造自己的决心不够，甚至轻视劳动，不了解对劳动的态度是一个革命战士政治觉悟程度的尺度之一。某些工农出身的妇女干部，长期脱离生产的结果，失掉了原有的劳动美德，也失掉了对劳动群众的热爱，因而她们还不是按毛泽东同志的指示，用百分之九十的时间去帮助妇女群众建立和发展家务，仍是老一套的作风。具有这种观点的同志从这次大会中总结得到教训了，否则，空喊"男女平等"，是不顶事的，担心抗战胜利以后自己的出路问题，也是不可能得到正确解答的。

第三，这次大会又一次证明了整风的重要性，不从思想上搞通，一切问题都没法解决。党中央和毛泽东同志对妇女运动是□有了明确指示的，但只有以毛泽东思想为指南，检查每个妇女干部的思想，作深入的坦白反省，深刻的认识自己的缺点与错误，才能增强每个同志的群众观点与劳动观点，增强每个同志的党性，才能保证这一指示的贯彻执行和妇女运动的胜利发展。

五一节就要到来，我们庆祝这次大会的成功，参加会的同志们都回去了，我们一方面祝她们为了妇女解放和民族解放事业作出更多的成绩来，另方面，特别要求各地从这次大会中吸取教训，用大力培养这些模范妇女，在实际斗争中去发和培养更多的各种模范妇女，通过她们与群众的血肉联系的骨干作用，动员和组织千百万妇女到大生产运动中来，用劳动生产的实际成绩，献给世界劳动者的战斗节日——五一节，如果我们把妇女的生产闹好了，我们的妇女工作就算胜利了。而培养和团结这些骨干，又是把生产闹好的关键。这就是我们对于大会的希望，也是大会开完之后，党政民各级组织首先是妇女工作部门的首要任务。

（原载一九四四年四月二十五日《晋察冀日报》第二版社论）

纪念"五一"进一步开展敌后赵占魁运动

全世界工人阶级团结斗争的节日——"五一"国际劳动节降临了。我们首先看到：苏联红军业已在苏罗边境突破新国界，苏联领土很快就要全部获得解放，欧洲被占领国家人民的解放斗争亦将得到有力的直接援助和更大鼓励。"今年夏天，红军无疑将发动空前的大攻势，而这一攻势很可能得到英美盟军在西欧以及南欧的登陆相配合。纳粹欧洲被两面以至三面夹攻的可能性，再没有比今年夏天更接近于实现了。"当前"环绕着纳粹'欧洲堡垒'周围，呈现了'山雨欲来风满楼'之势"（四月二十七日解放日报国际述评）。同时，全世界工人阶级站在反法西斯战争的最前线，正在为彻底实现消灭法西斯匪帮而斗争。中国工人阶级及其政党——中国共产党,在毛泽东同志的旗帜下,今天业已发展成为中国政治生活与历史事变的决定因素,他率领全国人民为驱逐日本法西斯建立新民主主义新中国勇往迈进。而共产党所领导下的敌后各抗日根据地,目前正在加强对敌斗争,开展大生产运动,整风和时事教育。我们边区的工人阶级,在战斗生产与执行各种政策中,都是表现了它的高度的积极性、创造性和模范作用。在今年的"五一"节日,我们检阅自己的阶级力量时,需要进一步开展敌后赵占魁运动。

去年"五一"边区曾展开了赵占魁运动,并有不少的收获:双十纸厂比抗战前一般工厂的生产水平超过一倍。印刷厂工人凌碧英发明以烧木炭代替发动机所需要的煤油,燃料价格由一千元减到十元,且木炭较煤油容易取得。工人刘茵自制石印药纸,以抵制仇货,石印上版由压八次减到压四次,刷油墨一次由起一张增到起三张;工人齐英龙调制石印药水,由原来仅能用八小时而增到用二十小时;工人赵春豪利用废油重熬新油;工人张林瑞利用废纸代替马粪纸。银行工厂工人穆其彬发明号码机活字头。本社工人牛步峰□制轻便铅印机,使全边群众在战斗中有可能看到铅印报纸。又如军事工厂制造枪械弹药地雷等也有不少发明。最近某农具工厂铸犁铧,每天由四十左右增到百五十个,两月完成预定一万个的计划,对边区大生产运动解决生产工具需要作以很大贡献。这些证明了边区工人阶级具有高度的生产热忱及优异的创造能力,当时自动参加赵占魁运动的工人,在双十工具厂占百分之九十四,双十纸厂,本社工厂,印刷局工厂,及教育出版社,均超过半数,都是在敌后赵占魁运动中获得的伟大成绩的表现。

但是,由于战争的破坏与领导上的注意不够,特别是在去年反"扫荡"以后,赵占魁运动又陷于某种停滞的状态,未能求得进一步的向前发展,获得更大的成绩。

首先,我们检查在公营工厂中,对工人的思想领导注意不够。比如有许多工人还没有把公营工厂当作自己"革命的家务",没有把赵占魁的思想当做自己的思想。因此，还存在着"为挣钱给公家生产"的□傭观点；某些工人则还存在着轻视与厌倦劳动的观点，认为"几年来自己还没有当干部"，有的不安心和担忧自己抗战后的前途，还不了解建设革命工厂是工人阶级自己的事业，是建设新民主主义社会的主要环节之一，不仅现在如此，战后更是如此。至于一部分工人要求享受，对生产消极，不注意节约，强调困难，用对待旧日资本家的态度，来对待我们革命工厂，更是错误的。对于以上的各种偏向、在领导上未能及时引起注意，加以具体指导。

在领导方法上，还存在着相当严重的主观片面性与官僚主义倾向，把赵占魁运动简单的当做一种政治鼓动工作，新的经验没有及时的集中起来与坚持下去，对于成绩显著的工人，没有及时给以应有的政治上的荣誉与物质上的奖励，更没有进一步培养这些积极份子，去推动全盘。甚至在军事工厂中，还存在着"官办"工会的倾向，与传统的行政命令方式过份强调"兵工"的特殊性，这里所实行的基本上仍是一般军队的政治工作，缺乏实事求是和新鲜生动的职工运动的内容，未能充分发扬民主，启发工人的生产积极性。党的劳动政策，没有能在公营工厂中很好贯彻下去。有些工厂负责同志，对于工人生活及其教育，对于劳动保护，对于工人家庭困难及其切身各种问题，还往往很不了解，漠不关心。

由此可见，工厂、党的支部、职工会统一领导及其相互关系，还缺乏明确的一致的认识。特别是今天还缺乏大批优秀的从工人运动中生长起来的善于领导生产的中心骨干。所以赵占魁运动还没有成为持久的广大群众性的运动。职工会的性质与工作内容，还没有被工厂负责同志与党的支部很好的认识，有许多职工会，还只是停留于做些文化娱乐工作等狭小的圈子内，没有很好的去关心工人群众的生活，加强工人的思想教育，来提高工人的阶级觉悟，保证生产计划的完成。因此职工会被工人认为有名无实，只是"打打气"的机关，未能成为团结和教育工人的核心组织。

为了进一步开展敌后的赵占魁运动，必须指出这一运动目前存在着新的有利条件，这就是毛泽东同志关于"组织起来"，与"发展生产，公私两利"的主张，及其坚强的群众观点与群众路线，在思想上给我们以正确的方向；当前边区蓬勃展开着的大生产运动，给我们以很多可用□借鉴的生产经验。而开展赵占魁运动的原则与方法应是：

第一，公营工厂是革命的工厂，是新民主主义政权下新类型的工厂，他不是私人资本家的私有财产，而是全边区人民的共同财产。这种财产，目前是用来直接为战争服务的。再加上今年边区大生产运动和去年边区赵占魁运动的成就及其经验，就成为今年进一步展开这一运动充分的有利条件。赵占魁运动的基本精神就是工人阶级以高度的自我牺牲精神，把公营工厂当做革命的家务，它的要求就是提高生产热忱，遵守劳动纪律，提高生产成品质量，增多数量，爱护工具与减低成本。因此，必须进一步提高工人的阶级觉悟与加强革命责任心。

第二，工厂管理必须民主化，增强领导者的群众观点与领导方法上的群众路线。生产计划一般的由厂方按着一定需要订出，但应力求经过全体职工的民主讨论，变成为生产劳动者自己的计划。对于工人的要求，工厂中存在着的问题，应大大的发扬民主讨论。使全体工人认识厂方的困难，并把它看做他自己的困难努力克服各种困难。同时必须注意在可能条件下，改善工人劳动条件，保护劳动，改善卫生条件与适当调整工资，从政治上与物质上关心工人疾苦，只有民主，才能发动工人生产积极性与向着反革命破坏份子作斗争，保卫自己的工厂。这种民主化与集中管理是不相矛盾的。相反的，民主正是为了加强思想行动的统一性，与生产的战斗性。

第三，加强职工运动的统一性，大大提高党与职工会的领导作用。党的支部与职工会必须实际的参加与领导生产，彻底保证厂方一切生产计划的完成。

第四，必须很好的加强工人阶级的共产主义教育，并与当前反法西斯教育联系起来。

第五，大量培养赵占魁运动者，进一步提高生产技术，给予技术上的发明以政治上与物质上的奖励，开展革命竞赛。我们希望在这一伟大的运动中涌现出为全边区人民爱戴的赵占魁，作为全边区工人奋斗的目标和榜样。

最后，毛泽东同志提示给我们在公营工厂中考虑试办合作社的办法，值得我们大胆的来试验，从中吸取经验，以更进一步的推动赵占魁运动向前发展。

（原载一九四四年五月一日《晋察冀日报》第一版社论）

贯澈文化为工农兵服务的方针

二十五年前的五四运动,把中国革命推上了新民主主义的革命的新的历史时期,同时也正是中国新文化的新民主主义历史时期的开始。这种新民主主义的新文化,就是无产阶级领导的人民大众的反帝反封建的文化,是为新民主主义政治为工农兵大众服务的文化。这种文化,彻底地不妥协地反对日本帝国主义的法西斯主义文化和为他服务的奴隶文化,反对中国大地主大资产阶级封建买办的新专制主义文化。我们晋察冀边区的文化建设就是沿着这一条道路前进的。

几年来,在敌后残酷的战争环境中,我们的文化建设是有成绩的。比如,我们的国民教育,虽然战争环境给了我们许多限制，但并没有因为打仗而停顿，正相反，却得到了很大的发展，成为提高群众政治文化水平的有力武器，在提高群众对敌斗争的坚定信心和斗争艺术上起了不可泯灭的作用。这一点，在游击区更是明显。冀中区在一九四二年五一反"扫荡"后，在那样残酷的环境中，我们的思想阵地却那样巩固，群众的英雄主义那样高涨，国民教育的成功是原因之一。同时，我们的国民教育，又是为群众的生产服务的，像今天本报登载的模范女教师李翠珍的事迹就是一个范例。她善于使教育与生产结合，又善于掌握教学做合一的原则，不但教育了学生，还推动了村里的生产运动。在今年大生产运动中，有些拨工队实行了一面生产一面学习的办法；可以预料到，在今年秋收时，我们将不但有物质财富的收获，还将有文化财富的收获。不可否认的，我们也存在着不少的甚至是严重的缺点，首先是轻视国民教育，有些同志不了解群众不仅需要物质财富，而且需要文化财富，一个好的党员和干部当然要善于组织群众的经济生活，同时要善于组织群众的文化生活。其次，是对国民教育的目的还没有统一的明确的认识，不少同志还存在着"为教育而教育"的观点，不了解国民教育在今天的中心任务，就是使群众懂得如何参加游击战争和组织劳动力，如何取得最必要的文化知识，群众的干部则需要懂得如何加以指导；他们不了解群众的需要是什么，空想"正规化"，而"正规化"则又是抗战前的老一套。这些缺乏群众观点的思想，严重的障碍着边区国民教育为战争与生产更好的服务。这些问题，都是值得我们很好研究求得解决的。但没有引起各方面足够的注意。

边区的文艺运动，去年四月，北岳区党委召集的党的文艺工作者会议和去年五四举行的文联二次代表大会，清算了边区文艺工作者中相当普遍和严重的艺术至上主义思想倾向，经过一年的整风运动，一个时期的思想混乱现象基本上停止了，而开始转到为工农兵服务的方向。因此，我们看到了一些新的气象。比如，在历次的政治攻势中，特别是去年秋季北岳区反"扫荡"战役的政治攻势中，许多剧社在沟线外作了出色的活动。西战团在雁北演出了"枪毙王家祥",是直接取材于当地,直接配合了当地的反抢粮斗争的。冲锋剧社在东线的演出,一直挺到炮楼跟前。战线剧社在连队中的分散活动,成为政治工作的有力助手。由于他们对民族解放事业的忠诚和虚心的向群众学习,他们不再是武装斗争的累赘,而成为□□□□是新闻报导团"李殿冰",从写作到演出,都可以作敌后新文艺的范例。这个剧本不是作者的空想,而是经过几次的实地采访,不是凭着小资产阶级的偏爱,而是由李殿冰和他的伙伴们来参加剧本的修改和实际的导演。一句话:群众内容,群众参加写作,群众参加导演,这就是文艺工作者应具备的群众观点与群众路线。同样,抗敌剧社的"王老三减租小唱"和西战团与阜平城厢剧团合搞的拥护生产大秧歌舞,也都具有某种特色。冀中火线剧社的话剧"我们的母亲",真实的反映了在五一反"扫荡"后冀中人民、"我们的母亲"的崇高的革命母爱和高涨的斗争意志。在文学工作方面,在党中央指出发展新闻通讯工作的方向以来,是有了明显的进步的,抒发小资产阶级的不健康感情的东西大量减少,而群众英雄,群众斗争上升到作品的主人公地位了。若干同志向群众(或者就是作品的主人公)宣读自己的作品,以群众意见作修改作品的根据,这是很好的。

　　这些成绩是可喜的,但数量是太少了。并且这些作品,从艺术科学的水平来估计,从现实斗争的要求来估计,我们还只能说他是新的萌芽或幼苗,在内容和形式上都还是较粗糙的不完整的,工农兵的语言也还没有用得熟练。我们绝不能自满。恰恰相反,我们应当认识,在贯彻文化艺术为工农兵服务的方针的道路上,还有许多思想障碍亟需克服,许多迫切的工作等待我们去做。

　　第一,文艺工作要突破专业剧社的狭小圈子,变为广大群众性的运动。五四运动虽然提出了"平民文学"的口号,但当时还没有民主政治,文艺是不可能成为群众性运动的。今天在我们根据地,在我们新民主主义的社会里,却存在着充分的条件。在边区,我们也曾有过一个时期,发展了一些乡村、机关、学校的业余剧团和部队的文艺组织，但大都是不巩固的，或已停顿了的。在今年春节拥政爱民运动中，有些地区闹的也挺烘火，比如阜平是相当普遍的，曲阳县区干部当地驻军以及杂务人员大家都参加了排戏，定唐曾在四万人的集上出演有数千观众的大秧歌舞，唐县各区有六千人参加文艺活动大比赛，定唐有七十一个村参加比赛，离敌人据点很近的某村，群众文艺大会竟有两千多观众。唐县中迷城村剧团并自编了真实反映反对非法租斗贯彻减租的话剧"大斗"，云彪某村自编的"快板秧歌扭"带着大规模秧歌舞剧之风，这些都充分的表现了群众的饱满的政治情绪和伟大的创造能力。可是，这种活动在各地还是很不普遍的。我们的任务就在于把群众的创造力组织起来。一方面，每个剧社应把这种普及工作认真的担任起来，在执行分局宣传部大部时间分散帮助工作的方针下，有重点的帮助各机关连队工厂乡村学校建立各种文艺组织，首先是戏剧歌咏和通讯组织，给以必要的艺术指导，与材料供给的帮助。另方面，各个单位的首长，党的支部和俱乐部都应认真注意这一工作。当前的大生产运动中，在拨工队中，在各种劳动组织中，如果加上文艺活动，对我们军民的生产热情和政治情绪的提高将起极大的作用。只有这样，我们才能贯彻毛泽东同志所指示的文艺为工农兵服务的方针，使党的文艺政策不是教条而是行动的指南。

第二，使文艺工作与战争生产更紧密的结合起来。首先，应更有组织的把文艺的力量□□□□。其次，把战争与生产和群众的英雄主义当作文艺创作（首先是新闻通讯与戏剧创作）的头等的内容。其次，研究与总结在大生产运动中进行群众文艺工作的办法和经验，应指出，我们虽然派了部分同志到战斗英雄劳动英雄家中去长期学习了，但从总的方面说，我们反映他们的史诗般的事迹的作品是太少了，报导团"李殿冰"的经验应迅速推广，应当认识，这些人物就是新民主主义社会的典型，给以形象的艺术的加工，真实地反映他们的思想和感情，是我们迫切需要的。

第三，进一步贯彻文艺整风运动。应承认党的文艺工作者中，虽然没有人公然喊叫艺术至上主义了，但存在的思想问题还是很多的，如口头上为工农兵服务，实际上厌恶工农兵，更谈不到"甘为孺子牛"（鲁迅），口头上承认生活的优位，实际上强调技巧的高超，身在根据地，心在大城市，今天学习工农兵是为了将来吓唬"洋包子"，这种自由主义的思想，是当前文艺整风最大的障碍，应用大力去克服，在纪念五四的时候，每个文艺工作者，每个知识份子都应当记着毛泽东同志的这段话："知识份子如果不与工农民众相结合，则将一事无成，辛亥革命与五四运动的失败，就是这个原因。革命的或不革命的或反革命的知识份子之最后的分界，看其是否愿意并且实行结合工农民众。他们的最后分界仅仅在这一点而不在乎口讲（仅仅口讲）什么三民主义，马克思主义等等东西，真正的三民主义与马克思主义者肯定是愿意并且实行结合工农兵的。"

最后，文化艺术工作的领导必须加强。应承认现在各地文化运动不够十分活跃，领导上的薄弱是主要原因。我们不但要打仗，要生产，要建设新民主主义的政治和经济，但没有很好的文化建设，就不能把战争与生产给以应有的反映和提高。轻视和忽视文化工作的观点是一种严重的错误。我们希望党政军民各级领导机关都来一次检查，把文化运动活跃起来。

（原载一九四四年五月四日《晋察冀日报》第一版社论）

纪念马克斯深入开展整风运动

世界无产阶级革命导师人类大圣人马克斯，诞生在一百二十六年前的今天，这是人类历史上一件大事情。他是第一个给社会主义以科学基础的人。他从人类吃饭穿衣这类最平常的生活中，从资本主义最平常的事物商品上，发现了人类历史发展的规律，证明了资本主义决然死灭，共产主义决然兴起。马克斯主义出现后，世界工人阶级革命运动改变了面目。马克斯主义这个放之四海而皆准的普遍真理，一经与中国革命的具体现实相结合，中国人民解放事业的面目也就为之一新。

马克斯主义是有人类历史以来，最完全最进步最革命最合理的科学，中国的革命，没有马克思主义作指导，是决不能成功的。资产阶级顽固派,恶意的叫嚣着,"马克斯主义不适合于中国国情!"其实倒是顽固派毫不了解什么是中国的国情。百余年来,中国社会已经逐渐变成了一个殖民地半殖民地半封建的社会,这就是现实中国的国情,而中国革命的进程,也就必须分做两步走,第一步是新民主主义的革命,第二步是社会主义革命,这就是马克斯主义在中国的具体化,也可叫做马克斯主义中国化,只要是敢于正视历史事实的人,而不想用一只手掩尽天下的耳目,那么谁都会看到,一九二四年以前的三民主义,由于没有提出反帝反封建的口号,所以不为广大中国人民所欢迎。而以后的三民主义,所以能推广到全国,则由于中国马克斯主义者——中国共产党人的帮助,使它增加了以上两个新内容,孙中山先生说过:"国民党三民主义,其真释具于此。"闭着眼睛说话的人们,确有睁开眼睛看看事实的必要。

马克斯主义运动发展的历史,是充满了真假两派马克斯主义者斗争的历史,在世界,在中国都是如此的。假马克斯主义者,满足于学习马克斯主义的字母,以摘录和背诵教条为能事。而真正马克思主义者,则是以马克思主义的立场,观点和方法,来解决革命的实际问题。二十多年以来的中国马克斯主义运动,是走着非常迂回弯曲的路子,在这弯曲路上进行中,中国无产阶级和人民,终于找着自己的伟大领袖毛泽东同志。二十多年来,他以正确的政治路线,明确的阶级立场群众观点和实事求是的科学方法,代表着中国真正马克斯主义者,而和各派机会主义者作坚决斗争。他完全精通马克斯主义,通过民族形式而使之具体化,使之向前发展,成为中国人民所喜见乐闻的,中国气派的新鲜活泼的战斗武器,在马克斯主义的宝库中,增添了新的宝藏。但是由于中国是一个两头小中间大,小资产阶级占多数的国家,而中国共产党员多数出身于小资产阶级,这成为各种假马克斯主义者产生的社会基础,毛泽东同志所号召的整风运动,就是要给它一个彻底清算,以无产阶级思想战胜小资产阶级思想,使中国党在布尔塞维克化的道路上，大步前进，把中国革命事业大步推向前进。

整风运动是毛泽东同志伟大的创造，是全党思想上的革命，是以批评与自我批评为方法的自觉改造运动，是以毛泽东思想来武装一切干部和党员。它是长时期的艰苦的事情，但不能因而给以冷淡和缓慢的态度。整风以来，不少的事实告诉了我们，凡是整风有成绩的地区，工作就表现出生气勃勃的新气象，反之，没有成绩或者成绩不大的地区，工作就表现枯燥沉闷或者很少有所发展。

总的说来，过去我们的整风成绩是不大的，还不够普遍和深入。过去整风成绩所以不大的原因，主要是我们没有从思想革命上去认识整风的重要意义，而把它看作一般的学习任务。于是就在进行过程中发生了各种偏向，阻碍着整风运动的开展和深入。以教条主义态度对待整风运动，为研究文件而研究文件，不联系自己去作实际反省，尽管文件看过很多次，还是看不出东西来。不懂得整风是全党的，以为那是别人的事，和自己没有关系，于是发生□□□□，整别人不整自己，整老干部不整新干部，整新干部不整老干部，等等偏向。或者以为整风单靠自己一人的力量，就会作得好，于是只整自己，不管别人，既不积极征求别人意见，也不积极批评别人，还有分不清无产阶级思想和小资产阶级思想的明确界限，为其某些"成就"所满足，而不能深入揭发自己各种三风不正的所在，或者不以真实的态度对待整风，单纯的夸大一面，而陷于左右摇摆之中，顽固地据守小资产阶级的阵地，而不得转变。或者把整风看成就是业务，以为工作能以照旧作下去，就是整风有了成绩。在整风领导上发生了自流放任的现象，在整风运动开展上，发生了波浪式起伏不定的现象，正由于思想上没有打通，也就发生了组织领导多于思想领导，形成抓得紧的时候，就表现得热烈一阵，过些时候就又松弛下来了。

从开展坦白运动以来，我们的整风确有了新气象，不少地方第一步打开了思想难关，取得了比较显著的成绩，这是必须保持与继续下去的，在开展坦白运动的几个月来，实际的经验证明了，整风要能作得好，必须把首长负责亲自动手和发扬充分民主两者结合起来，领导机关和领导干部，要深入了解不同时期的不同思想动态，注意各种可能发生或已经发生的思想偏向，随时给以防止和纠正。要善于组织思想论战，使干部尽情发言，不要急于作结论，以免限制了争论的展开，在论战中，正确的意见，固然是我们所需要的，应当很好发扬，而不正确的意见，更是我们所需要了解的，以求对症下药，而收治病救人的真实功效。

　　整风是逐渐发展与逐渐深入的，在整风运动的进程说来如此，对个人说来也如此。因而，及时的与不间断的思想动员是极其必要的，反覆深入解释党的治病救人的宽大政策，以消除各种疑虑畏惧的心理，也是极其必要的。由于个人出身，觉悟程度，斗争经验，理论水平是不相同的，对整风认识的深度也是不同的，难以想像一次思想动员之后，会在每个人身上收到同等一样的作用。要善于培养和团结核心骨干一方面求得突破一点，吸收经验，用以指导全面，一方面通过这种骨干而来影响和推动其他干部，这是一种必须采用的领导方法。但是骨干份子的发展，也不会始终如一的。有的开始积极，而后来被别人赶前去，有的在开始进步不大，而后来竟走在前头，如何掌握既成的骨干，并及时发现新的骨干，也就靠着不间断的思想动员。特别第一步迈开之后，要使之顺利深入下去，而不发生停止下来的现象，更要如此。现在有的干部已经反映应该讲的话，都已经讲过了，再没什么可说的了，这是不了解坦白运动是包括多方面的丰富内容，思想上、政治上、组织上、行动上、生活上、都是有许多问题应该检查反省的，这是不了解清算思想问题，必须经过艰苦而剧烈的内心斗争，同时由于自己觉悟程度向上提高一步，则对过去事物之观察与认识也就会深入一步。这种反映是继续深入坦白运动的新的思想难关，若不很好打通，会在干部中引起苦闷情绪，而使坦白运动停顿下来。

　　个人反省检讨的标准，不是和自己所接近过的人作比较，从中分别长短优劣，这样做会使自己易于满足，易于在一定程度上停滞起来，个人反省检讨的唯一标准，乃是季米特洛夫同志所提的：第一，对无产阶级的事业，党的事业，抱着无限忠心；第二，要与群众有极密切的联系；第三，要善于在复杂的环境中独立决定方向；第四，要有遵守纪律的精神。用这个标准来审查自己，谁能满足于已有的一些成绩呢？谁能认为很短时期的反省，就是已经作得好了呢？谁能不时刻自警自励向前奋发努力呢？

坦白反省，绝不能看做改造的成果，仅只是表示了改造的决心，惟有实际行动，才是改造程度的测量尺度，正确的整风态度，是知遇必改，改必认真，否则反省的尽管痛快淋漓，而实际行动上却不见改变，说什么毛病倒也知道，就是改不过来，甚至相信某些地主资产阶级恶意宣传的鬼话用"山河易改，秉性难移"作为借口，都是不老实的态度，哗众取宠之心，而无实事求是之意的。马克斯主义者是言行一致的，是说到那里就到那里的人，绝不是专门说空话的大狂。在今天测验我们干部实际行动最重要的，是群众观点和劳动观念，培养与锻炼坚强的群众观点和劳动观念，是每一个干部都要时刻注意的，而知识份子出身的人，更是如此，但这又非一朝一夕所能养成的，而要在和工农兵长时期结合中，才能逐渐获得的。毛泽东同志所说的："群众是真正的英雄，而我们自己是往往幼稚可笑的。"每个干部必须随时以之自警自惕。

最后，整风要和现实的政治问题（反法西斯教育）联系起来，对于法西斯问题，大家的认识不见得完全一致，对于当前的政治问题如果不能在认识上取得一致，那么我们的战斗行动就没有统一的思想基础，就要发生"左"和右的偏差，就会表现软弱无能。从对法西斯认识上，会反映出各种不同的立场观点和方法来，会照出从日寇和大地主大资产阶级方面飘到我们纯洁脸上的灰尘。很明显的，为了彻底改造我们基本的思想，需要从现实政治问题上，把自己用马克斯主义武装起来，需要使整风和反法西斯教育结合起来。

今年五五，应该成为各地检查整风学习的节日，各级领导机关和领导干部，应善于抓住战争与生产的空隙，把整个学习的革命竞赛，紧张的动员起来。消灭整风落后的现象，并将整风动态随时反映到党报上来，这在交换经验和加强今后整风指导上，具有重大意义。

（原载一九四四年五月五日《晋察冀日报》第一版社论）

检查一下我们的群众观点

"组织起来！""自己动手，克服困难！""用百分之九十的精力去帮助群众！"这是毛泽东同志指示我们去领导大生产运动的根本方针，这个方针充满着伟大的群众观点。我们晋察冀边区的党政军民在这一方针的指导之下，除加强了对人民生产的指导外，并在机关部队中展开了大生产运动，已经获得了许多显著的成绩，这种成绩是值得大大鼓励的，因为它不仅表现了机关部队高度的生产热忱，减轻人民负担，而且大大的刺戟和鼓励了人民的生产情绪，但严格地检查我们执行这个方针的过程中各方面的工作，无论地方、军队、机关、团体、学校，都还存在着不少严重的缺点或错误。而这些缺点或错误之所由来，其根本就在于许多机关部队缺乏明确的群众观点,或者说,还很缺乏群众观点。

事实表现在什么地方呢？那是很多的！各地仔细检查起来,都有不少例子,特别在部队,机关方面,这种例子是比较多的。机关部队今年的生产任务,除了要自给一部分生活费用之外,还必须积极帮助群众的生产,机关部队本身生产的目的是为了减轻人员的负担,要拿公私兼顾和军民两利的原则,决不能因为机关部队自己的生产而妨害群众的利益,这本是早已确定了的原则,但是我们仔细检查起来,还有不少的机关和部队,他们的做法是和这个原则相违背的。

就帮助群众生产方面来说,许多机关部队并没有用大的力量去进行。他们不注意去帮助驻在村的生产委员会和村合作社的工作,只注意自己机关的合作社和自己的机关生产,而不知道把自己机关的合作社和村里的合作社联系起来,和村里群众的生活联系起来；不知道去帮助和推动村庄群众的生产,和老百姓站在一起生产；在老百姓农忙的时候,不知道尽力动员自己机关或部队的大量劳动力帮助村庄突击送粪、修渠、耕地、播种等等工作；有的帮助群众劳动不认真,做活不仔细,使群众不很喜欢；有的帮助群众劳动就接受了群众的慰劳和变相的报酬。这些现象在各机关,各部队中或多或少都相当普遍地发生过和存在着。在这一方面,我们该学习军区司令部的机关合作社帮助驻在村的群众设立织布作坊等成功的例子,把机关生产与老百姓的生产联系起来,并且还帮助战士与工作人员的家属进行磨面,运输等生产,解决他们生活的困难。我们必须克服机关部队不积极帮助群众生产的严重偏向。

有些机关部队本身的生产,目前更严重地存在着与民争利,妨害老百姓生产,脱离群众,破坏政策的许多严重错误。有些部队不惜用各种方法租种老乡的好地,通过地方干部用行政方式强迫命令,而不完全出于群众真正的自愿租来的,是用出高租或上打租租来的,这在有些地区是相当普遍的现象,特别是一分区部队,竟然做出计划要租种老乡的土地百分之三还多，因此强迫命令的方式就普遍诞生，现在虽然已经开始纠正，但是它所给与群众的影响是非常坏的！还有的地方，发明了所谓"调剂土地"办法，这种办法不但机关部队个个采用，而且有些地区在领导群众生产上竟然当作一种"政策"来实行，如平山，平定的一些地区，在贫富农民之间实行"调剂土地"，把土地较多的农家的土地"调剂"给土地较少或土地不足的农户去耕种，平山有一个小区就曾经"调剂"了几百亩地，完全是脱离群众，违背政策的行为。有个别部队因为自己要种菜，就把一家地主很久已经租给佃户而几次企图夺佃没有成功的一块好水地，未经佃户同意，争先租种了；某一部队因为自种的菜园要浇水，不顾群众的意见，不肯牺牲自己的菜园，而影响到老乡一百多亩麦地用水不够。有的在靠近老百姓的田地或村庄附近的陡坡上开荒，使群众非常不满，也有的借用老百姓的农具，损坏了而不及时赔偿，还有的机关部队自己不多想办法努力积肥，而贪图方便，与老乡争抢拾粪。个别部队甚至有动员老乡的勤务，替自己做运销的。更有些部队机关人员，随地设点，贩卖非必需品，与民争利，引起相当恶劣的影响。这一切现象都甚急须纠正的，现在军区和边府已经发出布告，严厉禁止与民争利，妨害群众利益，脱离群众，违背政策的各种错误行为，各机关部队以及地方政权，群众团体应即严格检查，立刻纠正。许多机关部队租种老乡土地不合规定的，必须全部退还老乡，个别地区所谓"调剂土地"的办法必须马上取消，不应该开荒的土地，绝对禁止开荒，损坏群众农具的必须立即赔偿，不正当的勤务，决不允许动员，一切与民争利的行为都必须迅速禁止。党政军民学各级领导部门特别要从思想上彻底检查一下我们的干部人员的群众观点，因为这一切缺点与错误，都是由于干部人员缺乏群众观点的不正确的思想所造成的。

有许多干部人员，他们只管自己的生产和自己机关的生产；不管别人的生产和群众的生产，只顾自己个人的或一个单位眼前的狭隘利益，不顾别人利益或损害群众的利益和长远的利益，从他们的观点出发，在行动上就极容易发生错误。他们常常会说："我们没有影响群众的利益，相反的我们是为了群众利益，因为我们这样做，可以减轻人民的负担。"但是他们就不知道自己眼前的生产直接妨害了群众利益的时候，还有什么意义呢？！他们口里会喊着"拥政爱民"，但是他们就不知道大生产运动是贯彻拥政爱民的精神，那就是拥政爱民的具体表现。他们强迫租种群众的土地，妨害了群众的利益，还常常会借口说："群众是愿意的，他们很了解我们，很会原谅我们。"是的，我们根据地的群众，身受抗日民主革命的利益和教育，他们是热爱自己的部队机关，很会原谅部队机关个别的缺点与错误，但是，我们是否应该因此也就麻痹自己、原谅自己，而不去严格检讨自己，改正自己呢？这种想法根本就是错误的。有些干部在机关和部队中还不很注意管理革命的家务，还不能够彻底做到亲自动手的地步，他们或者只注意努力完成自己的生产任务，而不知道更多去注意领导大家的生产；就是地方的政民工作干部，也有的在下乡领导群众生产，正当群众需要他帮助领导与组织劳动力的帮忙时候，他反而跑回自己机关里"突击"他自己的生产去了。他们没有了解所有的干部一方面必须完成自己的生产任务，不光是动嘴，还必须亲自动手，管理革命的家务，要反对干部的二流子作风；另一方面干部还必须努力负责组织与领导群众的生产，要用百分之九十的精力去帮助群众，只懂得完成自己生产任务的还不是好干部。在这一方面，我们应该学习边区党政军民负责同志们自己动手，努力生产，同时积极领导组织机关和周围群众进行生产合作的榜样，应该学习阜平一区百分之七十以上的干部下乡与群众站在一起劳动，在亲身帮助群众生产的过程中更进一步去组织和领导他们，应该学习□□□县长亲自参加拨工组，领导边区拨工组的那种精神。

在敌后的环境，我们帮助群众生产，更必须与战斗密切结合，要用战斗来保护群众的生产，在边缘地区，在游击区更要经常用战斗反对敌伪的勒索与抢掠，减轻人民的负担，维护人民的利益，这是我们的部队应有的责任。但是有些部队对这一点也认识不够，有的为了自己的生产而放松了战斗的任务，有的部队在沟线外掩护群众生产和运输，而与群众分利，这同样是极不正确的，我们应该学习在盂县线外活动的部队，一面在山上开荒，一面扛枪袭击抢树坪的敌人，学习在定唐沟外活动的部队，正在运输布匹的途中，发现敌人包围附近村庄抢掠老百姓的棉花，他们马上放下布匹，打走敌人，抢回棉花，解救了群众，应该学习×团的一个战斗单位在警戒线上开荒二百多亩还帮助群众种地，学习那许多把生产与战斗结合起来，真正用战斗保护群众的利益，掩护群众生产的好榜样。我们应该认真检查我们的部队和机关是否都做到了一面战斗，一面生产，是否在大生产运动中，无论平时与战时都具有坚强的群众观点。

（原载一九四四年五月八日《晋察冀日报》第一版社论）

生息民力坚持阵地

  中国共产党、八路军、新四军在中共中央和全国人民伟大领袖毛泽东同志的旗帜下，进到抗战的最前线和深远的敌后方，七年来没有一时一刻不是为中国人民的解放而流血奋斗，我们晋察冀的千百万同胞，从边区开创的那一天起，更亲眼看到中共中央和毛泽东同志的政策与指示在全区实行起来，并且得到了切身的利益。

  边区的共产党、八路军照着党中央和毛泽东同志的指示早在一九三七年就实行合理负担，减租减息，废除苛捐杂税，一九四〇年更颁布了双十纲领，加强了边区大团结，使广大工人、农民的生活得到改善，积极参加抗战，收复领土，创造与广大抗日根据地，打退敌寇许多次大举的围攻，粉碎了敌人许多次残酷"扫荡"与"蚕食"。战胜了一九三九年的空前大水灾，和克服了敌寇"三光政策"所造成的各种疾苦与灾难，厉行精兵简政，积蓄生息民力，使根据地进一步发展与巩固起来。这些事实都是边区人民所亲身体验到的。

然而敌寇的疯狂进攻与破坏，已造成边区生产力下降的趋势，致使边区最低限度的抗日战费仍然成了人民最大的负担，因此，中共晋察冀分局最近根据党中央与毛泽东同志对边区工作具体的指示，决定进一步减轻边区人民的负担，积极改善边区人民的生活，重新实行彻底的精兵简政，响应毛泽东同志的号召，"组织起来"，开展大生产运动。

现在大生产运动已经在全区蓬蓬勃勃地开展起来了，广大人民的生活，特别是广大的农民和工人的生活将日益提高与改善，部队、机关的全部劳动力也投到大生产运动中去，今年要保证自给一部分生活费用，同时再来一次新的彻底的精兵简政，按照党中央和毛泽东同志的指示，使脱离生产的人数减少到只占全区人口最小的比例，实行精兵主义，改善机关部队人员与战士的生活，提高部队战斗力，加强与发展民兵，减少财政支出，更加减轻人民的负担。目前的一切设施，都是照着这一基本的方针坚决的执行，中共晋察冀分局更为这一方针的贯彻而尽了一切努力。本月一日分局特致函边区参议会及边区行政委员会声称：

"在七年艰苦斗争中，边区人民勤劳生产，节衣缩食以支援前线，在敌寇残酷的掠夺烧杀之下，边区人民生产遭受了很大的破坏，使坚持边区最低限度的战费，变成了边区人民的最高负担。前年执行中共中央精兵简政政策以来，去年人民负担，虽已较前减轻，但按人民实际负担能力仍嫌过重。为关怀人民痛苦，坚持长期抗战，继续贯彻中共中央精兵简政与发展生产政策，以求增加国民收入，减轻人民负担，并建议于今年北粮区统累税征收中每分负担量最多不超过八市升半，冀中、平北及冀热边亦须实行精简及发展生产，适当减轻人民负担。"

边委会于七日发函分局，"认为此举关系抗战民生甚钜，且为财政状况所允许，自当完全接受遵照办理"。参办处同日覆函"极表赞同"并且"相信这一措施将带给边区人民更多福利"。边委会并于六日发出布告，按照晋察冀分局的提议，确定北岳区本年度统累税每分负担最高不超过八市升半，在冀中、平北及冀热边各地区，除加强对敌斗争，减少敌伪勒索外，亦厉行两简政策，适当减少征收数量。边区人民的负担显然是进一步减轻了。

中共中央晋察冀分局这一个建议完全是以贯彻党中央和毛泽东同志的精兵简政与发展大生产的政策为前提而提出的。因为只有一方面彻底实行精简，一方面开展大生产运动才能真正改善边区军民的生活，减轻人民的负担。部队机关厉行精简而又自己动手参加生产就一定能做到精兵足食战斗力；人民大众组织起来发展生产而又减轻负担就一定能够做到生活富裕、坚持抗战。今年统累税负担的减轻决不是单纯从财政的观点上提出的，而是从积极的经济生产的观点上提出的，它一定会更加鼓励与推动边区的广大人民进一步积极组织起来开展轰轰烈烈的大生产运动，并在游击区和游击根据地更有力的开展对敌斗争，反对敌寇的抢掠与勒索，我们也必须加紧领导游击区与游击根据地群众反抢掠反勒索的斗争，因为在敌寇蹂躏的区域，人民的负担是无比的苛重，我们不但要减轻他们的负担，而且要努力把他们从水深火热中拯救出来，我们的政策不但是为边区巩固根据地人民的利益着想，而且同样是为一切在敌寇蹂躏下的人民的利益着想的！

边区广大人民七年来在共产党领导下建设根据地，坚持抗战，共产党与人民的利益已经完全结合在一起，密切不可分，自由和幸福是大家共同的，艰苦与困难也是大家共同的，我们有中共中央和毛泽东同志随时指示我们，领导我们，我们才有力量不断克服艰苦和困难，逐渐得到更多的利益和幸福，我们一切都会有办法，不管敌寇汉奸和特务怎样对我们进行残酷的"扫荡"

进攻和破坏，我们都能够完全战胜它们，只要我们能够贯彻毛泽东同志的思想，我们就会把工作搞得更好，我们就有信心和力量，去战胜一切敌人。而目前贯彻党中央和毛泽东同志的精兵简政和大生产运动的方针，一切为人民的利益着想，加强群众观点，坚持根据地则是我们首要的任务。

（原载一九四四年五月十四日《晋察冀日报》第一版社论）

冀中我军大捷

在目前世界反法西斯的战场上,苏联红军继多季攻势伟大胜利之后,新的夏季大攻势的一切准备又都已经就绪了;盟国空军空前大规模的轰炸欧陆,准备攻欧的盟国军队在英伦三岛日夜演习;意境盟军调整完毕,并已开始行动,攻下喀辛诸;德寇在塞巴斯托波尔坚强无比的三日内被红军打垮,苏英美各同盟国从东西南三面夹击希特勒的信号已经响起来了,挪荷比等西欧各小国分别与苏英美缔结协定,罗、匈、保、芬等纳粹的附庸国家,在同盟国的外交攻势之下,更加动摇瓦解,临近死期的希特勒越发孤立,欧陆人民反德运动空前高涨,德寇的灭亡即在眼前;同时盟国在太平洋上的越岛进攻,正表示着对日寇大反攻的威胁日益增长。这个形势使敌酋东条不禁大声惊呼："目前战局正是决战中的决战期,战局极端严重,正是决战中的决战期,战局极端严重,英美正以全力企图压倒帝国,反攻的规模极大,且速度亦极速。"为了准备应付这严重形势的到来,它不能不进行最后的挣扎。

现在日寇正在向我国正面发动新的进攻,企图打通它的"大陆运输线",同时可能借此军事行动再逞其政治诱降的阴谋,并以所谓:"赫赫战果",重振其欺骗宣传,以掩饰与缓和其国内外的重要矛盾与深刻危机。但敌寇这个战役的进攻,只是一种防御性的进攻,而它的兵力不足与分散的弱点,却愈加严重,敌伪的矛盾与敌占区广大人民的反抗运动必然更要空前增长起来。

共产党、八路军在敌后,为了配合正面作战,正展开着新的政治攻势与军事进攻,积极打击敌人。我边区子弟兵近来更乘着敌寇抽兵的时候,不断连续袭击敌伪的据点碉堡,在北岳区、冀中区、冀东区,从三月份以来先后被我攻克与逼退的敌伪点碉不下一千处,其中有许多是敌人多年占据的,如北岳区的神堂堡、王安镇、插箭岭、白石口和冀东的马兰峪、金岭堡垒等等现在也都被我收复了,广大的人民从敌伪血腥的压榨统治下又得到了更生与解放。特别是最近冀中区我军的英勇作战,克复了无数据点碉堡,攻破了敌寇数年占据的任邱城与肃宁城,高阳县城也被攻入了,这些胜利极大的兴奋了冀中以及全边区的广大同胞,有力地配合了正面的作战。

冀中从一九四二年的"五一大'扫荡'"以后,根据地一度变质,敌寇疯狂地加紧了它的军事、特务、政治、经济的镇压与掠夺的统治,据点堡垒、星罗棋布,公路壕沟,纵横如网,敌人自以为已经确保了冀中肥沃的平原,但是,我冀中八路军与全体人民在共产党的领导之下,坚持平原的游击战争,在历史上空前未有的残酷环境中,创造了无数可歌可泣的惊天动地的伟大胜利与奇迹,尤其在白洋淀周围的任邱、肃宁、高阳地区,敌我斗争最为猛烈，我党我军不断粉碎了敌寇的"扫荡"、"清剿"、奔袭合击、"联庄"、"自首"、抢粮等等一切暴徒毒计，并且在两年多最艰难的流血苦战中，把敌人围困起来，最后把它从点碉里驱逐了出去，敌人不敢据守堡垒，只好逐渐收缩到各县城的大据点中去，敌人曾经夸耀那些县城据点为"保险地带"，但事实却一再了它的牛皮。即如任邱城自一九三九年沦落敌手至今五年有余，此次敌寇阿久刀川部队调走的时候，沿途遭我伏击，丢弃大批辎重，狼狈逃窜，任邱城内却集中了五百多伪军，敌寇下令要他们"死守县城，不准丝毫放弃"，全城五步一岗，十步一哨，昼夜不息，警戒森严，但是九日夜间，我大军一举攻占了东关、西关，并将全城包围得水泄不通，加上强有力的政治攻势，实行宽大政策，争取伪军，守城伪军自知无法抵抗，又深感我们政策的宽大，终于率部投诚。肃宁城也在相似的情况之下被我攻克，并且打下了五个堡垒，生俘伪军百余人。当我们子弟兵攻入和收复这些县城的时候，当地的久受敌伪奴役的广大同胞，无不狂欢鼓舞，歌颂着胜利，歌颂着八路军。

当敌寇深入我国中原，沿着平汉陇海步步进攻的时候，我们在敌后的这些胜利，说明了我党我军积极配合正面战，对祖国抗战的一贯英勇与忠诚，也说明了敌寇的弱点在它接近最后死亡的今天，已经日益发展成为致命的危机，这些事实现在都愈加深刻地引起了敌占区人民的觉悟，使他们更加相信共产党八路军在任何情况下都是不会离开他们的，是他们真正的救星，冀中的同胞身受"五一大'扫荡'"以来的万般痛苦，他们都说"要没有共产党八路军我们哪里能够有今天呢！！"现在当我们的军队把那些被敌寇蹂躏的地区收复回来的时候，除了要按照边区政府的法令免除那些地区同胞的负担以外，更要有一切方法救济他们，慰问他们，抚恤被灾受难的同胞，使他们能够迅速恢复生产，改善生活，积蓄力量，以坚持持久的抗战，迎接新的伟大时期。同时要继续展开政治的攻势，把它的武装斗争结合起来，进一步孤立敌人，围困敌人，拔掉敌人的点碉，对于伪军伪组织的人员，更要使他们知道在敌寇"以华制华"的阴谋之下，他们不但要被驱迫去当日寇的炮灰和替死鬼，而且敌人绝对不信任他们，在敌冠的特务政策与"清内运动"的阴谋下，他们随时都有杀身之祸，当此日寇更接近死亡的时期，如果他们真能翻然悔悟，或起义反正，或向我抗日政府输诚，协助抗日工作，我们决本不咎既往的宽大政策，欢迎他们重新回到祖国的怀抱，保障他们一切生命财产的安全，而且给予他们参加抗战的各种工作的机会。但对于知过不改，死心塌地叛国事敌的汉奸我们就一定要予以坚决的打击和消灭。

这一次冀中我军的大捷是我们在敌后边区新的伟大胜利的开始，为了加速敌寇的死亡，牵制敌寇的兵力，更有力地配合正面作战，更广泛地开展敌后游击战争，扩大与坚持阵地，我边区全体党政军民必须更猛烈地展开政治攻势与武装斗争，把各种斗争更密切地结合起来，武装保卫麦收，更加警惕敌寇的特务破坏与突然袭击，随时粉碎敌之"清剿""扫荡"，打击敌之掠夺与勒索，继续扩大对适进攻的胜利，继续扩大我们的战果！

（原载一九四四年五月三十日《晋察冀日报》第一版社论）

敌后根据地生产运动的开展

自从去年十月一日我党中央发布发展生产的指示以后，敌后各抗日根据地即着手准备大规模的生产运动，许多地区举行了战斗、劳动英雄大会，奖励了大批的战斗英雄和劳动英雄，总结了他们的经验，确定了推广劳动互助、劳动与武力结合的方针，且订出一九四四年生产的目标，在艰苦的战斗环境中（有些地区如太行等地，还有严重的灾荒）党政军民各方面负责同志，一致以身作则，亲自动手，领导广大群众进行了多耕、积肥，收集燃料，修筑水利，发展会后作战□□，训练民兵，以致安置难胞，救灾救荒等繁重工作。由于这些□□□□□得好，所以一到春耕开始的时候，各抗日根据地的生产运动，便□□□□起来了。

各种劳动互相组织，如□工队（晋西北）拨工队（晋察冀）□工队（山东）换工队（华中）等纷纷涌现，经过冬调的民兵□，踊跃地参加了劳动互助组织，成为他的战斗骨干，不仅男女老少人工牛工都□起工来，而且站岗的工和耕种的工也□起工来。这种劳动互助，武力与劳力结合的组织，一（缺）连环哨封锁线（晋西北），敌人侵扰一村，村内民兵立即起而阻击，掩护群众转移，其他各村民兵亦即火速夺回。民兵在敌人据点周围，安放地雷，和打击出来的敌人，敌人吃了亏，便心惊胆战，不敢随便出来。我根据地特别是边缘区的人民，有了这样的组织，所以能够抓住空隙，抢耕抢种，往往一直耕到敌人碉堡前面还不肯休，使敌人缩在碉堡里束手无策，敌寇千方百计想把我们根据地变为"无人区"，我军民则不容寸土荒芜。现在抢耕、抢种，以后还要抢锄、抢收。经过了这样艰苦卓绝的斗争，敌后各抗日根据地的春耕大都胜利的完成了。如在晋察冀原定把百分之十的劳动力组织在拨工队内的计划，已被超过，去年敌寇大"扫荡"后群众曾担忧今年会荒不少地，可是现在很快地耕完了。这种惊人的奇迹，又表现敌后根据地的人民在共产党领导之下，是有办法去克服一切困难和争取胜利的。

　　敌后抗日根据地的生产运动，是为了根据地人民的利益；同时，也是为了敌占区内饱受敌寇蹂躏的人民的利益，对于敌占区饥寒交迫流离失所的难胞，我抗日根据地不断地收容救济，使其安居乐业。在敌占区的绅商，其财产遭受敌寇的侵占威胁，我抗日政府欢迎他们回根据地投资（如皖中临江等地，我根据地合作社办理得好，敌占区许多绅商就来投资）。华中各根据地广建水利，敌占区人民同样受惠，如皖中巢南，我军民修建二个圩，一个是在根据地内，一个是在敌占区内，二者都是在我武装掩护之下修建的。敌占区同胞感动地说："抗日政府到我们这里来就好了！"太行一带蝗害威胁颇大，我根据地进行了广大的群众灭蝗运动，同时在敌占区活动的我武工队，亦积极帮助人民进行灭蝗工作。我根据地生产运动的开展，使敌占区与我根据地的对比格外分明；一面是敌寇的无□掠夺□□，开战痛苦的准备；一面是人民在自己的政权下，享受民主自由，不仅得免冻饿之苦，而且生活日益上升。正因为如此，我抗日根据地的生产运动，不仅得到了根据地内人民的热烈参加；而且也获得了在敌占区内人民的广大同情和拥护。

尤其值得注意的，敌后根据地军民在对敌斗争和生产运动的过程中，正在创造出不少的新的工作方法。在这里我们只举一个例子，晋察冀张瑞同志在沟线外敌伪据点林立的游击区内，进行工作，他领导敌占区人民用拨工的办法纺线、榨油、织布，破坏敌人的抢棉毒计，保护人民的财产，组织了人民的生产，建立和发展了人民的合作社，人民非常信任张瑞同志所办的合作社，张瑞同志便更进一步发展他的合作社事业，发动敌占区人民从敌人交通线上砍下电杆木卖给□□□，这样一来，张瑞同志的合作社，不仅□□的在敌人铁蹄下保护了□，而且成了积极组织敌占区人民对敌斗争的机关。张瑞同志这样□□办法□敌斗争的新的原则：就是要把敌占区人民的爱国心和他们□身利益结合起来。以往我们组织敌占区人民对敌斗争，是根据群众的同仇敌忾和爱国义愤，但是仅仅靠敌占区同胞的爱国心虽然可以在一定情况之下，把对敌斗争闹得轰轰烈烈，究竟是难于持久的。敌人的"治安强化"一来，敌占区人民的对敌斗争曾一度低降。近几年来，我们的武装工作队，深入"敌后之敌后"打击敌人，成绩不少。武装工作队在敌占区的斗争中，不但依靠武装和政治宣传，而且能时时刻刻照顾到群众的眼前利益，又打击了敌人，又不使群众受到敌人的报复与摧残。因而群众喜欢武工队，爱护武工队。武工队也就在"敌后之敌后"行动自如。但是武工队以往的工作中，对于群众的眼前利益的顾及，多少还是消极的，即是说还限于不使群众受到敌人的报复与摧残而遭到额外的损失。张瑞同志的合作社，就更进一步破坏敌人的经济掠夺，并且进到发动人民去掠夺敌人，掠夺掠夺者。所以张瑞同志的合作社：一方面是生产运动劳动互助的新发展；另方面又是武工队工作的新发展。它告诉了我们一个新的原则，就是：用合作社的办法，把敌占区人民的爱国心与其经济利益结合起来，把敌占区人民组织起来，这样来对敌人进行积极和消极的斗争，这种合作社与武工队配合起来，我们在敌占区和群众的联系一定会更加密切地，那里的工作也就会更好地开展起来和坚持下去，把人民的爱国心和其切身利益结合起来，这是一种新的敌占区工作方法，也是一个新的方向，值得大家来研究和推广。

在这里有一个问题需要特别说清楚，有些同志怕去发展敌占区人民的经济，以为发展了敌占区人民的经济，就等于替敌人发展了经济，这种看法是不大对的。我们的抗日政府，应该帮助敌占区的人民发展经济，应该帮助他们开展□作运动，把敌占区人民的爱国心和其经济利益密切结合起来，这样不但不是发展了敌人的经济，而且使敌人在经济上更加困难。

各抗日根据地数月的生产运动，开始使各根据地的面目焕然一新。对整个敌后人民发生巨大的影响，这正是毛主席所号召组织起来，完成今年生产计划的光辉成功。

（□□社延安二十八日电）

（原载一九四四年五月三十一日《晋察冀日报》第一版社论）

紧急动员起来，消灭蝗蝻！

从上月中旬，定唐、完县、曲阳、满城、阜平各县部分地区都发生了蝗蝻。据报告，定唐完县现在已消灭，但阜平曲阳等地还没有完全消灭。在蝗蝻多的地区，一棵麦穗上就爬着五六个，甚至像蚂蚁搬家一样稠密，曲阳某地毁坏麦地百多亩，蝗虫为害之大是多么骇人听闻呵！这还是蝗卵刚变成□子的时候，如果不赶快下手，彻底消灭，将来满天飞蝗，必然会有"一落一片光"的危险，那时不仅我们眼看就要收到手里的麦子保不住，蔓延开来，紧接着还会发生秋蝗，我们的大秋作物将受到不可估计的灾害，我们的大生产运动将受到致命的威胁。因此，绝不容许任何忽视。

发现蝗蝻地区的共产党员们！军队的指战员同志们！人民的先锋战士——战斗英雄劳动英雄们！一切劳动互助组织的队员们！有经验的父老兄弟姐妹们！模范工作者同志们！紧急动员起来，站到灭蝗最前线去，组织和领导群众，开展群众灭蝗运动，消灭蝗蝻，消灭蝗虫！

我们号召，在一切已经发现蝗蝻的地区：

第一，要大伙下手，在特别严重的地区，要做到家不留人，一般村庄也要少留人或不留人，集中力量，合作互助，机关部队学校要停止一切不紧急的活动，参加群众灭蝗运动，从中培养坚强的群众观点。

第二，要立即下手，不分昼夜，不分地区，不分村区县界，不管你家我家，公地私地，进行突击。晚下手一天，庄稼就受一天害，只管自己不管人家，一旦蔓延起来，则飞蝗满天，人人受害。

第三，要彻底消灭，先从严重地区开始，反复搜剿；对于已经打过的地方，应进行缜密的检查，防止有遗漏和复活，给将来留下大祸。凡是去年发现过蝗蝻和因今年捕杀较晚飞蝗已经产卵的地方，要开展控蝗卵运动。要做到全部根绝。

第四，立即向已经发生蝗灾或可能受灾的敌占区游击区介绍我们灭蝗的经验，武工队游击队和沟线外活动的部队对此也不容忽视，应该像爱护根据地群众一样，帮助当地群众防蝗灭蝗，团结他们，开展对敌斗争，指出敌伪制造蝗灾的罪恶。

事情是非常紧急的，要求我们集中力量，立即下手。这就要求各地党政军民领导机关用最大的努力，动员和组织群众。因此，首先就要求我们在思想上对蝗虫的威胁有足够的认识，一切从群众利益着想，对群众负完全的责任，为保卫群众最急切的利益尽最大的努力。今春各地打枣步曲中，由于对枣步曲的为害认识不足，精神上组织上准备不足，以致有些地区事先没有很好领导群众挖蛹，步曲既生，又下手太晚，甚至某些机关部队驻地的枣叶都被步曲吃光了，这种痛苦教训，绝不应重复。还没有发现蝗蝻地区，也应及时检查，以防万一，并应协助邻区减蝗。其次，要善于教育群众，防止和克服苟且偷安的心理，用挖枣步曲蛹的经验，改变群众认为蝗虫是"神虫"的不正确认识，揭破汉奸特务分子的乘机造谣。再次，要经过群众路线，细密的组织群众，使用群众已有的灭蝗方法，学习太行区灭蝗的丰富经验，发挥群众的创造能力，创造更多的新办法，及时推广。要使现有的劳动互助组织，在灭蝗运动中发挥更大的作用，组织必要的大拨工，防止浪费人力的无组织现象，从灭蝗运动中巩固和提高劳动互助组织，为了使灭蝗与当前的播种锄苗与麦收准备工作很好结合，这一点特别重要。再次，对于进行的最及时、最有效、最善于组织群众的领导者，应当予以奖励；对于打蝗最多，办法最好，最能彻底灭蝗者，除应坚决地实行换米办法外，必须像尊敬和奖励战斗英雄劳动英雄一样，奖励杀蝗英雄，造成群众运动。最后，应指出，在我们新民主主义社会里，一切困难是可以克服的，蝗害虽然严重的着威胁我们，只要我们党政军民工农商学各界用集体力量进行扑灭，我们是有力量而且一定能够占用蝗害，胜利地进行我们的大生产运动的。

（原载一九四四年六月六日《晋察冀日报》第一版社论）

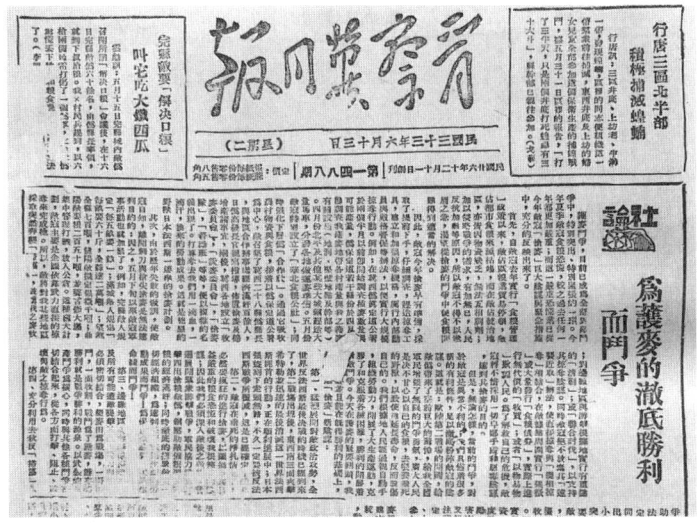

为护麦的澈底胜利而斗争

护麦斗争,目前已成为全部对敌斗争中,特别突出,特别紧张的一环。今年夏季敌寇食粮恐慌,较之过去任何一年都更加严重;而这一严重恐慌业已从今年敌寇"抢麦"巨大阴谋与紧急措施中,充分的反映出来了。

首先,自敌寇去年实行"食粮管理"政策以来,自敌占区粮业贸易停顿,敌占都市食粮来源枯竭,而在敌占统治地区,亦皆因物资缺乏,无法互相调剂;加以侵略战争的需求,有加无已,人民反抗加剧等原因,所以敌寇不得不以燃眉之急,渴望从抢麦的斗争中使食粮问题得到适当的解决。

因此,敌寇今年抢麦早有准备,采取了提前下手,仔细调查，赶造掠夺工具，建立和加强掠夺机构，厉行内部动员与严格督促等办法，以便实行大规模掠夺行动。例如：在冀西伪真定道公署于两个半月以前即开始调查种麦数量与可能产量，伪保定道若干县份于四县即调查我产麦地带各村产量与我之获麦有关设施（地洞、坚壁地点及干部等）。四月份北平及其他某些大城镇赶造大量马车，分发各地做运麦准备。五月份敌寇特别设立了"苏北食粮公社"；同时强化下层伪"合格社"。通过它吸收农村物资与食粮，接着以伪保定道公署为中心，敌召集了冀西二十八县伪县长，与地区合作办事处经济汉奸百余人，日伪高级长官亲临指导，布置抢麦及棉增产诸事宜，嗣后，冀西各地设立"收麦委员会""护麦委员会""抢麦队""督励班"，等等，便以复杂的名义出现了。打算夺去我们用一滴血，一滴汗，换来的劳动成果。这就是凶恶的野兽日本法西斯一连串的抢麦计划。

其次，由于历年失败的教训，使敌寇自知，离开刺刀与枪尖抢麦是无法达到目的的：因之，五月下旬以来敌寇军事活动也就加紧了。例如，完县敌人规定"每五亩要一亩"；满城敌人规定"每亩要六十斤，全县达二万顿"；望都全县七百顿，饶阳敌拟定强征千屯；曲阳敌要粮二百五十顿，并声言修大场，集中管理打晒，放入公仓。这种庞大计划，敌寇主要是企图依靠武力直接的掠夺来完成它。所以，敌将对我某些地区采取窃夺奔袭"扫荡"，波及我之麦收；对边线地区与游击根据地实行有重点的"清剿"；或"联合讨伐"以支持其掠夺阴谋。同时敌寇绝不放弃其"远袭近取"办法，使直接掠夺与"变相掠夺"相结合，在敌据点周围实行"强征"或大量发行"食粮债券"，实际上进行无代价的"收买"；或者"以物易物"欺骗人民。为了解救自己的危机敌寇将不惜采用一切卑鄙手段和恶毒阴谋，达到其抢麦的目的。

但是，无论怎样，当前的斗争，对于敌寇是异常不利的；我们具备着很多新的有利条件，足以彻底粉碎敌寇的阴谋。这就是：录取前我陆第二战场的开辟，给敌伪带来了空前巨大的惊慌，给我全体军民增强了无限的斗争勇气，广大人民是决不甘心以自己的食粮，去喂养垂死的野兽，以致命长寿命，反而杀伤自己的。我们根据地人民经过亲自动手，组织劳动力，开展了大生产运动，克服了和克服着各他看来还困难，胜利的开展着对敌斗争。今天在护麦的紧要关头，我□并且能在既得胜利的基础上，□"抢麦"新阴谋：

第一，猛烈展开对敌政治攻势，全世界反法西斯最后决战的时机已经到来了，第二战场出现后，东西南三面夹击希特勒并迅速的最后消灭这一世界法西斯匪首的行动，正在顺利进展中；日本强盗刻下走头无路，不久一定要被反法西斯战争所覆灭，这是已经确定了的。

第二，敌寇在垂死的挣扎情况下，必然要疯狂的进行抢麦，以图挽回其利益严重的粮食恐慌和破坏我根据地的阴谋；因此我们必须深入敌后之敌普遍展开群众游击战争，军民协力打击四出抢粮敌伪，镇压助敌催粮要粮的经济汉奸；同时长度的摧毁敌寇一切经济组织，为达到出生产的劳动成果而斗争！为保□生命线而斗争！

第三，边缘地区□必须密切结合，变麦田为战场，一面战斗，一面收割，战斗为了护麦，护麦的胜利就是战争胜利的源泉。以武装的生产斗争为核心，同时与其他各种斗争密切结合起来，从各方面打击，阻止、破坏与敌之掠夺行为。

第四，充分利用去秋反"扫荡"一争中抢秋经验，及今春以来组织劳动互助经验，创造新的生产战线上的斗争方法和手段，首先调查产麦情形，估计一定麦量所需的劳动力，依据麦熟迟早不同，尽一切可能争取缩短护麦时间，订出准确的行动计划。如普通旱地数量较小熟期较早，尽先动手，然后集中力量突击大河两岸产麦最多，熟期较晚的重要地带。要改进组织劳动力的方法，在敌我斗争最尖锐地区，必要时统一调度，集体收割，一齐下手。一般地区主要是依靠劳动组织，用拨工队，包工队，收割队，及其他各种组织形式进行突击。同时使政治动员与有效报酬相结合,被告计亩、计工、计时等办法,发给工资。对因组织劳动而提高了的劳动强度及劳动成果,亦应予以额外的工资奖励;在一般情况下,组织劳动力应不妨害市场自然法则,既能帮助雇主觅工,又能帮助短工获得更多被雇佣的机会,注意保持在麦收时节工资价格的相对稳定。同时必须吸收成年以外妇女、老人、小孩及一切可以使用的劳动力全部参加到护麦斗争中来。

第五,各级生产委员会即应成为护麦强有力的领导执行机关,不再单独的建立其他临时机构。在领导方面,必须统一运用党政军民全部力量,齐一步调,动员各机关、学校、文化组织,实际的帮助群众,不取任何报酬。一般的侧重于劳动力缺少地区,侧重抗属、干属;及帮助游击组员,战斗英雄,模范工作者,使他们有更多精力与劳力领导全体人□的护麦斗争。并从生产斗争中将分局减征公粮的建议(已被边府采纳明令公布在案),扩大宣传,进一步刺激人民生产积极性,展开新的护麦劳动竞赛。

最后,□运动,□内将麦□突击精神,但是尤须注意这一斗争,包括着割、晒、打、藏全部过程,不能视为单纯收割运动。我们的口号一方面是"快割、快晒、快打、快藏";但另一方面是□需要注意"打不完不割""晒不完□"及"分散打场""分散坚□"巧妙结合。只有这样才能做到不等敌人动手我已收完,敌我一齐动手我比敌快,与避免因某一小的环节衔接不好,遭敌人集中破坏的危险。最后护麦斗争必须与夏耕夏种密切结合,在某些已经发现蝗虫或可能发现蝗虫地区,尤须紧急动员起来,消灭蝗虫向自然作斗争:让我们在大生产运动第一阶段胜利的。

(原载一九四四年六月十三日《晋察冀日报》第一版社论)

纪念联合国日，保卫西安与西北！

今天是第三次联合国日，延安有热烈的民众大会，这个大会不但是一个庆祝大会，又是一个动员民众保卫西安，保卫陕西与西北的大会。

一九四二年，罗斯福总统发起以每年今日为联合国日，全世界反法西斯各国都在这天作纪念，今年是第三次了。过去的两年，是世界形势起巨大变化的两年，包括两个巨大的事变，第一个是在一九四十年十一月，苏联红军从斯大林格勒开始进攻，扭转了世界的历史，随后又有英美在北非与太平洋的进攻，把联合国的防御与退却形势，转变到了进攻形势，苏联红军的伟绩，起了决定作用。第二个是本月六日英美联军开□了第二战场。使进攻转到了决战阶段，英勇的盟军在法境作艰苦的但是胜利的战斗，它的影响将及于全世界。我们在中国纪念联合国日，不要忘了苏英美人民的艰苦奋斗，不要忘了斯大林元帅、罗斯福总统与邱吉尔首相的英明领导，和他们所指道路之正确。

欧洲与太平洋早已转入进攻，欧洲且已进入决战阶段，但是日寇还在向中国进攻，中国不但还没有转入进攻的迹象，而且还不能停止退却，这是今天中国的新形势。从四月十七日开始，日寇相继发动向河南、湖南与广东的进攻，洛阳失陷，长沙岌岌可危，其中最严重的是河南战事。在这个战场上，洛阳失守以前，敌以攻击第一战区蒋鼎文将军及汤恩伯将军统率下的三十余万军队为主要目的，以洛阳失陷而告一段落。本月初旬，又开始第二个战役，敌以向部署在□、□略、官道□线的第八战区胡宗南将军执率下的军队进攻为主要目的，截至本日为止所获情况，该线业已不守，敌向潼关前进，显有攻陕目的，据闻西安已下令疏散，西北处在极大的威胁中，中国纪念联合国日，却和欧洲及太平洋处于相反的情况，那边在进攻，这边在退却。

中国境内也有两种情况，敌后战场在进攻，下面战场在退却。中国从抗战开始，即形成了两个战场，敌后战场与正面战场。一九三七年七月至一九三八年十月武汉失守，敌主力向正面战场进攻，但是八路军新四军却向敌后前进，开辟了几个广大的敌后战场。武汉失守后，敌人开始改变其战争政策，对国民党正面战场以政治诱降为主，以军事进攻为辅，而逐渐移转其主力于敌后对付共产党，直至今年三月，整整五年半时间，主要的打击力量都落在共产党及敌后人民身上。最高峰时，六十万日军及九十万伪军的总数中，共产党担负的几达四分之三。然而我们是没有任何接济的，各抗日根据地又是被敌人分割了的。五年半中，敌对正面战场只做过几次战役性质的作战，都是早去晚归，并无战略的与占领性质的进攻。国民党统治人士在此期间的政策，是招架与观战的政策，敌来招架，敌去袖手，而注其全力于防制人民，压迫民主与反对共产党，这个政策，贯彻于其一切党政军机构中，顽固执着，不愿稍变，以迄今日。

但是敌情起了变化，四月十七日以后，过去以政治诱降为主的政策，改变为以军事进攻为主的政策，敌人所以出此，全为救死，但是敌人今天并未丧失战斗力。可是我们的政府与国民党统治人士，却因长期反复执行不适宜的政策，而陷于几乎丧失战斗力与束手无策的境地，军队不战而溃，或一触即溃，军队官兵脱节，军民之间又脱节，作战五十余日而退入潼关，西安震动，又在准备退却。

敌后战场以一九四一及一九四二两年为最困难时期，在敌人主力重击之下，根据地人口由一万万下落到五千万，军队缩小了，土地也缩小了。但是我们坚持奋斗，执行了中共中央的各项适宜的政策，打退了敌人一切进攻，终于站稳了脚。一九四三年及今年则举行广泛的进攻，又从敌人魔□上夺回了大批的土地，解放了广大的人民，根据地人口又上升到八千万。八路军新四军恢复元气，并且发展了，华北、华中、华南三大敌后战场合计，共有正规军与游击队四十七万，民兵二百万，主要的是经验丰富了，利益提高了，敌人原欲摧毁敌后战场，再攻正面战场，但是不可能了，□为救死计，被迫着同时挑起这两个战场在肩上。

这本是极好的形势，只要我们的政府及国民党统计人士愿意修改自己的政策，就能振奋士气，击退敌人进攻。有如此坚强与如此广大的敌后。敌人并不多，截至目前止，豫、湘、粤三处进攻部队，合计不过十几个师团，难道以倾国之力还不能给它打回去了吗？而无如至今还只看到自己的退却。

这是完全没有理由的，为什么共产党能够站住，能够进攻（虽然现在尚不是战略性的进攻，尚不能攻破大城市），国民党反而不能站住，不能进攻呢？

原因很简单，共产党坚持团结与民主，共产党团结了华北、华中、华南一切敌后战场的各界人民，实行民主，依靠人民，在那里充满抗敌卫国的爱国精神与再接再厉的朝气，对于全国则力求团结，无论国民党的政策如何反对，总是愿意和它改善关系。国民党不然，就其统治人士来说，今天为止，尚毫无反省与择善的意图，没有团结与民主方针，反而天天污蔑共产党为"奸党"，诬蔑八路军新四军为"奸军"，诬蔑抗日民主地区为"奸区"，自大骄傲，不可一世，已属中外皆知。只知伸手向同盟国要东西，满心依赖同盟国打日本，很少自力更生的意图与计划。以此而求胜败，岂非缘木求鱼？中国正面战场现在已处于极端严重的状态，我们希望我们的政府及国民党统治人士，即刻进行严肃的自我批评，修改自己的政策，从今天起，与民更始，则事尚可为。目前最严重的任务是保护西安，保卫陕西与西北，这是今天一条唯一的国际通道，此处若失，则威胁四川。我们共产党人始终希望国民党作好，我们及全国人民均希望国共两党改善关系，解决悬案，重新进入一个新的时期，我们希望我们的政府及国民党统治人士不要再使人民失望了。这种希望美英苏各国同样迫切，记者团诸君已经来延安，华叶士副总统即将到中国，我们希望他们能起促进的作用，帮助中国人民解决团结与民主的问题，借以克服中国正面战场存在的危机。要医治中国这个时症，再无他药，唯有团结与民主，离了这些，军事危机是无法解决的。乘此联合国纪念日，谨致我们共产党人的热望。

（新华社延安十四日电）

（原载一九四四年六月十七日《晋察冀日报》第一版社论）

苏联爱国战争三周年

今天（二十二日）是苏联爱国战争的三周年。一九四一年的今天，以希特勒为匪首的法西斯德国，背信弃义，不宣而战，企图乘苏联不备，挟战胜之余威，以一百七十师的兵力，在一个半月到两个月的时间中，"闪击"到乌拉尔。于是人类历史上规模最大的战争爆发了。在这个战争中，侵略者是希特勒的法西斯德国，而苏联则进行着正义的爱国战争。这个战争，不但是两个国家的事情，而且是足以决定人类命运的战争。三年以来，全世界的人都注视着这个战争的发展，把它作为自己生活中的一件最大最重要的事情。

三年过去了。这三年是惊涛骇浪的三年。回顾这三年来苏德战场上的情景：德寇以一百七十个师团，在全线攻势中前进一千公里，苏联于冬季在莫斯科周围进行反攻，完全埋葬了德寇进占苏京的企图。第二年，德寇增兵到二百四十个师，其中德国的师团为一百九十七个，在南线发动夏季攻势，前进六百公里，打到斯大林格勒，但冬季一到，红军从斯大林格勒开始了战略反攻，前进六百公里。第三年，德寇再度增兵到二百五十七个师，其中德国师为二百零七个，在库尔斯克再来进攻，结果攻了一个月，前进了二十公里；接着就是红军的大反攻，在南线前进八百公里，打出新国界，在全线收复被占领地区四分之三。现在，当我们纪念苏联爱国战争第三周年的时候，欧洲第二战场已经开辟，并且已经了站稳脚跟；东线红军的夏季攻势已经发动，具有最险地形最强工事号称难攻不破的卡累利亚地峡阵地，只十二天就被红军完全粉碎；意大利占线在占领罗马后，亦已向北面前进。苏联爱国战争的第四年，毫无疑义的将是欧洲反法西斯战争的最后一年，也就是希特勒德国死亡的一年。

苏联是我国的好朋友。三年以来，我国人民日夜盼望红军的胜利，因为苏联对德寇的胜利，与我国抗日战争的胜利是不可分离的。现在，我们这种希望，这种匪徒，已经快要实现了。我们这种希望，这种期待，其所以会实现，因为我们的希望和期待决非主观的空想，而是根据着下列的事实，这个事实即是：苏联所进行的战争和反法西斯同盟国所进行的战争是一个整体，这个战争是正义的，这个战争是人民的战争，为苏联人民和为世界人类福利的战争。我们的希望之将要实现，再次证明了一个真理，即人民的战争一定会胜利，反人民的战争一定会失败。

但是在我们中国，却有一小部分人，他们的想法是不同的，他们也在参加这个正义的战争——抗日战争，但其实际的目的，则不是为了人民，而是为了站在人民头上的少数大老爷，不是为了民主，而是为了自己的独霸，不是为了根本扫除法西斯主义，而是为了抬出另一种法西斯主义来代替日本的法西斯主义。既然这样，他们就不得不陷在极大的矛盾中，他们的希望，他们的期待也就不能不常常错误，常常碰壁。他们是中国的失败主义者，中国的孤立派。

三年以来，这批中国孤立派对于苏德战争的看法、希望、期待，起过许多波浪。当着苏德战争爆发的时候，中国孤立派先生们的"日苏必战论"也爆发了，他们立即希望日寇配合德寇，从东方攻苏，其意图是要使苏联与日寇两败俱伤，以使他们自己空出手来在国内进行反人民反民主的勾当；而当德寇攻到莫斯科城边之时，他们就兴高采烈，推测：莫斯科陷落，接着是日本攻苏，德日在乌拉尔会合。他们的幻想如此狂热，竟未想到莫斯科是不会"陷落"的。德寇攻莫斯科不下，转攻斯大林格勒时，这批人知道德日在乌拉尔会师是不可能了，那么就希望他们在别的什么地点会合，例如，在中东会合，此外，据传某要人在我国对德绝交时居然"欢宴"德大使，约他将来"在天山会面"。德寇在斯大林格勒遭到红军的战略反攻，败象已成，日寇却尚未北进。可是这批人发急起来，就把希望寄托在德寇在库尔斯克的进攻上面，希望在这一进攻之下，日寇还可在东方攻苏，他们自己也可以在中国放手反共；他们又没有想到德寇在库尔斯克进攻中只前进了二十公里，而此后的退却却是八百公里。德寇在库尔斯克失败以后，日寇攻苏是无望了，于是他们对于日寇不攻苏，认为是"失掉千载一时之机"，表示"惋惜"。

还在很久以前，这批人对英美的战略方针是反对的，他们的手是向着罗斯福押的，说道：给我们武器罢；但是他们的心却是向着孤立派的，说道：你们的"先打日本，后打德国"是最正确的，罗斯福的先打德国论是错了。直到几个月以前，这批人还在啃着所谓"西困乐攻"论，死也不放。若问他们的目的是什么呢？无非是替希特勒张目，使希特勒获得时间重整旗鼓，取得胜利。至于希特勒取得胜利，就是日本取得胜利，所谓"东攻"是永远不可能了，这个很自然的逻辑，正是他们藏在心底里的，不过嘴上挂着"东攻"的招牌就是了。所以，中国这批先生们的外交政策是自相矛盾的，手向罗斯福要东西,心却赞助罗斯福的反对派,希望美国的失败主义者抬头。中国的失败主义者们,每一遇到他们的美国孤立派朋友如惠勒之徒发出反罗斯福的怪论时,他们的报纸就起劲地拍掌,虽丑态可掬,实肺肝可见!现在日本既未攻苏,第二战场又已开辟,"日苏必战论"和"西困东攻论",成了中国孤立派的两段单相思,除了给人们留下一批丑恶印象之外,再也没有多一点。几年以来,我国这一批二心之徒,这一批中国的孤立派,这一批身在民主阵营,心在法西斯阵营的先生们,就是这样在矛盾与碰壁中过生活的。

识时务者为俊杰,我们诚恳地奉劝这些人们,请你们去年二心,来为民主的中国与民主的世界多做一些工作罢。不然,你们的矛盾与碰壁是不会完结的。

我们中国人民,非常高兴的来纪念苏联爱国战争的三周年,我们向苏联红军、苏联人民及其英明的领导者斯大林元帅致敬!我们向那与苏联红军及中国人民并肩作战的盟国军民及其领导者罗斯福总统与丘吉尔首相致敬!我们非常高兴的庆祝英美开辟第二战场的胜利与苏联攻破芬兰占线的胜利,因为这些胜利是和中国人民反对民族敌人这个神圣事业的利益完全一致的。

(新华社二十三日电)

(原载一九四四年六月二十七日《晋察冀日报》第一版社论)

纪念中国共产党英勇奋斗的二十三周年

今年七月一日，是中国共产党成立的二十三周年。

过去的二十三年间，中国和世界都经历了无数的伟大事变。这些历史事变，严格的残酷的考验了中国的各个阶级和政党，考验了它们的各个方面。但只有中国无产阶级及其先锋队——中国共产党经得起这些考验。中华民族和中国人民，近百年来，为了自身的独立自由幸福而进行的英勇斗争是可歌可泣的。但只有当中国共产党诞生之后，中华民族和中国人民才找到了争取解放的唯一正确道路和胜利的旗帜。从诞生到现在，中国共产党进行了三次伟大的革命，三次伟大的革命战争，第一次大革命与北伐战争是与中国国民党共同进行的；十年土地革命与苏维埃战争，则是中国共产党单独领导进行的；为了实现和坚持抗日民族革命战争，中国共产党则协同全国人民组织统一战线，集中力量对付日寇。我们始终坚持国共合作的方针。自从武汉失守以后，敌人开始转变了战争政策，对国民党正面战场以政治诱降为主，以军事进攻为辅，而逐渐转移其主力到敌后战场，"扫荡"共产党，直到今年三月，整整五年半的时间，敌人的主要打击力量是落在共产党和敌后人民身上的。在最高峰时，六十万日军及九十万伪军的总数中，共产党担负的几达四分之三。与此同时，国民党的统治人士，则采取了对敌招架与观战的错误政策，敌来招架，敌去袖手，而注其全力于防制人民，压迫民主与反对共产党。因此，毫不夸张地说，在没有任何接济的情况下，在各抗日根据地被分割封锁与频繁的"扫荡"进攻的情况下，□□□被迫自卫打退三次"反共"高潮的情况下，抗日战争□□□重担，主要是由共产党和敌后人民担负起来的。在这□□□连续不断的全国性的革命战争中，中国共产党经过了各方面的严格考验，已作为不可战胜的力量，成为中国政治生活与历史事变的决定因素；而特别可贵的是：达二十三年的英勇艰苦复杂的革命斗争中，使我们的党，使我国的无产阶级，使我国革命的人民，找到了自己的领袖——毛泽东同志。我们的毛泽东同志，是在二十三年的各种复杂的革命斗争中，久经考验的，完全精通马列主义战略战术的，对中国无产阶级和中国人民的解放事业，抱无限中心的坚强伟大的革命家，是全党敬爱的领袖，是全国人民解放的灯塔。

　　晋察冀边区的共产党，是有他的光荣斗争历史的。为了争取和保卫人民的利益，他们曾长期的进行了不屈不挠的斗争。更远的不用说，九一八以来，晋察冀地区的共产党，就是站在反对日本帝国主义的进攻和汉奸卖国贼的最前列的，各地前仆后继地抗日斗争与轰轰烈烈的"一二九"运动，是由他们组织和领导起来的，他们在城市和乡村中，在平原和山□中，到处散布了抗日战争的种子，准备了组织抗战的雄伟力量，当时国民党统治人士一贯的对日屈辱政策，继淞沪条约订立之后订立著名的卖国条约——塘沽协定，何梅协定。而当七七事变民族敌人打进中国来时，统治华北的这些大人先生们早就闻风而逃了，只有共产党人始终与人民同患难共甘苦，为保卫自己的家乡，为民族与人民的解放而战，表现了晋察冀人民的英雄本色。

七年来的斗争更是复杂的。我们面前站着强大的武装到牙齿的日本法西斯，我们不但要和他打仗，而且要和他进行伸出来的特务们的魔手。由于我边区直接威胁着平、津，并正继续向伪满族国内部挺进，就更增加了敌我斗争形势的嚣张和尖锐。在著名的一九四一年以七万兵力对北岳区的大"扫荡"，一九四二年"五一"对冀中区的大"扫荡"，一九四三年秋季对北岳区的大"扫荡"中，残暴的日本法西斯两脚兽，曾经采取了"无人政策"，制造了数不清的惊人惨案，而在平原及边缘地区，敌人修筑了吸血网似的稠密的边路点碉，敌华北派遣军参谋长安达曾得意地说："华北堡垒已筑成七千七百余个，遮断壕也修成了一一八六〇公里长，实为起自山海关经张家口至宁夏的外长城线的六倍，地球外围的四分之一。"（一九四二年十月）一句话，敌人是决心要杀死我们，冻死我们，饿死我们，消灭我们，以达到确保"大东亚战争兵站基地"的目的。

在这样残酷的环境与丝毫没有得到后方接济的情况下，困难是很多的，边区共产党却从不惊慌，组织和领导群众起来斗争，而创造了惊天动地的群众英雄事业。这里只举一个例子，就足以代表：由于敌人的"三光政策"，由于历史的社会的原因，在某些地区，每年春天，甚至长年，群众要吃树叶维持生活（抗战前也一样）。但是，在今年，在经过去年秋季那样残酷的反"扫荡"战役之后，经过政府的救济，土地政策的贯彻，拥政爱民运动，特别是大生产运动，经过党政军民的努力，大部地区消灭了这种现象，老乡们说："让杨大人休息休息吧！"充分表现了他们对共产党和自己生活得到改善后的欢愉和骄傲。因而狠毒的日本法西斯两脚兽不但没有能够消灭我们，我子弟兵，在七年间，进行了英勇顽强的战斗，不但打退了敌人的进攻，给敌人重大的杀伤，并且把敌人挤出去，攻克逼退敌人大量点碉。（数字不日由军共公布）我民兵不但在配合主力作战上起了巨大作用，而且广泛地开展了群众游击战争，在去年秋季反"扫荡"中，地雷战的开展，使敌人惊慌万状，狼狈不堪。以邓三十军为代表的子弟兵战斗英雄，以李勇为代表的民兵爆炸英雄，标志着边区人民和他们武装起来了的子弟兵昂扬的战斗意志。我根据地在一九四一年反"扫荡"后，曾一度缩小，经过我党政国民的一致努力，到去年年底统计，仅北边区恢复新建的村庄超过四一年前百分之六六□。我们的抗日根据地是进一步巩固与发展了。在我们猛烈的政治攻势中，共产党八路军和抗日民主政府是声威，更越过铁路点碉，感召着敌占大城市的人心。

　　我们之能够得到这些成绩，是因为我们的这路是毛泽东同志的道路。而毛泽东同志的方向就是胜利的方向。我们执行了和执行着中共中央的十大政策，把战斗生产和教育结合起来了，两年来的整风运动，加强了党在思想上政治上的一致与组织成份的纯洁，干部思想上的改造更有力的保证了党的政策的正确的执行。一切从群众利益出发，处处照顾群众，依靠群众，不但发动和组织了群众，而且已锻炼成坚强的民兵，我们不但看不到像敌占区人民的饥饿死亡的现象，也看不到像大后方民生凋敝，民怨沸腾，民□□起的惊人现象。而恰恰相反，群众不但直接得到政府的贷粮贷款，得到多方面的帮助去发展生产，解决了历年的灾荒问题，今年则更由于大生产运动的开展，基本上克服了灾荒现象或正在努力克服着。而且，群众的负担是一年年减轻了的，一九四一年统累税每分一点五市斗（最高一点九市斗，最低一点二市斗），一九四二年一点三五市斗，一九四三年九市升群众的真实政策（群众——是我们的母亲，是我们力量的源泉，胜利的源泉）。

　　时代是在急速奔流。过去二十三年的伟大历史事变，向人民指出了共产党的道路是救中国解放人民的唯一正确的道路，人类空前大解放的时代就要到来了！而正面战场国军的节节败退，这就特别加重了我们敌后军民的负担和责任。因此，不管是为了领导今天的战争与生产也好，或是为了准备反攻也好，我们必须努力学习，把整风与学习的任务提得更高，必须学习毛泽东同志的思想方法，坚定的革命的人生观，使全党彻底地团结在毛泽东同志的思想指导之下，这是中国革命胜利的基本保证。因为我们的力量是更加强大了，我们的队伍是更加团结了，全国人民更加依靠我党我军力量，驱逐日寇出中国，我们就特别需要也有可能开展正确的批评与自我批评，以马列主义的武器，以毛泽东同志的思想，解除我们同志身上的沉重的"包袱"和负担，使我们党的干部不被已得的成绩冲错头脑而自满自大，应力求提高和改造自己。进一步从思想上、政治上、组织上巩固我们的党，团结和提高全体人民，更英勇顽强地开展对敌斗争，壮大我党我军，使之成为将来反攻最可靠最坚强的力量，迎接反法西斯战争的胜利和革命的新时代的到来。

（原载一九四四年七月一日《晋察冀日报》第一版社论）

中国共产党创立二十三周年

今天是中国共产党创立的二十三周年，二十三年在历史上是一个不长的期间，在这时间中，中国共产党已经由一个几十个人的小团体发展成为一个伟大的群众政党。它现在已有九十余万党员，它领导着敌后三个战场——华北、华中、华南——的英勇抗日战争，抗击着压迫中国的绝大多数敌人。在敌后各抗日民主根据地里，有八千六百万人民，二百一十万民兵，四十七万八路军新四军。在这些根据地里实行了新民主主义，即新三民主义。政权是三三划的民主政权，武装是人民的武装，土地问题上实行了减租减息和交租交息，经济问题上实行了组织合作和发展生产，军民关系上实行了拥政爱民和拥军优抗，在言论出版社结社方面只要合于抗日与民主的原则是完全给予自由的，人权是有保障的，因此种种，所以这些敌后的抗日根据地，虽然不断受到日寇的"扫荡""清乡"与"三光政策"的摧残，虽然遭到旱灾、水灾与蝗灾，虽然得不到来的援兵，而八千万百姓人民，仍能一致团结，愈久愈勇，支持了整整七年的抗日战争，挽救了中国免于灭亡，今后还要转到反攻，争取最后胜利。

二十三年中，中国共产党经过了历史的最严格的考验。在这些考验中，都证明了中国共产党是中国人民所选择需要与市衷心拥护的。多灾多难的中国人民，要求民族独立，民权自由和民生幸福，为要达到这个目的，中国共产党越来越变成了一个对于民族命运起决定作用的力量。任何想要解决中国问题的人，忽视了别的社会力量，固然是不成功的，忽视了中国共产党则是更加不能成功的。二十三年来，中国革命运动的历史，统统证明了这个真理。这个真理，孙中山先生老早已经知道了，而这个真理现在则不仅已被国内广大人民及许多抗日党派的有识人士所认识，而且也逐渐被世界的强国——美、英的有识人士所认识了。

当着纪念我党创立之十三周年的时候，放在我们面前的乃是崭新的时候。有人企图把中国共产党关在铁门里，迫使它与外界断绝关系，迫使它孤立起来，这种打算是不会成功的。中国共产党不但要与陕甘宁边区及敌后各根据地各沦陷区各阶层的抗日人民与抗日党派实行民主合作，共同解决抗战建国问题，也不但要与大后方各阶层的抗日人民与抗日党派实行民主合作，去解决同样的问题，而且要与世界上各主要同盟国的一切盟友实行民主合作，去解决同一问题。我们的这种民主合作方针，从提出到实行，已经九年之久了。现在则正当全世界反法西斯战争已开始进入决胜的时期，世界各大反法西斯强国包括中国在内，经过莫斯科、开罗、德黑兰会议，确定了不但战时而且战后在世界范围内实行民主合作的方针，中国共产党人的责任就是说这一切变成这一方针的人，去坚决实行这一方针，坚决反对违反或阻碍或抵抗这一方针的人们（这种人在中国是不少的），战□如此，战后也是如此，确定不移地走到中国人民的胜利与世界人民的胜利。

当着纪念我党创立二十三年的时候，全党同志必须深刻认识这一责任的重大□□，进一步学习怎样与国内的朋友和国际的朋友实行民主合作，并且更加努力地去团结全党，在以毛泽东同志为首的中央委员会的领导之下，用整齐的步伐去争取胜利。

（原载一九四四年七月五日《晋察冀日报》第一版社论）

突击压绿肥

　　目前边区生活委员会发出指示，宣布边区大生产运动的第二阶段又已胜利完成了。虽然仅仅半年时间，边区的面貌已开始焕然一新，军民生活已开始获得改善，我们的光荣景越过越美了。这是我们正确地执行了毛泽东同志"组织起来""自己动手，克服困难"的指示的结果，是我们沿着毛泽东同志指示的，战斗与生产结合——这一敌后军民的道路，奋勇前进中取得的光辉胜利。这一胜利，给了我们极大的信心：只要我们按着毛泽东同志的指示去做，我们是能够实现中共中央在今年七七给战后军民的号召的。

　　当前我们在生产战略上的任务是什么呢？

　　正如边区生活委员会指出：一方面要检查麦收以后的

坚壁清野工作，不让饿红了眼睛的敌人抢走已到我们手里的麦子；检查锄草和大秋作物播□进行的成效；另方面要进行压绿肥，防洪放淤，除寄虫，再接再厉，彻底消灭蝗虫，这是小暑到处暑间的主要工作，要我们用大力去进行。其中压绿肥这件事，是各个地区都要做的。

俗话说的好，"种地不上粪，就是瞎糊混"。今年的大生产运动，再一次证明了这个简单的真理。我们不少老乡，不少机关部队，一着手闹大生产，就碰到缺乏肥料的问题，但有的解决得不好，虽然劳动力也组织起来了，也深耕了，也细做了，费劲一点不少，就是庄稼没长好，眼看着别人的庄稼黑黝黝的茁壮，干关键没办法。这一个痛苦的教训，如果今天不马上下手积肥，特别是压绿肥，到种秋麦时又要叫苦，又要"瞎糊混"一遍。因此，各地都要抓紧，开展压绿肥的群众运动，从压绿肥中解决肥料问题，首先是种秋麦的肥料问题。

压绿肥——群众早就有这个习惯，但那是自流的。问题在于领导。正面的两种情况，特别要求领导上的注意：第一，谁最缺少肥料？贫苦群众和某些抗属，他们没有猪羊牲口，积不下粪，他们也缺乏劳动力闹粪，而他们的地质又常常是很坏的，特别需要多上粪。第二，什么时候能压绿肥？按各地气候不同，虽略有先后，但一长草好就迟了，从现在说，不过还有一个月的时间，是极其紧迫的。因此，就不仅是向群众宣传压绿肥的重要性的问题，必须用细致深入的组织工作，去组织群众的劳动互助，把各种劳动互助组织的作用更好地发挥起来，并从中巩固和扩大劳动互助组织。必须抓紧时间，按当时气候草源的不同，订出村和户的具体要求，和具体计划，学习今年突击春耕麦收的经验，用突击竞赛的方法，最短期间求得完成。若抓不紧，放过电动机，后悔莫及。各级生产委员会应分域分片，具体分工，深入检查，依靠群众，虚心学习，奖励模范，影响群众，及时总结，及时推广。在突击时，应集中力量，全图迩行。应指出，现在一般群众还不习惯在压绿肥中运用劳动互助的方法，应很好地用已有的经验进行解释，动员多数拨工互助，否则，形成自流，既不能造成热烈的群众运动，也就不能在有限的时间里完成和解决贫苦群众的种种困难。

机关部队，不但要从压绿肥中解决自己种秋麦的肥料问题，而且要分别负责抢劫和帮助驻地群众的压绿肥运动，从中更进一步地加强干部战士工作人员的群众观点，更进一步地密切军民关系。

共产党员们！劳动英雄们！你们要在压绿肥运动中，表现你们人民大众的先锋战士作用，领导群众进入压绿肥的突击战斗中来！如果我们解决了秋麦的肥料问题，就给明年的大生产运动又打下了最可贵的基础，这是克服困难准备反攻的物质力量的非常要紧的工作，需要我们发扬群众英雄主义的气概，奋力完成！我们相信经过你们的努力，经过边区党政军民的努力，我们是一定能够取得胜利的。

（原载一九四四年七月十八日《晋察冀日报》第一版社论）

猛烈开展对敌政治攻势

最近同盟国对轴心国惊人的反攻,展开了新的历史局面,我们正处在新的伟大历史事件产生的前夜。

苏联红军在二千公里长的战线上发动的夏季攻势,其规模之大和进展之速,都是史无前例的。七周间前进达六百五十公里。在北路,正压缩对五十万德寇的包围圈;中路红军毙俘敌六七十万,使德寇完全崩溃,而进到华沙的门前;渡过维斯杜拉河的红军,攻克了山多米尔城,旌旗所指,向西北可迂过华沙,向西一百五十公里就是德国的"第二鲁尔";经过几年战争,仅在苏德前线,德寇即被毙俘作百五十万人,连受伤的当达千五百万到两千万人,占德国战前人口四分之一,德国人力后已完全枯竭了,而华沙以西正是德寇四年前"闪击"波兰的大平原，红军不久就要在这里给闪击者以闪击，直捣法西斯德寇老巢。斯大林军事科学的凯旋，正日益剧烈地改变着欧洲和全世界的军事政治情况。首先，法国境内美英盟军在诺曼第和布列塔尼的巨大胜利，使主力进入便于展开大规模运动战的法北平原，巴黎城内已呈混乱，指日可下；美英法军在法南登陆的胜利，和意大利盟军自佛罗伦萨向北的进军，标志着德寇在西方和南方的崩溃已经开始，从西方和南方攻入希特勒老巢的时间也不远了。欧洲人民的抗击游击战争，正像火山的烈焰四射，不仅南斯拉夫解放军已坚强壮大，意大利、波兰、希腊、特别是在法国，法共不但领导游击队发动攻势，攻城陷镇，牵制德军十几个师团，并富力城员与组织人民武装起义，响应盟军，收复失地，这些力量，正日益有力地摧毁着希特勒的"欧洲新秩序"。

七月二十日爆发的德国内战，至今并未完全平息，希特勒的残酷镇压，必将引起德国内部更强烈的反抗，虽然这种反抗是由上层人物开始的，它却当了抗战人民登上伟大政治舞台的"先行官"，这个德国人民革命的暴风雨，将与其他几个战场的英勇进军协同一致，把希特勒法西斯匪类从世界上冲洗干净。而这个时间的到来将比我们预料的还早，只是"少则数星期，多则两三个月的事情了"。

这种情况，也强烈地影响着东方。在太平洋上，美军不仅把日寇的外防线打得支离破碎，且突破了它内防线，占领了塞班岛、狄宁岛和□岛，从此美军不但有了强大空军根据地，可以更多地更大规模地轰炸日本本土，而且盟国海陆军距离日本本土、菲律宾及中国大陆的距离也缩短了，英调福莱塞任东方舰队司令、美调李梅任驻华轰炸机队司令，和加紧空中堡垒的大规模生产，特别是本月二十日美机百架昼夜连续轰炸敌国本土，预示着更大规模的进攻，就要展开。被前线军事上连战连败和国内恐慌不安所震撼的东条内阁终于倒台了，换了现状维持派与革新稳健派勾搭起来的小□的班子，这一个继续东条的万□侵略战争政策的班子，能够挽救日本帝国主义的命运吗？那是不可能的，小□的基础，事实上比东条更不稳固些，而且，他将要遇到比今天已是"三千年来空前未有的重大局面"还要"重大"的"局面"。东条内阁的倒台和小□内阁的出现，是日寇军事机构崩溃的第一步，是国内政治危机的开端，这将使同盟国对日寇的胜利比预料的还要早，小□内阁的无力改变这种局势的。

在中国敌后战场上，我党我军的对敌英勇作战，战争、生产和教育空前紧密地结合起来了，武装战线与生产战线的胜利齐头并进，军民生活获得改善，战意昂扬，战志如山，有力地配合了盟国作战，而敌则处在日益深刻的危机面前，加上盟机对华北各战略要点日益加强的轰炸，和敌伪日益残暴的抢掠，敌占区游击区的社会秩序，呈现混乱万状，政治上我之绝对优势敌之绝对劣势，是空前加强了。

为了收拾被我们打得支离破碎的政治思想阵地，敌伪采取了两种办法：一方面加紧封锁盟国和我党我军的胜利消息，一方面加强它的宣传组织水墨丹青，（如改组伪宣传联盟报导协会、扩大广播网、召开伪宣传处长及检阅主任会议等）进行欺骗宣传，如继伪复兴节之后的第二次"新国民运动"，扩大其在正面战场获得进展的宣传，散布厌战失败情绪。

但是事实是不利于日本帝国主义的吹牛大家及其走卒们的，他们蠢猪样的号叫，既不能阻止滚滚而来的盟军反攻的浪涛，也不能掩盖住日本强盗屠杀中国人民的鲜血。他们狂叫着在中国正面战场取得了"赫赫战果"，好像自由的抗战中国就完了，我们丝毫不掩饰正面战场的失败，但我们中国人民更清楚地认识到，那是中国统治人物，中国国民党执行消极抗战反民主反共反人民的错误政策的恶果，而中国共产党领导的敌后三大战场，却是处于完全相反的地位，四十七万八路军新四军、二百万民兵和八千六百万人民，正从各个抗日根据地举行胜利的战役进攻，今天我们有力地配合盟国及正面战场作战，将来我们更有力量配合盟国举行胜利的战略反攻，收复一切失地，解放中华民族。有了中国共产党，中国一定不会亡，而且一定要胜利，这一个扑不破的真理，不但日益为全国人民所公认，而且为美英盟邦人民和政府所了解，就是日本帝国主义也在战场上领受了这种教训。

对于这些吹牛大家说谎走卒，我们不但要在战场上消灭他们，我们还要展开猛烈的政治攻势，粉碎他们的新闻封锁，把新世界的阳光，带给敌占区游击区的人民，深入到敌军，日伪和伪军伪组织中去，更加发展我们的政治优势，摧残敌伪的政治思想阵地。

在沟线外活动的八路军指战员们！民兵英雄们！一切武工队的同志们！这个任务，首先要依靠你们来完成。你们要记住毛泽东同志教导我们的话："军队的任务，在意义上是一个执行政治任务的武装集团。在工作上，特别是中国现在的工作，它决不仅是单纯的打仗的，它除了打仗一件工作之外，还要负担宣传群众、组织群众、武装群众、帮助群众、建设政权等重大任务。"你们已经学习着这套本领，现在时局的发展，更加迫切的需要我们时刻不要忘记这些重大任务，精通这套本领，把目前时局对我空前有利的大变化，向敌伪军宣传，向广大敌占区游击区同胞宣传，把党中央的口号普遍地响亮地宣布开去——"沦陷区的同胞们！你们解放的时候迫近了，继续各种形式的大小斗争，反抗日寇占领者，聚焦力量，加强准备，准备在必要时以武装起义来响应将来的全国总反攻！"要用各种具体事实说明——反攻敌人、收复失地、解放民族的主要责任，今天不得不由我们共产党、八路军、新四军和全国人民来担任了，我们肩上的责任是空前加重了，这就要求我们敌后军民更亲密地团结在毛泽东的大旗下，再接再厉，更有效地打击敌人，巩固和扩大抗日根据地，准备总反攻。在进行宣传的时候，我们不但要善于运用群众喜见乐闻的各种方式方法，我们特别要把政治攻势和种斗争结合起来，一手拿枪，一手拿宣传品，打击出来烧发抢粮抓人的敌伪特务，消灭人民的死敌，爱护群众像爱护自己的母亲一样，把反对敌人抢粮和保卫秋收的斗争密切结合起来。我们要把张瑞式的合作社大大扩大起来，这是一个对敌斗争的新方向，新方法，也只有像张瑞同志那样，把敌占区游击区人民的爱国心和他们的切身利益结合起来，才能更有效地团结群众，一致对敌。

我们要更好地援助日本人民解放联盟和朝鲜独立同盟的战友们，帮助他们把世界的真实面目和日本朝鲜人民的出路，告诉被欺骗的日本士兵和被迫作战的朝鲜人，号召他们起来反对日本军阀，停止战争，建立自由和平的新日本和独立自由幸福的新朝鲜，以瓦解敌军，扩大抗日统一战线。

猛烈开展政治攻势，是全党全军的任务，不容任何忽视。没有任何政治资本的日本说谎是大家们在那里无耻吵闹，而我们却没有经常地深入地猛烈地展开攻势，这种现象是不应继续的。秋收在望，我们军民流血流汗换来的粮食正在成熟，饿红了眼睛的敌人，是不会忘记抢掠的，自正面战场陆续回巢之敌，以"扫荡"敌后，挽救其死亡，并进行向正面战场诱降的可能性是充分存在的。我们不要因对敌斗争和根据地各种建设的胜利，骄傲自满，麻痹自己，而应时刻备战，打击敌人。因而，发扬主动进攻的战术思想，占敌先机，摧毁敌伪的各种阴谋活动，更为必要。党政军民一齐动员起来呵，集中力量，齐一步调，把军事的、政治的、经济的、文化的各种力量，投入政治攻势中去，从战斗中削弱敌人，壮大自己，这就是当前对敌斗争准备反攻的一个实际步骤，一个迫切任务。

（原载一九四四年八月二十四日《晋察冀日报》第一版社论）

把新闻报导工作提高一步

——纪念九一记者节

今天本报发表的新华社关于边区新闻报导工作的检查，对今后边区新闻报导工作，有着很重要的指导意义。

从提出全党只报方针和分局宣传部通讯会议到现在，已经半年了。由于各政党开始重视这一工作，和全党的努力，特别是一些骨干通讯员的努力，保证了党报每月收到千篇以上的稿件，这些稿件是从边区各个地区各个工作岗位寄来的，其中有一些相当生动深刻的反映着边区人民各种斗争的面貌，而对于各种斗争起了一定指导作用，使党与广大群众的联系更为加强了。

然而这一些成绩，还远远落后于现实的需要，新闻报道工作存在着的缺点，还是相当严重的。半年来，边区的对敌斗争、民主建设获得了不小的胜利和成绩，边区的对敌斗争、民主建设获得了不小的胜利和成绩，边区军民发挥着空前未有的积极性与创造性，用血汗创造了无数英雄主义的业绩，以这样的情况来衡量新闻报道工作，那我们既没有能深刻地系统地有计划地反映各种斗争的全貌，与群众斗争的脉搏相吻合，更缺乏抓住典型的研究，把群众流血流汗所创造的经验提高一下，来指导各种斗争。

要把新闻报道工作提高一步，必须首先搞通一个思想问题，就是党应当把新闻报导工作真正看成指导工作的一个不可缺少的部分。党指导工作的方法，是从群众中来，回到群众中去，新闻报导工作，正是体现这种方法最有效的工具。张瑞合作社把人民的爱国心与他们的经济利益结合起来的□贵经验，经过新闻报导，与解放日报社论把它提高一步，就成为不仅是边区合作社的方向，而且成为敌后合作社的方向。李勇爆炸运动，在去年五月反"扫荡"后，一经党报报导，与党在党报上的公开号召，到去年冬季反"扫荡"后，便迅速地把李勇变成了千百万。但是党内还有不少的党员甚至负责干部，没有能深刻地认识到新闻报导工作的重大指导作用，或者由于长期处在分散的农村环境（抗战前地下党的作风，也或多或少的残留着），还不善于运用集体宣传与组织的武器——党报来指导工作，因而只是把一些斗争经验和遇到的问题在会议上，在指示信中，在总结中提出来，而不能经常的把它提到党报上让全党讨论，让党外人士和广大群众讨论，交流经验，指导工作。更有一些党的领导机关，至今还把新闻报导工作看成一种"负担"，把它与各种工作隔裂起来看，认为是通讯干事和通讯员的事情，形式的执行审稿制度，只起了"转运站"的作用，这需要从思想上彻底的转变。

其次要解决的一个问题，是怎样加强新闻报导本身的指导作用。新闻报导的指导作用，在于它的真实性典型性和系统性。真实性是新闻最基本的条件，失去了真实性，不仅失去了指导工作的意义，甚至会起着相反的作用。从党委审稿制度执行后，一般的保证了这一点，但是道听途说，前后不符的稿件，在来稿中还经常发现，如某县三篇来稿说该县三六区蝗虫损害田禾万余亩者一，数千亩者一，地区不大者三；某县报导克复某敌据点的三篇稿件，日期各不相同。然而真实性只是对于新闻的指导意义起了保证作用，更重要的，还在于抓住典型，突破一点，吸收经验，指导全盘。在边区人民各种□火的斗争中，可以报导的事物，是笔不胜书的，倘事事必录，则不仅报纸篇幅有限，不能容纳，就是一一登载，也将使群众眼花缭乱，而不能起工作中的指导作用。今天的来稿中大多数仍犯了这个毛病，表现为零乱，一般化，比如报导按家计划，在一个地区，只需要选择一个特殊的典型，吸取经验，加以研究报道就可以了，但是来稿中多半是千篇一律，只琐屑的报导计划的细节，不提出问题，不指出经验；比如压绿肥，也只有计划与完成数字的报导，看不出各地不同的特点，与不同地区和英雄人物，组织压绿肥的经验。系统性，五方面是要对典型的英雄人物和事件作适目的报导，另一方面要在一定时期关于对敌斗争，民主建设等各种斗争作总结性的报导，这对于把群众的斗争经验不断的向上提高，有着非常重大的意义。但是我们的新闻报导中，这一点是最缺乏的，此起彼落，有头无尾的自流现象严重存在，一没表扬多，工作中的缺点错误与批评提出的少，缺乏系统的结构性的报导。在对敌斗争方面，尤其明显，敌寇的"新国民运动"在边区周围具体的设施如何，我们怎样组织了斗争，粉碎了敌寇这些阴谋，这类的稿件简直可以说是没有的。日报是敌后晋察冀的报道，不能反映敌后斗争的残酷伟大的面貌，是多大的缺陷啊！

目前新闻报导工作中存在着的这些严重缺点，是党还存在着粗枝大叶作风，缺乏调查研究，不善于掌握领导方法的反映，满足于一知半解，不深入调查，不开动机器，钻研问题，以致许多丰富的斗争经验不能集中起来，加以分析，提高，回到群众中去指导工作。这种作风在本报编辑部也严重地存在着（对于来稿缺乏深刻的研究，不能从中发现问题，提出问题）。因此要新闻报导真实，抓住典型，系统全面，必须加强党的调查研究工作，调查研究不仅是党决定政策指导工作的先决条件，也正是全党加强新闻报导工作的先决条件，因为我们的采访工作，不是只建立在少数专业记者的采访活动上的，而是建立在广大群众的非专业记者（通讯员）投身于实际斗争中的调查研究活动上的。

专业记者与非专业记者的提高，也与新闻报导工作的质量提高有着极重要的关系。从这一时期的来稿中看，文风尚无大的转变，篇幅冗长，什么都讲，什么都讲不清楚，写人物必从无关的鼻子眼睛写起，写战斗必从战场风景写起，或者都是"大生产运动以来""第二战场开场以来"（有时是必要的），很少把通讯写成新闻，而应写成新闻的却多写成通讯。因此有提倡相互精练文风的必要，能写成新闻的决不写成通讯，要把通讯压缩成新闻。但是要使文风得到彻底转变，除了加强对于写作技术的学习外，还必须要求一切专业记者与非专业记者，深入各个工作岗位上自己的工作，加强与群众的联系，认真研究各种政策，把自己从政治上提高。（党更有责任来加强对他们的教育和培养，不通过这些具体的人，要加强新闻报导工作是不可能的。）只有写作技术与政治结合，才能真正肃清空话连篇言之无物的洋八股。

党政军民各系统各级领导机关，必须把新闻报导工作，提到领导方法上来检查，把它与一切工作紧密地结合起来，成为指导工作中的不可缺少的部分，并把新闻报导工作，造成广大群众性的运动。特别强调首长亲自指导，定期检查，注意培养广大的非专业记者，使群众路线与首长负责很好结合起来，把新闻报导工作提高一步，发挥党报集体的宣传者与组织者的作用。这是今年纪念九一记者节时边区全党的任务。

（原载一九四四年九月一日《晋察冀日报》第一版社论）

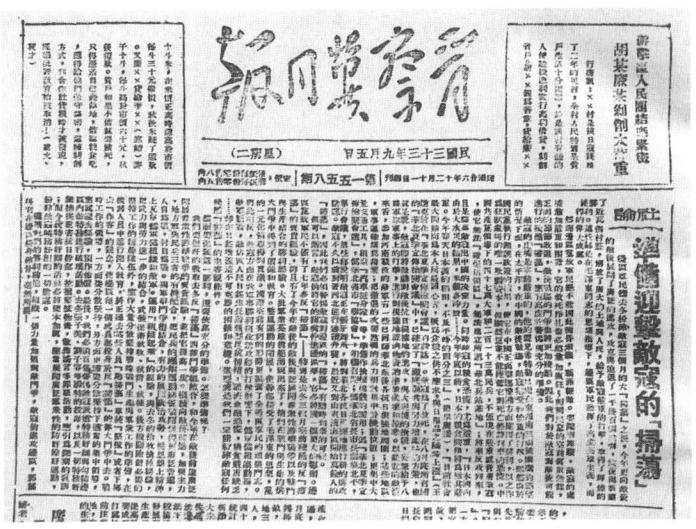

准备迎击敌寇的"扫荡"

　　边区军民继去冬粉碎敌寇三个月的大"扫荡"之后，今年更向敌后的敌后展开了广泛的进攻，攻克与迫退了一千几百个村庄，恢复与新建了近万个村庄，解放了广大的土地与人民，给予敌寇严重的打击，取得了辉煌的胜利。这些都是在毛泽东同志的思想指导下，边区军民发挥了高度英雄主义，而获得的伟大成就。

　　然而边区党政军民绝不能因此冲昏头脑，自满轻敌。要深刻认识，敌寇的处境愈加严重和困难，它的救死挣扎也必然愈加疯狂；伪国民党的空前无能，正面的节节败退，敌后战场的斗争也将更加残酷。因此，我们对于敌寇对敌后可能进行的残酷"扫荡"，应有高度的警惕与充分的准备。

敌寇的处境是空前严重的,他的盟兄希特勒已处在东西南三面被围歼的绝望的情况下面,在太平洋,在中国的敌后战场,敌寇受到严重的打击。虽然由于国民党执行错误政策的结果,使它在中国正面战场□□方面获得了胜利。以之作为狂吠□叫的唯一欺骗资本,但显然这并不能掩盖它对死亡终将到来的恐慌。中国共产党领导下的四十七万大军和二百一十三万民兵,不仅现在严重威胁着敌寇,使它无法"确保占领区",无法建立所谓"华北兵站基地";将来反攻到来,且是驱逐敌寇出中国的决定力量。同时敌寇的粮食恐慌,尤为严重,"日本国内由于大水灾的结果,米谷多冲毁……今年年底以前,日本的粮食问题将为极其严重。停下年春天日本种的稻田,不及平时的四分之三"(德里广播),"目前社会最大问题而为本人所最闹心者,厥为食粮之供不应求,与日用品之随时上涨"(王逆克敏在"华北夏季宣传检阅会议"的谈话)。敌寇为了救死,在八月底所召开的"华北夏季宣传会议"中,已确定了"彻底剿共与努力增产"的方案,也就是说,敌寇即将发动对敌后抗日根据地的进攻,与大规模的抢粮。妄想给予八路军以军事上的打击,进行对根据地经济物资的破坏和掠夺。以最近的敌情来看,参加河南战役的敌军有一些已回师华北敌后各抗日根据地周围;某些地区,军事运输颇为频繁;把撤退的次要点碉的兵力相对集中于机动搁置;更集中大量交通工具,组织"汽车挺身队"等,准备作抢掠棉谷的需用;伪"华北夏季宣传检阅会议",伪华北省市"联协会",相继召开;伪华北省长市长聚集华北,举行会议,这些都说明敌寇正在张牙舞爪,将对华北各抗日根据地进行新的进攻阴谋。敌寇不久以前对晋西北进行连续奔袭,最近又对山东滨海区开始万余人的"扫荡",因此我们必须警惕敌寇对边区的"扫荡",有随时到来的可能。

但可以断言,敌寇倘将它的猪嘴伸进边区来,它必将□一个更大的□头。边区党政军民不仅有了七年多反"扫荡"——特别是去冬三个月空前残酷的反"扫荡"的宝贵经验,而且有了今年在敌后的敌后广泛开展群众性游击战争以及战斗与生产结合的胜利经验。大批群众英雄模范涌现出来了，他们在战斗与生产的□火斗争中得到了锻炼和教育。整风运动的开展，使干部接受了毛泽东的思想，党的一元化领导得到贯彻。国际空前有利的形势更振奋了全边区军民的顽强斗志。与此相反，敌寇方面在我军事胜利与政治攻势的打击影响下，伪军伪组织动摇，敌军厌战，敌占区人民日益生长着强烈反抗情绪，经济金融恐慌，粮食严重缺乏……却在日益增涨着不可克服的困难和危机。这些就是我们一定能粉碎敌寇任何残酷"扫荡"的主客观条件。

然而要保护这一胜利，还要依靠充分的准备。怎样准备呢？

我们要很好的吸取去冬反"扫荡"四种斗争相结合，和今年在敌后前进广泛开展群众性游击战争的宝贵经验，并把民兵的爆炸运动麻雀□□□□□得变得广泛普遍，人自为战，村自为战。与军事斗争相结合，有力的展开政治攻势，从思想上精神上瓦解伪军伪组织和敌军。运用"组织起来"的经验，与去冬的抢收抢种经验，把武力与劳力进一步的结合，武装保卫秋收、秋耕、秋种。后方机关除留必要的坚持工作的精干队伍外，应作大量分散坚持战时战斗生产与群众工作的准备，在机关人员中进行深入教育，纠正过去某些人员"□'扫荡'"单纯"紧□"或者下乡去"作客"的观念，使边区每一个成员都投身于反"扫荡"的伟大斗争中去。战时工作的领导，一方面要分散坚持，另方面更需要分散坚持下适当的集中领导，应就过去经验，预作布置。最后，我们必须百倍警惕敌寇派遣特务奸细与勾结边区内部特务进行破坏活动。去冬张子美、刘子容等□特的投敌，以及一切特务奸细捕捉杀害抗日干部，挖掘坚壁物资，散布谣言等罪恶活动，应引为深刻的教□；而今后特务奸细的活动必将变本加厉，应当展开广泛群众性的防奸除奸运动，粉碎敌寇特务奸细的一切阴谋。

继续我们的胜利前进，组织一切力量加强对敌斗争，敌寇倘进攻边区，那么叫它在边区粉身碎骨，毫无所获！

（原载一九四四年九月五日《晋察冀日报》第一版社论）

普遍深入开展冬学运动

　　七年来，由于我们创造坚持与发展了敌后抗日民主根据地之一晋察冀边区，广大人民群众获得了真正的民主自由权利，可以组织自己的经济生活与文化生活，这就是新民主主义政权下人民群众的特点，与敌占区及大后方国民党统治下奴役的人民群众的悲惨情况形成相反的对照。边区七年来的冬学运动，就是人民群众为了提高自己的文化政治水平而兴起的一种文化教育运动，有其一定的成绩，在建设根据地与坚持对敌斗争上起了重大的推动作用。今年则由于对敌斗争的新胜利，大量的逼退和攻下了敌人的点碉，收复了广大的地区，根据地大生产运动的开展，大家亲自动手来解决人民经济生活上的困难，人民群众提高文化生活的需要和要求更和以前不相同了。因此，摆在边区党政军民领导机关面□的重大课题之一，是要积极准备在冬学到来时，利用农间，把各种地区广大人民群众进一步组织到冬季学习运动中来，为人民群众的文化生活长期建设而努力。

过去我们对于冬季运动的认识是有缺点和错误的：主要表现是把冬学运动与一般的中心工作混为一谈，因而有的地区认为冬学运动对于突击中心工作有利，就突击一下完事，不惜以强迫命令为之；有的则根本不管，任其自流，群众团体一到冬学时要上组织课，工农妇青各有一套冬学教材，据边区政府教育处的统计，一九四三年各种冬学教材就有十七种之多，什么都要讲，什么也弄不清，教育行政系统文救会与青救会互相推诿，领导上也极不统一，你动我不动，上级领导机关一般的号召多具体指导少，在批评缺点时只批评下级，不批评上级，形成上下之间的隔离，这就大大的影响了冬学运动的普遍性和深入性，其基本的思想根源，就是对于群众的文化生活漠不关心，把冬运视为可有可无，这就是缺乏群众观念官僚主义作风的表现。

今年冬学运动的中心目标，应当明确的提出以提高群众的文化生活为主，辅之以政治教育，把今年冬学与继续开展明年大生产运动相结合，这就是我们今年冬学运动的基本方针。要防止和克服把冬学运动政治化或看作一般宣传教育运动的意向。其目的要做到每一个成人能认识或增长二百字到三百字（儿童老年不拘），每一个行政教材有一个冬学，带领村学习。

历来的冬学是采取民办形式，但没有明确的提出民办公助的方针，因而没有完全依照群众的□旨来办事，甚至形成少数干部的包办代替与强迫命令，公僵也多是形式主义事务主义的帮助，甚至也有袖手旁观的，当然更谈不到实际的指导和帮助。今年经过大生产运动与对敌斗争的新胜利，许多劳动英雄战斗英雄与模范工作者的出现，民办公助的条件是增多了。在民办方面，应完全以群众的意志为意志，由群众自己议定动员办法与学习公约，完全采取自愿入学的办法，不加以任何的强迫和限制。主持民办冬季的人员（校长班长组长等）由群众自己选举之，其人选应当是热心教育的有威望的人士，劳动英雄，民兵战斗英雄与有能力及资望的干部，课程内容、进度、经费、校舍、聘请教员等事项，完全是由群众自己规定，但政府在经费上教员的训练上和教学的指导上，应根据各种类型冬学的具体情况，予以及时的有效的帮助和指导。冬运抗联的青救会的中心工作，也应放在具体帮助冬学聘请教员和充实教学内容方面，党的支部要保证冬学的动员和党员的积极模范作用，各村驻军及机关所在地应认真的帮助冬学解决困难，参加冬学运动，应成为部队机关当前民运工作的中心内容之一。我们要反对两种不正确的观点：第一种以为民办就是让群众自流的办学，办起来就办，办不起来就拼命，忘记了公助，或推卸责任。第二种把公助看成简单的由政府或合作社出钱完事，或看成变相的包办代替。这两种观点对民办公助的统一都是有防碍的，过去事实上是存在的，今后还可能发生这种错误观点，要随时注意和纠正。

冬学的组织形式，可采取多种多样的，如全日班半日班夜校妇女班讲字班办报组黑板报，分班分组可采取自由组合的形式。关于教材，除边区政府教育统编印的课本外，识字课教员可根据当地情况及学生程度按时编选补充，如农谣、民谣、春联、歌词等，可由群众口编，教员记录，整理后，再教给群众，这就是从群众中来到群众中去的最生动最实际的教育。

在冬学运动中，必须注意培养领导骨干和团结积极份子，才能使冬学运动成为极其广大深入的群众运动。要创造与发现学习英雄教育英雄和模范教育工作者，在一定地区和一定人（最好是春节）在群众中选举此等人物，不仅作为推动冬学而且作为推动经常性的民办学校的有力杠杆。

（原载一九四四年十月四日《晋察冀日报》第一版社论）

积极开展秋冬的生产运动

在毛主席"组织起来""自己动手,克服困难"的伟大号召之下,冀晋、冀察(一部分)地区的大生产运动,比起以往已获得显著的成绩。在冀中地区,冀热辽地区,平北地区,生产工作,还没有成为"不论公私党政军民男女老幼全体"的群众运动,一般还停留在群众自发状态中。总结冀晋、冀察地区生产运动的经验,提高一步,增加生产,推动全边区实行伟大的生产运动,这对边区党政军民是一个十分重要的任务。过去人常说:"一年之计在于春",冀晋、冀察区大生产运动的经验告诉我们"早下手为强",明年之计在于今秋冬。因此,积极开展秋冬的生产工作,是一九四五年大和平运动胜利的前提。

冀晋、冀察地区今年大生产运动的主要收获是什么呢？一句话：党政军民男女老幼初步组织起来，克服了去年敌寇加于我们的灾害，军民的生活比去年提高了一步。具体地说：根据极不完整的统计，在群众方面组织拨工、变工、包工男女儿童劳动力二万七千组，二十万人，审慎的估计，亦可达全部劳动力百分之二十；补充牲畜二万二千余头（私养补充者尚有一部无统计）；补充农具（犁、耧、镢、锨、锄等）二十六万余件（只二十二个□极不完整的统计），消灭熟荒二十万五千余亩，开生荒十三万余亩（开秋荒数字尚无统计，成滩增地七万七千余亩，平毁汽路，封锁沟、堡基八千六百余亩，总计较去年增加耕地四十二万二千余亩；开渠整旧一千一百七十余道，凿井四千余眼，变平地为水地九万五千余亩；压绿肥二万一千九百余斤，增肥一千一百万担；一亩土地都做到了锄三遍，部分的锄了四五遍，少数因天雨等原因只锄了两遍；在运动方面，单公营商店发出的运费，即达六千余万元。群众运输运销所得尚不在少数；政府贷粮及一部赈粮一万七千大石，牲畜贷款二千二百万，在恢复与组织劳动力上起了极大的推动作用。而战斗英雄、劳动英雄、生产模范，村区县领导生产的模范干部与党政军民的积极努力，是与这些收获密切不可分的。因此基本上实现了"不荒一亩熟地"，连新增土地的收获一同计算，超过了去年的生产水平，战争与生产初步结合起来了，农工商业合作事业部都较去年显得活跃多了。在部队机关生产方面，据不完整的统计开荒达五万余亩，修滩二千余亩，实现了"自己动手"，自给一个半月至两个月的任务，改善了部队机关的生活，减轻了人民的负担，加强了劳动观点与群众观点。

冀晋、冀察地区今年大生产运动的成绩略如上述，但我们一点也不敢自满。我们还有许多缺点与弱点："组织起来"还只是初步的，劳动力的浪费还相当大，生产力的提高还很小；把战斗与生产结合起来，积极组织游击区人民的经济生活，做得还太差。在农业生产方面，动手太晚，思想准备与组织工作赶不上群众需要；肥料不足，使产量尚未能达到抗战前的水平；对病虫害的研究防除不够，使农产受到许多可以避免的损失；护滩、修堤、开渠、修滩还有许多较大的工程没有动手，预防水患的工作做的太少。在副业方面把农民男女老幼农闲时的劳动力都组织到家庭手工业、畜养、运输、运销等事业中，增加群众的收入，距此还相当远。在机关部队生产方面，建立革命家务，还只是开始。所有这些，都需要边区各级党政军民深刻认识的。

一九四四年边区的秋收，基本上已经结束。在我们秋收之后，不是简单的"冬藏"，应该是必须是紧接着组织下一年度的生产，边区党政军民在思想上必须认识：把一切能够在所谓"农闲"季节秋冬完成的生产工作，一律提早，绝不推到明春；解决秋冬生产中，人民生活中的一切困难，有计划的增加收入，以调节春季劳动力不足的困难，以保证明春在任何困难的情况下能够做到深耕，由此，我们号召：

第一，在全边区普遍进行秋耕，组织人力畜力，保证在上冻以前把水地（平地）全部耕过；充分运用春耕的经验，深入具体地组织这一工作的实现。凡在今年发生过蝗蝻的地区，除深耕外，并须根据边区生产委员会的通知，组织群众挖蝗卵的运动，挖蝗卵比起打蝗虫，费力小收效大，这对防止明年蝗患的蔓延，有十分严重的意义。在枣树多的地区，配合秋耕挖步曲蛹，是保证明年枣子丰收的重要工作，也必须有计划地进行。

第二，普遍展开积肥运动。在劳动力的困难解决之后，增肥是增产的决定条件，不同地区应根据不同情况提出每亩地增肥的具体要求，组织实现。举凡驴、骡、猪、羊筑圈、□羊毛、猪毛、鸡行、麦糠、谷糠、粉浆、豆腐浆沤粪、肥、淤泥肥、人粪尿，各种各样办法，均可与卫生工作结合，因时因地具体运用。掌握积极分子，培养积肥英雄。边府今秋更抽出一笔大款，准备贷给群众帮助买羊、买牛、怒副驴骡，以解决秋耕困难并增加肥料，各地应抓紧时间进行。

第三，修渠、护滩、筑坝、成□、修堤、凿井、整地埝等较大工程，应利用秋冬季节，积极进行；以增加耕地、预防水患。各级党政军民领导机关应深入讨论解放日报论敌后解放区的水利事业一文，具体解决兴修水利问题。政府已准备专款贷放，以助民力之不足，各地应即勘察、设计、组织实现。

第四，狼虫、灌子、狐狸、石鸡等害兽害鸟，近年来异常猖獗，吃人、吃猪羊、毁坏庄稼，为害甚大。应组织群众性的打猎运动，在山地并提倡养狗，以减少甚至肃清害兽害虫鸟。

第五，发展副业，举凡做鞋、纺织、捲烟、纺织、打铁、木工、榨油、磨豆腐、开粉房、缸房、运输、运销，均当因地因时制宜，只要有发展条件，群众乐于接受均应为之。要在秋冬发展副业中，把整修补充春耕农具的工作，基本上得到解决。

第六，部队机关的生产，也应分两方面努力：一方面积极准备明春的农业生产的工作，土地不足者，应积极找地适当开荒，一方面抓紧秋冬开展手工业与运输、运销事业，防止并纠正秋冬生产松懈的弊病，但单纯运销不劳而获的思想是应彻底纠正的。此外部队机关应抽调一部力量，帮助群众秋耕，与修工程。

在冀晋、冀察两个地区，今年大生产运动的经验是相当丰富的，群众的积极性创造性有很大的发扬，劳动英雄与模范工作者到处涌现。召集战斗英雄劳动英雄大会及生产品展览会，把今年大生产运动的经验总结起来，正确地确定明年经济建设的计划，这是各级特别是县以上领导机关的任务。我们期望，党政军民要掌握毛泽东同志思想，根据经济问题与财政问题，论合作社，组织起来读名著，系统地研究总结我们财政经济工作的经验，提到理论的水平。

在冀中、冀热辽两个地区，对于明年开展大生产运动，在思想上应作充分的准备，彻底打破许多干部头脑中存在的游击区不好进行生产工作的陈旧思想，与老一套的形式的春耕运动观点，研究并采择冀晋冀察地区生产工作的经验，贯彻土地政策，把毛泽东同志"组织起来"的精神贯彻到群众中去，把战争与生产结合起来。

秋冬季节是为下一年度生产打基础的时期，也是军民休养生息锻炼体力的时期。练兵打仗要好身体，生产也要好身体。因此，不论公私男女老幼部队机关学校，应在可能范围内积极改善生活，防治疾病，提高健康水平。某些部队机关合作社老怕合作社赚钱少，超过生产任务倒二八分红个人所得多，而到改善机关部队人员生活，存在着某些消极思想，是必须纠正的。要知道机关部队的生产收入，是靠了每一个战士及工作人员用自己的劳力热汗换来的，在超过任务之后，个人所得愈多愈好，改善生活、增强体力、照顾家庭、安定工作情绪是应该的与必要的。因此老怕战士及工作人员在生产过程中发展资本主义思想，收入多助长浪费，这种思想是不对的，保守的；这是一个教育问题，应该从部队机关学校教育中使得每个人的收入都用之得当。

（原载一九四四年十月十三日《晋察冀日报》第一版社论）

迎接边区第二届群英大会及展览会

秋收已在紧张战斗中基本上宣告结束，边区军民一年的流血流汗，已经收到了应得的丰富果实。回想去年秋冬反"扫荡"大战之后，敌寇"无人区"政策给我们的困难是异常严重的。但经过七年战争锻炼的边区军民，并不会低头，我们高举着毛泽东同志"组织起来""自己动手，克服困难"的大旗，把战斗与生产结合起来，昂然前进，不到一年的时间，我们不但战胜了过去那样严重的灾荒，而且初步的解决了人民生活上的困难，并在发展生产所造成的物质基础上，进行了胜利的对敌斗争，巩固和扩大了解放区。

应指出，在这伟大的斗争中，如果没有高涨的群众英雄主义，我们就不可能收到这样显著的成绩。大家都知道，经过今春的群英大会，把这些从群众中产生的英雄模范的辉煌事迹加以发扬，把他们的经验集中起来又回到群众中去，就变成了广大群众的旗帜，成为他们战斗生产的工作标准；他们是政府政策法令的积极执行者，又是积极的宣传者和组织者，是党和政府与群众联系的桥梁；他们本身又逐渐提高了，成为战斗与生产的骨干。这种英雄和模范工作者，在各个地区各种斗争中，都发挥了不小的作用，而当党政军民领导机关加以坚强领导的时候，就得到了更显著的成就，不但他们自己的战斗或生产搞得好，而且带动了群众，涌现出新的积极份子、英雄和模范工作者，推动工作大步前进。

但从群英大会之后，在领导上是不够坚强甚至是自流的，表现出我们对战斗英雄劳动英雄和模范工作者在各种斗争中的地位，缺乏明确的认识，而且是盲目的。

第一，由于不认识其重要性，就不注意或少注意发现英雄和模范工作者。有的同志把英雄看作神秘的超人，他们脑子里的英雄不是从群众中产生的，而好像是从天上掉下来的"完整无缺"的怪物，拿着这样的框子去套，他们自然找不到满意的英雄。实际上。在各个地区、各个部门，只要有工作有斗争，就会有创造出超出一般人战斗、生产、工作的标准的人，这就叫做"行行出状元"。我们不能拿固定的标准去衡量他们，而应从当时当地的标准去衡量。有人说，这样一来，英雄模范就太多了，对此问题的认识，我们过去是有个差的，如认为今年的选举，应限于农业劳动英雄，并且只在某些有"众所公认"的英雄模范的村庄才进行选举，这就大大地限制了英雄模范的广泛发现，会给我们不可估量的损失，实际上，我们的实际斗争，需要千百万的吴满有、赵占魁、邓世军、邓勇式的英雄和各种模范工作者，需要有千百万子弟兵和民兵的战斗英雄，需要千百万开荒、深耕细作、积肥、消灭害早害鸟等各式农业英雄，需要千百万纺织、运输、饲养等副业英雄，需要千百万刘建章、张瑞式的合作社英雄，需要千百万公营企业中的英雄，特别需要千百万把战斗与生产结合起来的英雄，需要千百万男女老少党政军民各式稻样的英雄和模范工作者，今天的问题不在太多了，而是发现得太少了，如今围困敌伪点碉斗争中，民兵起了极大的作用，一定有不少的民兵英雄，但我们没有及时发现，报纸上也很少宣传，其他工作中，也有同样情形，这就叫"千里马常有，伯乐不常有"。

第二，过去已经发现的，没有很好培养。在第一届群英大会上，总结了一百多个英雄模范，他们都是有了一定的基础可以进一步提高的。有的地区注意了这一点，但一般缺乏经常性和计划性，有时没人去，有时党政军民作家记者都跑去访问，耽误了他们的富贵时间，对他们的工作帮助很少，英雄模范感到是一种"负担"。应指出少数英雄模范的自高自大，不向群众学习，眼睛向上，不尊重党政民，脱离群众，失掉英雄本色，这是很危险的，应引起我们警惕，今后要走群众路线，慎选好人；特别应加强培养教育，予以纠正。但有的又缺乏耐心，光是批评，没有鼓励，以致不少英雄模范，不但没有提高，有的反而退步了。

第三，不注意推广英雄模范的工作方法。改进和推动各种工作。往年，我们也选举过模范人物或单位，在各种总结中，在"优、缺、经、教"之后，总有一项"模"，在报纸上也充满了"模范例子"，但这只是为了"表扬成绩""扩大影响"，当作一种似乎不可少的点缀，因而流于形式主义。今年虽有转变，但不彻底不普遍，不少地区仍然是老一套。

总之，我们没有或没有完全认识战斗英雄、劳动英雄和模范工作者在斗争中所起的伟大作用，一旦被我们明确认识并掌握的时候，就变成了我们改进工作、培养干部、联系群众最好的方法，变成了我们进行各项工作中可以普遍采用的组织形式和工作方式。

为将这种新的组织形式与工作方式普遍推行起来，边区不久即将举行第二届群英大会及展览会，将有各行政区的英雄模范参加，它将是晋察冀解放区有重大历史意义的盛会，党政军民机关学校工厂等等各系统都应热烈的迎接它，据本报通讯员报道，各地正在进行准备工作，这是好的，我们认为，要把这次大会准备好，首先就要改变对此问题的认识，党政军民各级领导机关，应普遍讨论解放日报社论"采用新的组织形式与工作方式"，以统一认识，根据当地情况普遍采用。此外，还必须切实进行繁杂细致的组织工作。

第一，要发扬民主。过去的英雄模范差不多都是指定的，未经群众讨论选举，今年必须纠正。在恐怖区应普遍召开村民大会，举行无记名投票选举，即在游击区，也应用区村干部提出名单，征求群众意见的办法进行，但所有战斗英雄（不论子弟兵或民兵）及机关部队工厂学校的劳动英雄，都必须民主选举。只有如此，一方面可以加强英雄模范对群众的责任精神，另方面可以加强群众对他们的监督作用，并提高群众的英雄主义。

第二，发动群众。应把这次选派当作新民主主义政治生活的丰富内容之一，和一年生产总结结合起来，发动群众检查本单位的各种工作，发扬优点，批评缺点，一方面选举英雄模范，一方面批评和鼓励落后份子，并发动群众批评领导机关的工作，提出对共产党和政府的意见，经过这次选派，把群众的意见集中起来，加以研究，打下明年大生产运动的基础。

第三，认真领导。要把这件工作做好，领导机关必须认真负责地深入领导，首先要转变观点，具体布置，选择一二典型，突破一点，吸取经验，坚决反对自流现象和官僚主义。没有深入地领导，没有将选举的意义及英雄模范的标准作深入地宣传解释，就不能发动群众认真参加民主选举，而只有经过群众审查，才能真正举出好的英雄模范。

第四，展览品的搜集，容易找不到了，这种搜集工作，应进行很好的解释。使群众乐于送来展览。

展后，文化艺术工作者应很好地为二届群英大会及展览会服务。本报记者应在党政领导机关指导下，给每个英雄模范写一简要生动的传记，文艺工作者应用多种多样的艺术形式，如歌曲、图画、照片、剧本、小说等，把他们的事迹表现出来，广为宣传，这就是具体地为工农兵服务。

时间已不很多了，希望大家早些动手，已经动手的要进行检查，纠正缺点，以此新的组织形式和工作方式，改进工作，培养干部和联系群众，发展我们的战斗与各项建设工作、壮大自己，准备反攻。

（原载一九四四年十月十七日《晋察冀日报》第一版社论）

揭破一切法西斯的特务罪行

我们有敌后建立抗日民主的根据地，七年来给予日本法西斯以致命的打击，在世界反法西斯的战争中，贡献了我们的力量，在边区，我们实现了民主的政治，组织了民主的武装，建设了民主的经济，发展了民主的文化，造成了新民主主义的社会，正因为如此，日本法西斯千方百计进攻与破坏我们的根据地，几年来，大小的"扫荡""清剿""蚕食"连续不断，这且不说，它还采取了最毒辣的特务政策，配合它的军事行动，对我根据地进行各种的阴谋破坏。日寇特务机关在华北几年所干的罪恶是无法计算的；加上国民党法西斯特务，那些民族败类，又与日本法西斯特务狼狈为奸，勾通一气，共同来破坏与进攻我们的根据地，实行"内外夹击"，他们仇视民主，他们破坏抗战，他们残害中华民族，残害中国人民的滔天罪恶甚比之日寇特务机关有过而无不及。

去秋北岳区反"扫荡"中的事实就很明显地暴露了日寇的特务工作与边区内部隐蔽的特务份子的破坏行为是怎样密切地勾结在一起。在敌寇"扫荡"之前，那些特务份子就到处刺探我之军事秘密，调查后方机关与地方组织情形，供给敌寇情报，而在敌之"扫荡"期间，他们更直接替敌人指引道路，协同"清剿"搜索，挖捆隐蔽物资，抓捕与屠杀群众和工作人员，并且随时随地帮助敌寇散布谣言，进行欺骗宣传，有的更加明目张胆，公开投敌，替敌寇充当进攻边区的总先锋！

边区广大人民，经过几年来自己切身痛苦的教训，日益深刻地认识了法西斯特务反共、反人民、破坏抗日民主根据地的罪恶是万分严重的，他们曾经屡次向边区政府控告那些特务份子，特别是去秋反"扫荡"后，阜平等地人民，纷纷联名向政府控诉特务份子的滔天罪行，他们一致要求政府给特务份子以严重的惩罚，同时他们也向全国和全世界人民控诉日寇的暴徒与特务份子的一切罪恶行为，这种正义的控诉，不但是一般的民族的民主的要求，而且与全世界人民反对法西斯维护民主的要求是一致的，现在一切法西斯的罪行已经临到最后被清算的时候了，同盟国早已宣传过战争的目的是要根本消灭一切法西斯，战后的世界，是民主自由的世界，是没有法西斯存在的世界，一切法西斯匪徒，不管逃到天涯海角，都要追拿回来，交给人民审判，这是国际反法西斯的公约。目前英美加南各国解放欧洲的军队，正从东西三面进军，踏进希特勒德国的本土和边区，纳粹的死亡转瞬到来，许多纳粹的附庸国纷纷反正，迅速摆脱了纳粹的束缚，与同盟军并肩作战，那些罪大恶极不知改悔的法西斯份子则遭受人民的监禁或追捕，这同样说明了国际反法西斯战争中已经被确定了的一个原则，那就是说一切法西斯份子不知改悔，他们就一定要受到严厉的惩罚，另一方面，凡是能及时悔过，冲破法西斯的牢笼，接受与执行民主进步的方针的，他们就可以得到挽救，走上自新的生路。这个原则是宽大的，对于纳粹的附庸国尚且如此，对其他各色各样的法西斯份子更勿论了。

我们在中国的敌后抗日根据地，作为世界反法西斯的一个组成部分，对于一切法西斯特务份子，我们也同样执行国际的原则。在同盟国和中国三大敌后战场的军民协同一致，日益加强对日寇的联合打击之下，日本法西斯及其特务份子的末日也更加速来临，国民党的腐败无能达于极点，它的法西斯主义的"政令"与失败主义的"军令"遭到举国一致的反对，它的特务政策与特务罪行为国内外舆论所一致斥责。在这样的情况之下，对于一切法西斯特务份子，我们也同样执行国际的原则。我们对于一切法西斯的特务政策与特务罪恶一方面要无情地给以彻底的揭穿，彻底的制裁与肃清。而另一方面对于陷身于法西斯罪恶泥坑中的人们，凡是肯向政府向人民坦白，彻底揭露特务罪行，痛改前非的，那么，不管他以前干了什么样的罪恶，我们都还可以不究其既往，给以自新之路，把他们从特务罪恶的深渊中抢救出来，决不因为他们曾经长时间或短时间的失足而永远不得挽救。这完全是一种治病救人的宽大政策。

事实已经很明显地可以看到，世界的新的方向是社会主义与新民主主义的方向，一切法西斯特务份子，一切失足者赶快回头现在是时候了。这是他们挽救自己的最紧要的时期，如果他们能够在这决定的关头，决心抛开罪恶的担子，放下祸国殃民的屠刀，向政府向人民坦白，洗心革面，重新做人，那么，在宽大政策之下，他们仍然可以被挽救，仍然有生路可走；如果他们下定决心，不肯坦白，甘心为法西斯特务爪牙，死不回头，自绝于政府，自绝于人民，自绝于民族，无可救药，那么，他们就不但在全世界与全中国人民广泛沸腾的反法西斯反特务的斗争中无法逃脱，而且在这世界法西斯最后被消灭的时期中也就注定了他们死亡的命运，他们将永远得不到宽大政策所给予他们的挽救了。

法西斯特务份子，在我们晋察冀边区有许多已经开始坦白了，最近向政府坦白的易县法西斯特务卢廉甫，边区法西斯特务头子那腾符等人就是显明的例子，他们能够坦白改过，这是我们所欢迎的。像卢、那等人过去所做的特务活动，就其所造成的反共、反人民、破坏根据地、破坏抗战的罪恶来说，那是无可宽赦的，他们组织特务机关，或勾结敌人，或直接受敌人指使，或实行所谓"曲线救国"，公开当汉奸，发展特务，进行破坏，毒害青年，暗杀抗日干部，挑拨离间造谣生事，破坏动员工作，刺探军政秘密，配合敌寇"扫荡""清剿"，罪恶重重，不一而足，但是由于他们本人现在能够向政府坦白，我们相信他们就能得到宽大政策的挽救，重新做人，获得新的生路。同时，我们希望一切失足者都赶快觉悟起来，向政府坦白报告，在宽大政策下，挽救自己，挽救国家民族，打倒法西斯。

（原载一九四四年十月二十四日《晋察冀日报》第一版社论）

围山打猎为民除害

在七年多的抗日战争中，日本法西斯强盗闯进了我们的家乡，到处烧杀掠夺，他的野蛮的"无人区"政策，不仅使我们许多美丽的乡村变成废墟，而且使许多大山□的野兽害禽任意滋长。而我们□放区军民，为了打击日本法西斯两脚兽，就放□了打杀。因此，在冀军、□察两区，时常有野兽害禽出没，有时甚至非常猖獗。据报告，易孙九区五个村不完全统计，到九月上旬止，被狼伤害的羊有一九三支，猪四十九口，八十八名；谨二十天功夫，来源两个区就有二百只羊，二十五口人被害。□邱、□平野兽为害之大，也很惊人。在某些最凶的地区，野狼竟敢进村屋咬人，单人只身竟不敢出门。又如野猪、豹子、□狸、狐狸、

□、□□、鸽子等为害家畜庄稼，也很严重，一个山老鼠一年间偷吃的粮食，就在五斗以上。所有这些，不但影响人民生存，造成极大物资□□。并且□□□以精神上的□□和肉体上的伤害，甚至影响到某些地区社会秩序的安宁。□是对□□利益的极大危害，我们过去注意不够，没有从多方面保护群众利益，是不对的。我们不仅应当武装群众和日寇两脚兽作英勇斗争，而且还应当组织人民，打击野兽害禽，为民除害。□察□□区□□部及人民武装部最近调令各地民兵，自本月十五日至下月十五日举行一个月的围山打猎，是有重大意义的，因为我们的围山打猎运动，不但可以为民除害和补偿大生产运动的损失，更加密切民兵与群众的血肉联系，而且可以在打猎中进行练兵，在打猎中进行土枪（炮）射击，利用□形地物质教育，使我们民兵队员的战斗本领大为提高。

要想在这次围山打猎中收到切实的成效，必须造成广大群众性的运动。首先，应使民兵队员充分认识围猎野兽害禽，如同打日本鬼子一样，是我们光荣的战斗任务，号召他们发扬战斗中的英雄主义，争取做打猎英雄。只有有了民兵英雄们的骨干作用，才能把广大民兵和群众带领起来。其次，应进行深入细微的调查研究，召开有经验的猎户会议，了解当地禽兽散布地形，探讨各种禽兽的特性，找出打法要领，将这些群众经验集中起来，教育民兵队员和群众。并在围猎之时，将土枪、土炮射击要领，地形地物利用各课□讲授完毕，然后在围猎中实用，使围猎和练兵结合起来。再次，要有□点的划分围猎地区，适当配备干部，统一领取，齐一动作，根据当地□□情形进行□□围猎，防止野兽乱窜，在游击区和边沿地区，领导上还应当特别注意掌握敌情，领□为对敌斗争的准备和决心，以免遭受意外损失。以后，应随时将围猎中、特别是民兵英雄的光荣战绩及名□经验写成相关通讯，在报纸上公布，以便使新的方法及时推广，互相学习。

现在组织一月围猎的时间已经迫近，有的地区已经开始进行。希望各地领导及时将□□工作进行一次检查，纠正可能发生的偏向，（如有的地区以为反"扫荡"不会来了，就动用起战斗粮来）使围猎运动迅速展开。

（原载一九四四年十一月七日《晋察冀日报》第一版社论）

群众大选中应注意的几个问题

为什么要选举英雄的模范？我们的目的只有一个，就是实行毛泽东同志从□业中来到□业中去的领导方法，采用新的组织形式和工作方式，来改进工作、培养干部、联系□业，用以发展我们的战斗、生产和各□建设工作，这是当前普遍的全面的□业运动，是转变领导作风和工作作风的关键，对于我们伟大民族解放事业，是有着巨大影响的。但，是不是说只要选出了英雄模范，就可以达到这个目的？过去，我们也曾表扬或选举过模仿人物和单位，如模仿青年，模仿村等，但多是上级指定，不是出于群众真诚推荐，从群众中成长、依靠群众继续向前发展的，因而，虽有外力的帮助，却与他们自己的进步不能合拍，赶不上群众的希望和斗争的需要，也就不能达到这个目的，并且，容易使英雄模范骄傲起来，自高自大，脱离群众，不能□固，甚且□□。陕甘宁边区的模范劳动英雄吴满有，却是真正从群众中来的英雄，真正由群众"封"的英雄，中共中央和毛泽东同志总结了他的经验，给陕甘宁和敌后解放区全体农民指示了一个方向，影响所及，使我们农业生产上来了一个革命。由此可知欲达此目的，关键在于是不是真正发动了□□，发扬了民主，选出了真正为群众拥护的英雄模范。但，正因为这是一个新的组织形式和工作方式，根据目前收到的材料来看，在采用的过程中，虽然已使我们的领导方法开始改造，但上面讲的那种老一套的选拔英雄模范的方式方法，仍在严重地障碍着我们普遍广泛地正确采用，这具体表现在发动群众、发扬民主、认真领导等所发生的偏差上，如不及时纠正和补救，要想达到上述目的是不可能的。

第一，关于发动群众问题，不少地区，把选举单纯看做是"上级给的任务"，因而选举非常草率：事前没有向群众进行深入的宣传解释，发动群众，检查工作，总结经验，批评领导，有的地区在选举大会上用大部时间布置了其他工作，唯独不讨论一年来的生产或战斗，并且认为总结生产是浪费。因此，形成了为选举而选举，以至有的人当选了英雄模范不但不感觉光荣，反而觉得是负担；还有的怕当英雄，开会多，误生产，故意选有钱的人；个别地方特务丑类造谣说："谁当选了就要脱离生产参加八路军"，未能及时揭穿。影响到选举情绪。总之，凡是没有发动群众的地方，即便选举出英雄模范，多限于少数村干部，有许多英雄模范仍被埋没。事实证明：发动群众是把选举造成广大事业运动的基本条件，也是广泛发现和选出真正英雄模范的最可靠的保证。而要把群众发动起来，不论是选举劳动英雄、战斗英雄，还是模范工作者，最好的办法是每个人都做个人战斗，生产或其他工作的总结，并进行互相批评和批评领导。这种个人总结，应当将本人在劳动中、战斗中或工作中的成绩和缺点加以全面总结，特别是□怎样创造出了新的战斗、劳动或工作标准，应加以详细的总结。这种总结的做出，依靠领导上的深入动员，使人人了解选举的意义，特别是对自己的好处。然后，在小组会上，家庭会议或其他形式的会议上，展开热烈讨论，大家互相比较，和批评，互相学习，造成群众自觉的英雄主义的热潮。这样，真正的英雄和模范自然较容易发现，不当选的人，也自然不至"不服气"，因为他可以发现自己不如人处和达到更高标准的道路。而对领导的批评，是能加强领导和群众的关系。由此可知，如果我们抓紧了个人总结、互相批评和批评领导三个环节，发动了群众，这样，就不是为选举而选举，而是真正采用了新的组织形式与工作方式；不但选出了英雄模范，而且有了这一选举单位真正从群众中来的生动的总结，必将大大有利于提高战斗、生产和工作的□能及领导上的改进，也是无疑的。

第二，因此，凡是没有发动□众的地区或单位，如果选没有选举，就要采取充分发动□众的方针和办法，纠正选举中的形式主义，如果已经选出，应当采取补救办法，帮助已经当选的人进行个人总结，以便在区县□英会上选举区县的英雄模范时，不能重复上述的毛□。在此特别提起□□工厂部队领导机关的注意，由于集体生活的便利条件，发动□众比较农村难较容易，但因为过去发现和培养英雄模范的工作做得很少，就特别需要采用上述方法来发动□众。

第三，关于发扬民主问题。因为没有真正发动□众，民主也就不能不是形式主义的。有的单位，采用了干部提名单的方式，或者用所谓"造舆论"的方式，包办代替了民主选举，常常是全部到村里布置工作时，就已"胸有成竹"，按照平常的主观了解，确定哪几个人可以当选，哪几个不能当选，在主观上就不是放手护□□去选举的。我们并不反对当□已经真正发动，□□已经把目光注视在某几个人身上时，领导上适当地加以□中，进行宣传动员，以达到选出群众爱戴的英雄模范的目的。但我们坚决反对任何包办代替的现象，因为这样选出的英雄，不但不能改进工作、培养干部、联系群众，而常常是妨碍了或隔离了与群众的关系，对工作和英雄本人，都是有害无益的，这种教训过去已有过不少了。必须充分地发扬民主，即便某人有许多长处，经过我们进行了正当的宣传解释，群众仍不选他时，也不应勉强。一般的说，一百个人中，只有五十人投□成票选出来的，也不能当作一个真正为群众为□□的英雄或模范工作者，那么，由包办代替而选出的更不能算作真正群众拥护的英雄模范，更是显而易见的。

第四，关于领导问题。首先是对英雄模范在领导上的地位，认识不足，在思想上组织上的准备和动员不充分，因而力量不够集中，（如许多工作与大选□列布置）选举时间的估计不够充分、出席县区群英会人数的限制，（不是不敢规定，而是村里可不限制数量，从中选举代表参加）。在村庄里，基本选举单位，不能放手发现和选拔英雄模范。因为在□□思想上陈旧观点的阻碍，不但产生了上述发扬民主，发动群众上的许多偏见，而且有的认为在选举之后，就以为"百事大吉"了。忘记了这是一套及其复杂细微的工作，选出了英雄模范，只是开步走而已。紧跟着还有培养教育的任务，还有将他的工作方法加以研究推广和发现创造出新工作标准的人物等任务。在已经选出的单位，这些任务已摆在我们面前。各位领导机关应负责任，去总结各个英雄模范的工作，使这些真正从群众中来的宝贵的生动经验，□□化系统化，用以教育干部和群众，推动我们的工作大□步前进。因此，为每个英雄模范写生动传记，是必须做的，并且，绝不应该是交给一般干部或记者通讯员去做，而应当由主要干部亲自下手，应认识：如果我们真正认真研究了这些材料，使之上升为切合实际的理论来指导我们的斗争，那将是一本活的马列主义教科书，对我们解放区的建设事业和伟大的保卫□□战争的最后胜利，将发生不可估计的推动作用，是可以预期的。

（原载一九四四年十一月二十五日《晋察冀日报》第一版社论）

《晋察冀日报》

一九四五

YI JIU SI WU

一九四五

从李国瑞的转变说起

　　去年军区部队所开展的连队坦白运动，是部队的一个作风运动，对于转变领导作风、改进管理教育方法，和克服离队观念、改造落后份子思想。以进一步团结军队内部、巩固与提高部队，有着重大意义，并且也得到不少的成就。其中以"胜利"部侦查连所得成绩较为显著，他们由于领导作风的转变，改造了众所公认的"顽固不化"的落后战士李国瑞，而李国瑞的转变，大大的刺激了全连干部战士不甘落后力求进步的上进心，李国瑞所提出的"不打走鬼子不回家"的挑战口号，当场得到全连的争先恐后的热烈回应，立即变成群众的自觉的誓言。接着就掀起了互相激励互相监督追求进步的群众运动。基本上克服了落后现象，追步空气旺盛了，战斗力也提高了，该连在西寇村歼灭在数量上相当于自己兵力的敌军，就是明显的例证。

落后战士李国瑞的转变，告诉我们一个重要问题，要发动起群众的积极性，扶持正气，肃清邪气，转变领导作风改进教育方法，是决□的关键。该连指导员王竞生同志，在整风以前，"爱摆干部架子"，对战士的错误缺点，常常采用处罚与打击的方法，但在整风中，他坦白反省了自己这种官僚主义和军阀主义的错误，并在整风回连以后，实际行动上有了很大的转变，放下了架子去接近与关心战士，特别对落后战士，采取了耐心说服，关心帮助、多鼓励少批评的方法，这种感化教育收到了极大的效果，李国瑞便是在他直接帮助下得到转变的。

检查我们的领导，存在着一个相当普遍的毛病，就是对于落后份子常常采取了错误的方针。有不少领导干部鄙视和讨厌落后份子，对他们采取打击、孤立、讽刺、斗争、处罚等办法，认为落后份子的落后是天生的，因此就不去检查领导上的责任，不去研究这些落后现象的社会根源，认为落后份子是无法改造的，不相信革命能够改造一切的力量，不相信受压迫剥削的人们是要求解放并为此而奋不顾身的，因此就不去研究改进领导方法和教育方法。这正是官僚主义和军阀主义的具体表现之一。这不仅表现在一个连队或一个工作部门中，而是相当普遍严重存在的。出于领导上采取了这种错误方针，常常使领导与群众脱节，而在它的影响下，积极份子容易□生脱离群众的先锋主线，当与非□得关系不够团结融洽，落后份子在打击下失去上进的信心，并且某些落后份子针对着领导上的错误和□□间发的怪话，常常能得到一部份中间份子和所有落后份子的同情，破坏份子常常从中找□掩饰自己的"死角"，这样就使得正气不能得到正确的扶持与发扬，邪气不能得到及时的克服与肃清，要想把工作搞好，是困难的。

事实证明，落后份子是可以改造的，问题在于领导上能否采用新的领导方法和教育方法，认真的关心和帮助落后份子的进步，了解他们所以落后的原因，想出帮助他们克服的具体办法，采取多鼓励少批评，耐心说服（领导干部个别谈话收效很大）的感化政策。一旦众所公认的最落后的份子能够转变，对于刺激广大群众的革命上进心所起的作用是很大的。因为他的标准容易为广大群众所接受，而他勇于改过的生动事例，对于任何人都有着深刻的教育意义。

从转变领导作风着手，来开展改造落后份子（生产中的懒汉懒婆及一切工作中的落后份子）的运动，并把这一运动同英模运动结合起来，团结广大需求，激发起广大群众的积极性，来更好的完成毛主席所指示给我们的"一九四五年的任务"。

（原载一九四五年一月三十一日《晋察冀日报》第一版社论）

贯澈减租

（一）

本报昨日发表的太行平顺县钱家口村检查减租经验的通讯，提出了一个很重要的问题。

当党中央自一九四二年二月六日颁布了土地政策之后，敌后各解放区在执行这个政策上是有巨大成绩的。因之，各解放区两年来不论在对敌斗争、在发展生产，在各阶级的团结及一切工作上，都有空前的收获。仅各解放区是否已经普遍彻底□澈了这一政策呢？这篇通讯告诉我们，有的地方还没有。路家口村"年年要按法令减一次，还有什么不彻底的呢"？而事实上却是"有问题，减租不彻底，非重新减不行"。不彻底到达村干部——副村长、武委会主任第一怕夺地，还有减租；问题严重到佃户王石□减租后土地被夺，老婆也离了婚。

这种情形，据我们所知道的材料，在各个解放区都或多或少的存在着，即使在经过减租减息运动的基本地区，也还存着这样一些现象。有在减租运动中被隐瞒过去，没有发觉，根本没有减过租的；有明减暗不减的；有把定租改为活租，抵抗减租的；有把租分为虚租（名义地租）、实租（实际地租），虚租减了，实租未减的；有农民不□□令被地主欺骗了的；而比较严重的，是减租后地主借口夺地，使佃户有的失掉土地，无以为生，有的怕夺地，把减的租又退还地主，有的明知租□，也不敢要求减租。

这种种现象的存在，说明了地主在农村里占有传统的政治经济的优势，而敌后又处在战争环境，贯彻减租减息乃是一直辛苦长期的工作，必须充分的发动群众，进行继续不断地督促检查，反□几次，始能贯彻；敌后各解放区都进行了一度的减租减息运动，大部分都减了，仔细检查起来，没有贯彻的地方还不少，特别在比较落后的地区，如果再加上年来新开关的地方，其比重将不少于已经贯彻了的地区。因此，在减租不彻底的地区重新进行，以求贯彻；在尚未进行减租的地区迅速开始进行，以充分的发动群众，成为各解放区今年重要人物之一。这在毛主席一九四五年的任务报告中已经特别指出来了。

（二）

为了使减租减息政策能够真正普遍贯彻（无论新地区、老地区），来检查过去有些地方没有能够贯彻的原因与经验，是必要的。在这方面，我们认为除了某些地区因特殊的客观原因（如太行区的大灾荒）外，其主要原因还是在领导上、工作方法上、某些问题的解决上。这里提出三个比较重要的问题，作为各解放区通知的参考。

第一，我们同志对减租减息的重要性，在几年的工作中体验了、认识了，但对减租减息的复杂性、长期性还尚未能深刻认识。路家口村长在他反省时说："我认为减租是减过了，谁还知道有怎么多问题？我光想着咱村工作搞的好，不会有此问题。"其实，这里认识不仅村干部中有，同样也存在县区干部当中。在轰轰烈烈运动之后，群众发动起来了，工作也好作了，就以为万事大吉，没有问题了，不再去细心的检查发现问题，求得彻底解决。在某一个时期，集中力量发动减租减息运动是正确的必要的步骤，各解放区过去所以获得很大的成绩，就是因为坚决的这样作了。但仅如此，还不能全部彻底的解决问题，而必须补之以反复检查才能贯彻，如果没有后者补充前者，或离有而不充分，就使得减租减息在地区上留下空白，在问题上解决的不彻底。

第二，在减租运动中，有些地区，曾用简单的方式，解决这个复杂的问题，就是干部的包办代替，这样□未能把党的政策、政府法令深入的宣传教育，使农民地主双方都了解，使农民能够依据法令解决问题，不受欺负，又未能把群众组织起来（不是形式的），启发群众用自己的力量解决自己的问题，使农民认识到组织起来力量的伟大。因此，干部在的时候似乎解决了问题，干部一走，实际上则一切未变（明减暗不减），或经地主威胁反攻，群众得到的利益全部丧失（把减的租退还地主，或土地被地主夺去）。干部同情农民的痛苦，依法支持农民的斗争，给农民撑腰是好的，是应当的；但是不能包办代替，或存有恩赐观点，必须贯彻劳动者自己□□才能彻底，一切恩赐观点和包办代替，都不能□得□□群众，□□群众自己的问题；相反的，□代替群众得罪了地主，□□□□□的利益不能牢固。这种方式是在已经减过租的地区仍存在明减暗不减现象的主要原因。

第三，农民佃权的保障，是贯彻减租一个极其重要的问题。经验证明：地主抵抗减租或减租之后向农民反攻，最主要的办法就是夺地，农民最顾虑的对减租徘徊犹豫，也是怕地主夺地。路家口村干部和群众在反省时都提出来，过去不敢减租，就是怕地主夺地。事实上确实有一部分农民，减租之后，不等租约期满，土地被地主夺去，无以为生，反不如不减，过去各抗日民主政府□的解放这个问题，都曾在法令上规定保障农民租佃权三年至五年（同时也规定地主确因生活无法维持，方许收回土地自种），这是对农民与地主双方都有利的贤明办法。不过在执行时，未能更好的照顾农民利益，适当调节双方的纠纷，给一些不识大体的地主钻了空子，实际上地主收回土地固有一部分为的维持生活，但多数为报复农民的减租。

路家口村地主对农民说："干部问你，就说减，不然你防以后种不上地"，就是很好的说明。今后法令的保障是必要的，但必须进一步用群众自己的力量保障自己的利益，只有群众自己处理这些问题时，才能双方照顾周到。过去因减租失掉土地的农民，必须解决□□的土地问题，对□□夺地的地主，应当把土地还给佃户（不是一切都还）。这个问题合理的解决，对于消除农民的疑虑，贯彻减租，保障农民减租后所得的利益，是很重要的。

（三）

目前贯彻减租减息的问题，在各解放区都已提到工作日程上来了，有的正着手进行，这是极好的，必须的。趁此时机，我们愿□□一些意见，以求为此运动有所帮助。

减租减息是根据地牢固发展、各阶级团结共同对敌及农民挣脱贫困的"命运"、发展生产最基本的一环，在理论上实际上是任何人都无异议的，用不着再来□□□□□□□，具体的问题，是在已经减过但不彻底的地区，如何重新发动群众解决问题。在尚未进行减租减息的地区，如何迅速发动减租减息运动，求得减租减息政策在各个解放区普遍彻底的贯彻。

前一种地区要深入检查，发现问题，重新发动，重新解决。须知发现问题并不是一件很容易得事情，因为□□□减租今夕，问题已经隐藏起来，或者改变了形式，干部当中又容易存在"没有问题"与"差不多"的看法，本行在查减时提出"拿出证据来，拿出数目字来"，是纠正干部不正确的认识，深入检查的好办法。检查首先着□在去年生产情绪不高、生产成绩不大的地区，检查发现问题的严重，了解过去没有作好的原因，真正懂得了政策法令，然后再启发群众，用真实的例子（减租和没减租生活的对比）教育群众，了解群众没有减租的原因，打破群众的顾虑，造成群众性的检查运动，动员□□群众自己起来解决问题（路家口村的经验）。一个地方解决之后，取得经验，再推广到其他地方去，是□减运动成为一个群众运动。在查减运动中，政府命令地主退租，发动群众起来要求退租，也是必要的。

在后一个地区，要发动减租减息运动，把减租减息当作一个时期主要任务，以全力来进行。作的方法过去老地区已有很多好的经验，可供参考，这里特别提出注意的，是应当在干部中间作品和好的思想准备，克服某些同志认为新地区环境特殊，不能（或不能迅速）进行减租减息运动，同时□□新地区的特点，是□期在敌□□□下，本同于老地区，应当采取适合当地特殊环境的办法解决问题。

不论新地区与老地区，不应把减租减息孤立进行，特别要与敌斗争，生产运动紧□的联系起来，从减租减息问题的彻底解决与群众的积极性上，来加强对敌斗争（如组织民兵保卫群众利益与发展更大规模的生产运动。如从检查生产贯彻减租减息后，把群众组织到生产中来）。有些地区还必须联系到改造村政□，加强村干部民主作风等其他工作等。

在领导上，要纠正干部包办代替恩赐减租的"劳而无功"的方法，这是贯彻减租的极其重要的一环，到什么程度才能把群众发动起来，使问题解决得彻底呢？只有当农民不仅了解减租是应该的，而且为着自己的利益，理直气壮直接行动起来，相信自己的力量时，问题才能解决得彻底，群众才能提高一步。农民起来要求解决，地主也要求解决，双方争执不下时，干部才可从中调节；干部代替群众出头露面，直接交涉，或过早的采取调解的办法，都会产生不好的结果。

最后，不论检查减租也好，开始减租也好，领导者要□□□过去左的现象（如退租年代过长，租额过低，方式过急）。发动群众真正起来时，个别左的现象是不可避免的，领导者不要惧怕群众中个别左的现象，而不敢放□发动群众，限制了运动贯彻下去的力量。□□于在运动中使群众懂得政策，接受经验，纠正这些过左的现象，并且不要伤害群众的积极性。

我们希望党的减租减息政策，今年在老的解放区彻底贯彻，在新的解放区普遍实行，完成毛主席所给予我们的任务。

（新华社延安十日电）

（原载一九四五年二月十八日《晋察冀日报》第一版社论）

张瑞的合作社道路

去年五月□十六日本报社论"敌后生产运动的开展"中，曾指出晋察冀张瑞同志在游击区办的合作社，"告诉了我们一个对敌斗争的新原则，就是要把敌占区人民的爱国心和他们的切身利益结合起来"。并说："这是一个新的方向，值得大家来研究和推广。"时将一年，在晋察冀合作事业获得重大发展，张瑞合作社已成为游击区合作事业的一面旗帜。根据晋察冀最近发来的"张瑞合作社创建经过"（见本报介绍——编者）一文，我们得以了解张瑞合作社的特点及其成功原因，得以更明确解决如何坚持和深入游击区工作的问题。

张瑞合作社和所长的某区，靠近平汉路，过去"环境恶劣，四十二个村庄，南北十五里、东西三十里方圆之内，敌人安上了三个据点，十五个堡垒，全区被共长六十五里的六条汽车□和六十里的大沟分割和封锁□。""敌人三天两头去，为政□有很大的统治力，村干部不敢用抗日面目出来活动，群众的力量基本上没有发动起来。""敌人无止境掠夺，群众生活极端困难。""老百姓怕事，不敢进行对敌斗争。"自从合作社创办发展，并推动了其他工作之后，情形就完全不同了："老百姓从合作社看到实际利益，□共产党八路军和抗日民主政府有了进一步的认识。""改造了□政□，抗日工作在广大群众面前从秘密走向公开。""蔬果税在这□□一次实行了。""游击小队为□□棉花、保卫合作社，就□□出□□起来。""不但保卫本村，而且连附近村社也没有卖给敌人一粒种子一两棉花。""现在全村农民都有地种，有饭吃，没有乞丐与小偷了。""敌人严厉拷打，群众从来没有□暴露过合作社秘密。不到一年的时间，社员已包括全村人口百分之八十，□□□□□□□□敌人一个堡垒，解放区域扩大了，人民增加了。"

张瑞合作社为何能获得这样大的成绩呢？它的基本特点及成功的原因何在呢？概括起来共有四个：

第一，从群众最迫切的利益出发，解决群众的困难，敌人抢掠粮食棉花时，为了□坚壁洞面□□□□合作社，并提出"将棉花变质纺成线"的口号，开始纺织业。春耕运动时，领导挖□水渠，免除了多年的水患。春天老百姓害病的多，群众□□药合作。

第二，与各□斗争、各种工作相结合，榨油缺乏燃料，发动游击小队和群众砍伐人的□钱杆，当□□□□合作社。经过反□□斗争，负担终于公平，又将满地的□□入股，红利再分给受罚的人，使农村中各□□更加团结。调剂土地之后，农民都有了□□，对抗日民主政府认识提高，于是发动群众改造村政□。因为小学生也入了股，来曾用武装或行政为□。□用合作社其他打□了。为了保卫合作社的资财与业务活动，群众的□□工作也健全起来。

第三，合作社的业务和组织，未为任何□的条文所拘束，不是先弄好形式再充实内容，而是根据群众实践需要，发挥群众的创造性，认识扩大一步一步提高。首先是反敌□□，组织纺线；继而用棉籽榨油，推销纱布，反敌封锁，发展推销，挖□水□；成功后，又转入以医业生产方向为主……总之，在经济上发展到需要□自己的经济组织管理时，便成立群众自己的合作社。

第四，力量集中，步调统一。政民干部亲自下手，合作干部则出动与政民关系，一改那种合作社工作指示合作干部的事情以及合作干部本身孤单地工作的缺点。张瑞同志本人是区抗线负责人，合作社就是由他团结村中政民与合作社的力量创新发展起来的。

过去对于□□外游击区的工作，我们有些同志曾有过不少错误观念和糊涂思想：或认为游击区只能强调武装斗争，改善民生的工作可以缓办；或认为游击区环境困难，对发动生产运动发生怀疑；或□□区的一套办法于游击区……□□，过去某些游击区的工作不能巩固，不能深入，往往建立后又垮了。现在张瑞合作社的经验，证明在游击区□面进行经济斗争——从反对敌人的经济掠夺到发展群众经济，不仅是可能的，而且是我们在游击区工作的斗争方式之一，对于改变游击区形式能起很大的作用。当然，武装斗争还是游击区的主要的斗争方式，它是支持游击区一切工作的，经济斗争也要武装的支持。可是经济斗争发展了，保证了群众的切身利益，打击了敌人的掠夺，发展了群众的生产，这样才会大大增加群众的积极性，密切我们和群众的联系，反过来又推动了□敌武装斗争。因此，由于在游击区进行经济斗争、在游击区发展□□生产的重要性，必须予以□□的估计。我们必须抓住游击区的人民日□最感威胁、最迫切需要解决的困难进行斗争。人民受敌人勒索，负担奇重，无法生活，我们□发动群众反对敌伪勒索，并进一步引导他们组织起来，发展生产，改善生活。只有如此，游击区工作才能深入坚持。张瑞合作社在这方面为我们提供了宝贵的经验，合作社帮助群众解决了困难，群众得到了实际利益，生活改善了，他们自然乐意为保卫已得的利益而斗争，从而又学会了□□对敌斗争的方法，不断地取得了胜利，抗日情绪自然高涨，信心自然加强。这样以合作社的经济建设□中心、为起点，引导群众，提高群众与改造政权、减租减息、与办社曾公益事业、加强武装斗争等密切结合，"把全村人民组织起来，团结成一座不可战胜的□□斗争的堡垒"，这就是张瑞合作社的最大成功。

敌人一贯喜用堡垒主义、经济封锁、残酷破坏掠夺来困死、战胜我们。过去我们在游击区对敌武装斗争方面获得很大成绩，但在经济方面还是做得很不够的。一年以来，游击区群众的抗战信心与生产情绪大大地提高了，可是我们在游击区生产的领导仍很薄弱，还赶不上群众的要求，有些地方甚至将对敌斗争与生产运动对立起来的现象依然存在。张瑞合作社的成功，就是在游击区发展□□经济的最带说服性的证明。我们希望各解放区都学习晋察冀统一经验，根据各游击区自身的经济特点，创造新的方法，毫无例外地组织群众开展生产运动，使得今年的游击区面貌一新。

（新华社延安二十三日电）

（原载一九四五年二月二十七日《晋察冀日报》第一版社论）

把拥政爱民与拥军优抗更推进一步

边区军民生死共患难已经七年有余，关系是一向亲密的，经过去年的□政爱民与□军友抗运动，军民团结又□进一步。

部队去年对敌的主动攻势，得到了辉煌的胜利，解放了沦陷区广大人民，保卫了解放区人民的生命财产；部队所进行的生产运动，减轻了人民的负担；开展整风运动（干部整风和部队坦白运动），更使不少部队的干部和战士沟通了思想，违反群众纪律的现象减少了，并且涌现了主动的积极的为群众服务的拥爱模范第三连（冀中八分区）、生□爱民模范□（冀晋二分区），冀中十分区部队在新地区中，主动的做减租减息、□抗时群众工作，给部队拥爱运动充实了具体内容。

边区人民热爱自己的子弟兵。人民的眼睛是最亮的，他们从一生的经验中有个比较，只有八路军才是人民的队伍。我们自己的子弟参加八路军，他们用一切培养自己的子弟兵，边区历史上，有过不少老百姓用自己生命保护部队和伤病员安全的可歌可泣的故事。特别是在去年戎冠秀、崔洛□等拥军模范的影响下，拥军□抗运动有了新的发展。第二届群英大会中，不仅出现了许多新的拥军□抗模范，像韩凤龄、杨明甫、李□亭等，还给今后的拥军□抗工作指出了新的方向，杨明甫帮助荣誉军人、退伍军人成家立业，并且因此纠正过去领导上对这些□的轻视形式主义的偏向，使他村里的一些荣誉军人、退伍军人生活问题得到解决。杨明甫、韩凤龄、李德亭等，帮助抗□建立家务，认真实行□工队的代耕，组织抗属生产，改造抗属中的懒婆，使抗属的光景过好了。

帮助抗属建立家务事全边区人民的责任，然而抗属要把光景过好，抗属自己除老弱病残外，努力生产至关重要。第二届群英大会中的模范抗属李凤英、梁春莲、提美彦等，给抗属们提供了努力的方向，她们尊重自己的光荣的地位，认识妇女解放的道理，她们不仅自己动手，努力生产，克服困难，并且还组织与帮助其他抗属建立家务，参加抗日工作。她们的丈夫参加八路军，但她们并不□夸自己对革命的贡献，没有把这巨大□□作为可以一切依赖政府优待的理由，正因为如此，她们才真正得到人民的尊敬。她们为边区劳动妇女树立了新的标准。

出席第二届群英会的康福山、陈玉华，是边区荣誉军人、退伍军人的一□大□。他们过去在八路军中，曾为保卫边区经历过九死一生的战斗，流血负伤过多，不能继续在部队服务，但她们在退伍回家后，依旧继续与发扬了八路军的一切光荣传统，保持了旺盛的战斗□□，站在对敌斗争的第一线上，□在八路军□所受到的教育，来发展与带领民兵，保卫自己的家园，取得了不小的胜利。他们具有□□的群众观点，与高贵的革命品质，为群众服务，牺牲一切，在所不辞，没有因自己立了汗马功劳，付过光荣的代价而有丝毫骄傲，要求村民特殊照顾，正因为如此，他们就得到了全村人的热烈拥护与亲切的关心，村里给康福山找房找地，娶老婆，帮助成家立业；陈玉华村里，自动给陈玉华动员粮食，被陈玉华婉言谢绝了。这些事实也正可以有力的证明，只要部队具有金枪的群众观点，□通了拥军爱民是拥爱运动的关键统一思想，认真的主动的积极的为群众工作，为群众服务，群众的拥军是不成问题的。另一方面，如果我们的拥军工作做得好，群众□部队与加强军民的影响团结也会发生重大影响，对这一点决不能有任何的轻视或偏向。

要把边区的拥政爱民与拥军□抗发动更推进一步，必须很好的□受去年这一运动的经验，特别是第二届群英大会中影响模范们的典型经验，广泛的宣传出去，普遍的开展起来。部队方面应进行统一思想学习运动，重视拥政爱民工作，从思想上解决拥政爱民是拥爱的关键问题，充实八路军三大任务之一的"群众工作"，随时随地主动的有计划的进行群众工作，把它当作深入、长期的政治要求，克服过去式把拥政爱民当作一时的纪律突击（当然，坚持我军三大纪律八项注意的光荣传统，仍□□查拥爱工作的重要标准，但已经是不够了），或流于形式，没有认真贯彻统一政党的偏向□工作对□□不对，更□□拥军□□军民关系，最□边区的重要点，以帮助抗属于荣誉军人，退伍军人□□家务□□□，展开拥军□抗的□□运动。

各□□政军民领导机关对拥政爱民与拥军□抗工作□经常的检查与改□领导，才不□□生自流与一暴十□的现象。我们□□，一九四五年□是□□军民更加亲密团结的一年，□□更加亲密团结的基础上，我们将取得更大的胜利！

（原载一九四五年三月四日《晋察冀日报》第一版社论）

广泛的发展和提高边区的劳动互助组织

去年大生产运动中，由于我们坚决执行了毛主席"组织起来"的号召，由于我们把组织劳动力看成是发展生产的中心关键，作为农业政策之一，因此，边区的劳动互助组织，有了很大的发展，仅据一、二、三。拟专区二十六个□□□统计，就已经组织起来了三万八千五百多个小组，包括二十三万人，约占总人口的百分之八强，占□劳动力的百分之二十八还多，虽然其中还包括一小部分不大起作用的，也还遗漏这一部分□□□□□妇女儿童未统计，□□，在冀晋区和□□□□□□□□□的劳力互助组织，可以说是已经从一九四四年以前规模狭小的□自发自流状态中走出来了，开始成为一个有组织的广大群众运动了。

这就给今后进一步大力发展，提高生产效力，打下了一个初步的基础，这是去年大生产运动中一个很大的胜利。

正由于实行了劳动互助，所以在边区敌后的生产方式，而又被敌人严重摧残破坏的条件下面，使生产力大大提高了一步，在农业生产上起了很大作用，首先，把我们分散的个体经济组织起来，实行互助劳动，是目前解决劳力缺乏最有效的办法，假如能够把大部或全部农民组织在劳力互助团体内，并真正能起作用，那么真可以作□消□□□□，扩大耕地，精耕细作，多打粮食。涞源万沟村的事实完全说明了这点，他们由于劳动互助组织的好，（增加了十二头牲口，改造了七个懒汉，动员了四十七个妇女经常参加生产，组织了百分之五十的□劳动力参加拨工）本村"荒""懒""穷"三个问题都解决了，不仅没有荒地，而且还开生荒一百三十五亩，节□短工三百个，长工三个。其次，事实证明互助劳动是可以大大提高生产效能的。井陉井沟村耕种拨工队，在仅九亩半地的□，种地、施肥、锄苗、收割之中，个人生产每亩平均需工八点七个，而互助劳动只用了六点九个工，提高劳动效率百分之二十一。此外，互助劳动，还可以达到取长补短，弥补个体经营的缺憾，使生产不致中断，提高劳动情绪，互相竞赛；又可以解决生产工具的困难，提高生产技术，和推广科学生产知识；完成较大的工程；并能把妇女人老幼等半劳动力带领起来，改造了懒汉，扩大我们的劳动大军。总之，劳动互助组织的结果，不仅可以解决地广人稀地区一部分劳力不足的困难，而且在劳力不太缺乏的一些地区，也可藉生产力的提高，使农民有更多的时间去加强精耕细作，改良农作法与修水利和开展副业等。

去年边区劳动互助的经验是很丰富的，群众有许多创造，仅按组织形式来设，就是复杂和多样的，因为一方面边区旧有的形式将近十个之多，今天经过改造提高都可以继续发展，另一方面由于我们处在敌后环境，群众也创造了许多战斗和生产组合的形式。根据去年各地出现的典型，主要可以分为三种。

第一种形式是拨工（有的地方叫变工、换工）。拨工之中又有规模较小，比较简单的小拨工和规模较大、拨换复杂的大拨工（劳动互助合作社，或综合性合作社），小拨工包括人与人的拨工，人工拨畜工，牲畜合组，运系到工具中水车拨工，大车拨工等样式，这是去年冀晋、冀察地区最普遍的劳动互助形式。因为它是各种劳动互助中比较简单的形态，所以比较容易组织和发展；记工清工也较简单，一般的是以工顶工，以工还工。开始组织时，多半经过临时性、拨工不经常的阶段，但加强领导后，就可以逐渐的变为固定的、长期的拨工组，因此，这种形式也可以说是劳动互助组织中最基础的组织，一般的可以达到四个人作五个人的活或三个人作四个人的活。大拨工是当小拨工由小组拨工发展到"死组活拨"或组与组"调工"，并以拨工成为习惯时，就产生了实物还工，用钱还工，整拨零还，零拨整还，因而与合作社的生产信用，供给消费等等业务部结合起来了，同时又产生了随不同季节不同作业而变更固定组，临时编组或队的集体劳动，及运销运输、手工业等业务与农业生产的拨工，这样人数众多，劳动互助内容复杂大的拨工，我们叫它大拨工，或综合性的拨工。这种大拨工的劳动效果是比较高的，其组织较严密，制度较复杂，还需有坚强的领导，经过□□组织可以逐渐地把农村群众和经济生产组织起来，但□□□□在一般情况下必须是在小拨工有了基础，群众工作基础好，根据群众的要求和自愿才能实现，否则，急于求功，必遭失败，或有始无终。

第二种形式是战斗与生产结合的拨□工。一九四四年各地创造的形式有敌我斗争第一线上组织群众□□□大拨工，如平定岔口村的□□大拨工，敌人骚扰，大家就联合民兵予以抗击，敌人进攻，就由民兵掩护退出；还有游击组织与拨工组配合或结合而来的，有沟□两□的拨工：一种是交换养殖地，换的办法是由农民双方自由规定，一种是只"换劳动力"的，一种只换肥料，一种因为敌人常埋伏，以整劳动力换半劳动力：在巩固区和某些游击区，民兵集体组织生产，解决了游击队的战粮问题，这是一个很好的创造，解决了我们几年来很难解决的问题，对群众游击战争的开展有很大贡献。……总之，一九四四年的经验证明，劳武结合的互助形式应当注意：（一）必须建筑在群众的要求与自愿的原则上，把对敌斗争和群众的切身经济利益联系起来。（二）必须建筑在等价的基础上，即便在很紧张的时候也需要有一定的报酬和代价；（三）组织和分工一定要严密，情报必须互通，才能成功。

第三种形式是包工。这种形式是民间旧有的，在大生产运动中经过改造而发展了。主要有以下三种：（一）按件包工，如有些工人利用歇晌、休假日等时间，按活集体包工，有的和优抗联系了起来；（二）长包短算，把一段地一下包出去，全年中随用工随到，每个工按当天的短工价钱计算，这样两不吃亏；（三）包拨合一，地少人多的拨工组，他们用拨换工的新法把自己的活耕完了，便集体出去做包工，有的挣钱很多。总之，包工不仅适用于农业，而且适用于建筑和手工业等。对雇农、贫农出卖劳动力，减少雇主剥削，提高工资，增强劳动效率上都有好处；以此还可以解决无劳力之抗属、灾民、各种手艺工人的生产问题，今年各地□可普遍提倡。

去年不仅在劳力互助组织的形式上，群众有以上许多创造，而且我们在组织和发展拨工的方式方法上也有不少成功的经验和失败的教训。我们为了使今年的工作能大大推进一步，对今年边区组织劳动互助，在这里提出以下几点意见，供各地研究参考。

第一，我们的干部必须彻底认识组织劳动互助的工作在今天的重要意义。因为发展生产的中心关键是组织劳动力。组织劳动互助，不仅是在今天条件下是生产最有效办法，而且它是小农个体经济逐渐集体化的第一个步骤，"它是人民群众得到解决的必由之路，由穷苦到富裕的必由之路"，也是深耕细作的先决条件，因此，广泛的发展和提高边区的劳动互助团体依然是今年大生产运动中最重要的工作。是实现今年提出的耕三余一任务的重要环节。这正如毛主席所说："这种生产团体，一经成为习惯，不但使生产量大增，各种创造都出来了，政治也会提高，文化也会进步，卫生也会讲究，流氓也会改造，风俗也会改变。不要很□生产工具也会改良，到了那时，我们的农村社会，就会站立在新的生产力上面了。"另外还必须认识：组织劳动互助，是与贯彻减租不能分离的两个政策，这就是"由于农村，农民都是分散的个体生产，使用着落后的生产工具受着封建的地租剥削。为了提高生产兴趣和生产力，我们就采取减租减息与劳动互助的两个方针。减租提高了农民的生产兴趣，互助提高了农民的生产力"。我们边区的事实也完全证明了这点，什么地方减租较彻底，农民的生产情绪就大大提高，拨工互助也就容易组织发展，反之，则各种工作不易进行。因此，今年大生产运动中，应以组织劳动互助为中心环节。但对进一步贯彻减租，发动群众，解决土地纠纷，也必须重视。

第二，如何进一步组织发展劳动互助呢？去年的经验证明：第一条必须遵守的原则，就是从具体的经济情况调查出发，什么地方采用那种形式，都应当按照那里的季节、经济条件、人民习惯去组织。能变就变，不能变就不变，可以大变就大变，可以小变就小变。比如游击耕地，送□时，在山地就应以组织牲畜、牛□为中心来确立拨工组，在平原地区就要以组织大车为中心。去年有些干部，不懂得从各地的经济情况出发，不能根据季节的不同，来变更组织形式和拨换方式，因而遭受失败。第二条必须遵守的原则，就是要根据群众的自愿，采用"耐心说服，典型示范"的方针。去年我们有很多地方，恰恰是违犯了这一条，例如有的干部下乡强行组织拨工组，"毛主席的号召，上级的命令，不组织起来就不成""任务非完成不可"，有些干部，急于求功，开大会，按山沟，按自然村，按年龄等，一律编组。还有些地方规定："不参加拨工组不给他贷粮""谁不参加拨工组，不让谁挖洞""谁不参加拨工组，谁雇不上短工"等，这样就必然造成相反的结果，不但不能提高生产力，反而增加群众的麻烦，有碍群众的生产，"拨不转""□不成""干部□走□等"，群众谓拨工为"值差"，是这种强迫命令，欲速不达的工作方法，所产生的结果。

第三，必须要勤记工，勤算账，等价交换。去年的经验，也充分的证明这一点。凡是巩固的拨工组没有一个违犯规条原则的。因为农民的个体经济利益，是必须照顾到的；他们劳力强弱，技术高低的不同，土地数量的差异，吃饭好坏的不等，人事关系的不和等，因而，往往发生许多纠纷，致使劳动互助不能组织或不能持久。解决的办法：有定工（把不同劳力规定成几等工），灵活记工，（破一天为五小工），按活折工，（男工、女工、轻工、重工、粗工、细工等，都折成一定的比例进行等价交换。）为便于交换起见，还须采用还物清工采用钱还工的办法。记工清工的单位基本是在小组，只有经过调工□，才经过合作社。□□工要经过群众自己讨论决定。

第四，要建立劳动纪律和加强教育。过去的拨工组规模狭小，所以没有一定劳动纪律，去年有些拨工组因为拨工范围扩大，群众自己订立了纪律，这是很好的，今后应确定，凡是一个较大的拨工组，更应有自己订立的劳动纪律，并要加强教育，才能遵守纪律的模范，这□提高效率□□拨工组长期坚持，有扩大□□。除了以上四点还值得特别指出的应是：与户计划结合，和□□户计划圆满上，是我们组织劳动互助时刻不应忘记的原则。

第五，关于广泛发展和逐步提高的问题。去年虽说有了许多经验和很大成绩，但总的说来发展是非常不平衡的，这次边区群英会已经提出，冀晋的巩固区要组织劳动人口的百分之三十五，冀察百分之三十，冀中游击根据地组织劳动人口的百分之十五，冀晋冀察冀中游击根据地与游击区各有一定的要求，是个艰巨严重的任务，各级党政军民干部必须加强此项工作的领导，全边区不分任何地区都要大量的发展。不论那种形式不论农业或副业，只要能够提高效率，有利生产，都是好的，但是在广泛发展的基础上，就应该逐步的来提高他的健全领导，确立制度。严密组织，订立纪律，由小组扩大成队，由简单的小组拨换，把□提高一步，与合作社其他业务相结合，向综合性合作社发展。这种提高的标志，应当以"节省多少时间，多打多收粮食"来检查，离开了广泛发展的基础，细缀的组织工作，希望一下子搞得轰轰烈烈，是不可能的，可是当许多农业副业的分散的小型的劳动互助组织发展起来后，不及时的实施各种组织的统一领导，拨工队，合作社，群众团体，在工作上干部上的进一步相结合，也是不能满足于群众的要求。有碍于生产的更高发展。

现在春耕时间已经迫近，各地应当不失时机的联系作农户计划，进行组织农民的劳动互助，有了去年的初步基础，和群众这样高涨的劳动热忱，只要我们很好的接受去年的经验，加强党的领导，我们今年一定会收到更大更多的成绩。

（原载一九四五年三月九日《晋察冀日报》第一版社论）

更进一步发动解放区妇女参加生产卫生文化运动

——纪念"三八"妇女节

最近几年，陕甘宁边区及敌后解放区的妇女工作者，思想上工作上都获得显著的进步，很多妇女工作者打破了过去空□"妇女解放"、安于机关学校生活脱离群众的教条主义作风，开始深入农村，□农村妇女服务。

最近几年，我们解放区的妇女工作者，为劳动妇女做了些什么事情呢？

第一件事情，组织妇女生产，在敌后各解放区许多妇女工作者，不仅发动了妇女群众参加战争动员，而且利用了战争的空隙，组织了成千成万的妇女参加生产，特别是组织他们种棉纺织布，参加合作事业，帮助妇女们解决生产中的各种困难（如缺乏棉花、纺车、织线及家庭纠纷等）。由于广大劳动妇女加入了生产热潮，大大改善了妇女的家庭生活，促进家庭内部的团结，妇女群众更成为建设根据地坚持抗战的一枝重要的力量。

第二件事情，宣传、组织妇女讲卫生，开展了妇女卫生运动，妇女工作者教导农村中的妇女们，以□式接生法，告诉他们如何保育儿童，如遇疾病请医生看病，不要烧香求佛，相信巫神。由于卫生运动的开展，使广大妇女很多从疾病的痛苦中摆脱出来，不仅自己注意健康，而且把孩子养好，保护了革命后代。

第三件事情，开展□字运动，她们吸收妇女参加学校和识字班，或利用小学生制度及其他形式，教她们识字。由于文化运动的开展，更加促进妇女们政治认识的提高。

组织妇女从事生产、提高文化、注意卫生，是今天农村妇女工作的具体内容，这三件事情是相互联系着的，其中心环节在于生产。因为没有生产，妇女们的经济生活无法改变，卫生、文化亦无从谈起，必须在发展生产的□□上，在妇女群众中开展文化卫生运动。

但是应该说，我们妇女工作者帮助劳动妇女所做的事还是很不够的，为使这方面的成绩更加提高一步，我们特向妇女工作者提出三点意见：

（一）更加加强我们妇女工作者的群众观点，虽然很多妇女干部已经□了深入农村，从事实际工作的重要，并在这些工作中锻炼了自己，克服了小资产阶级的各种思想，但是□□有些妇女干部，在思想上至今还没有完全弄清重要她们以□做□村中的妇女工作就脱离了"政治生活"，就妨碍"进步"，却不知道这正是最实际的政治工作，最能够进步。学到接近广大妇女群众，和她们打成一片，从而获得组织她们的本领。还有要战胜日本帝国主义，必须把妇女同胞组织起来，首先必须深入农村，把占妇女最大多数的农村妇女组织起来。因此，我们所有妇女工作者，必须更加加深群众观点，除了专做妇女工作的同志以外，机关和部队的知识份子妇女，不仅要进行自己的工作，完成自己的生产、学习、教育儿童的任务，而且和机关内外的妇女群众结合起来，向她们学习，又从而教导她们，组织她们。

（二）要精通自己的业务，学习一项专门的本领，不论是纺织、业务、教学、或经济工作等。如果自己不懂纺织，便不利于组织妇纺，不懂医药、卫生、便不能很好的去破除迷信，宣传与组织医药卫生工作。不注意教学方法，便不能很好引导妇女学习。精通业务是接近群众的桥梁，也是贯彻群众观点的必要步骤。

（三）要更加改善妇女工作的作风，过去曾有一些妇女工作同志，怀着满腔热忱，一下乡便想把工作做得轰轰烈烈，不估计农村工作的实际环境，不经过妇女群众的自愿自觉，有时甚至采取强迫的反感。因此，以致工作难于进展，或者引起老百姓的反感。因此，我们在工作中必须严格遵守群众自愿的原则，要认清楚我们处于农村分散的环境，广大农村妇女受到传统的落后思想的影响，在农村妇女中进行工作，不论是发动妇纺或开展卫生、认字运动，都是十分为艰苦和长期的工作，我们应该更耐心地和更细腻地工作，更深入地了解农村妇女群众的生活习惯和情绪要求，点点滴滴地积累经验，以期把我们的妇女工作做的更好。

最后，全域民主人□正在努力争取废除一切专政成立□主的联合政府，这一奋斗目标也是我解放区妇女的迫切要求，因□没有联合政府，就不能战胜日寇，就不能获得全国妇女的解放。同时我们解放区妇女还要加强自己的组织，并对大后方妇女界要求民主的运动予以同情的声援。

（原载一九四五年三月十一日《晋察冀日报》第一版社论）

户计划与家庭会议

　　□□□计划与□家□会议，是开展大生产运动中实行组织起来一个很重要的环节，今年开展大生产运动一开始就必须抓紧这个环节。

　　去年大生产运动中有许多地方曾相当普遍的作了户计划，不□的还召开了家庭会议，得到许多成功经验，也涌现不少好的典型，参加二届群英□会的胡顺义、戎冠秀和郝风廷就是例子。

　　胡顺义□年生产没有计划，每亩地只上三十□□。四十三亩水□坡地只打十四石粮食和四千斤菜，副业一点没有开展，去年大生产当中作了计划，开了家庭会议，实行了民主和分配，□家人生产情绪提高了，结果每亩上了

□□粪，共打二十石二半□□，八千斤菜，六千斤山药，还开了三十亩荒，修了二三亩平地，植了九十棵树，增加一□□和二十七条羊，副业□□有开展，□□捻□小孩织袜子。

戎□□在一届群英会上，订了生产计划，要开荒十亩，修水地□□，早地五亩，种□一六八棵，□肥二四〇〇斤。回家后立即□家庭会议讨论通过她的计划，以后又开会进行分工，□常开会遵行检查，□□□和奖励，随时规定各时期的具体计划，□□原计划，□□□开了十二次会，结果完全成并通过了原计划，因为生产得好，每人奖了一条毛巾，作计划和开家族会议的结果促使全家人都参加了□工组。

□凤廷是个大家族，十三口人，有伯父、母亲、哥、嫂、□、□□、自己、妻子、三个小孩，三弟、弟媳，三弟出去抗日不在家，因人多，□□不和气，妇女天天吵架，不稍□在□□□人多，今年在上级号召下，开了家庭会议，实行民主，□大家检讨，结果每个人都说了心里□□□的，三弟媳说："别人有男人，都有自己□自己男人不在家□没体已"，有的说："凤廷当家□□□□□是自己□起来。"大家发言后，凤廷按事实作了解释，这样弄□□□大家没□□了，□□□，在以后会议上，又按活儿进行分工，每个人都自动完成自己的任务，妇女们很起劲。他老娘也自动负责作饭，□□青壮年妇女下地，这样只麦收前因少雇人节省两石麦粮食。以后说大小事都在会议上讨论。今年开了十四次，凤廷给每个妇女奖了两条毛巾，还给她们□一口猪，□□了□□妇女。

他们的先生增加□□有别的原因，但□□□，□□□□去年的作户计划与家庭会议有很大成效，证明作户社□兴家庭会议对大生产运动的开展有重大作用。

一、作户计划给全家人指出提高生产的明确目标，使全家人知道按计划作下去，可以得到很大利益，生活可以改善。刺激和提高了个人的生产积极性。

二、开家庭会议，一方面发扬了家庭民主，改造了家长制的旧习气，因而解决了家庭不和的问题，一方面则采用了家庭分工，奖励、分红和批评制度，提高了全家人的生产兴趣。另外还对各时期生产工作执行情形，时行检查，保证了全年计划贯彻实现。

三、作户计划家族会议和分工制度的采用，使家庭生产比过去有了些计划性和组织性，因而挤出一些时间和精力，或实行精耕细作，在原有土地上加工，或进行开荒个□，或从事其他各种副业。使□□生产项目增多，整个收入增多。

四、作户计划和家□会议，直接推动了劳动互助组织的发展，因为作户计划还有□定群众，生产信心的作用，去年春，在一些受灾村里，有□是相当一部份人，对自己生活毫无办法和无信心，有的已准备好去逃荒，有的听天由命，不积极想法生产，大吃大喝。这些人在作户计划中，找出了克服困难的办法，并实际解决了问题，因而情绪转□了。准备逃□的也不逃了，大吃大喝的也改变了。他们都变成□□很高而积极生□了。

总之，作户计划与开家庭会议，在去年有很大成效，事实□明它是开展大生产运动实行组织起来一个很□□的环节。也是领导生产的一种好的组织形式和工作方式。

但是去年作户计划当中，他发生不少缺点和错误，例如平山老坟村，作户计划时，事先没作充分解释动员，就把全村群众分成十组，每组找一个会写字而不一定有生产经验的人当组长，帮助各户作计划，给谁作□把户主叫到村公所或小□校□，计划内容，不是根据各户实际情况，帮他们打算，而是□上级发的统一的表格□项填写，表格非常复杂，上面写着"家庭经济情况调查"，下边是"去年收支情形和依据农业计划"。大小收支都要拆成小米，结果不但没有□提高，群众生产情绪的作用，反而□就群众疑□，许多人□□是□□调查统累税，不肯实报，作完后干部自己说：没有一个□是□造的。

然而□□种毛病的，并不是个□的，不少地区作户计划，不是召开家族会议大家讨论，而是只我户主一个人谈谈就得。不少的户计划不是按照该户具体情况，不从实际出发，而是一般化，把计划变成形式主义的东西。不少的户计划，不是把群众真正动员起来，由群众自己自愿自主去作，干部站在帮助地位，而完全是干部代替包□，大部地□没有把作户计划贯彻全年，经常检查，而把当作是农夫一个□□工作，计划以后就百事大吉，×县干□说的好：问到群众时，群众答复："我的计划早作了，交到□里了，现在记不清都有什么内容。"问到区干部则说："交是交来了，但早入了卷宗，现在记不起来。"

很明显，这样的计划是失败的，在组织和□□生产上不会起任何作用。

那么为什么成功的也很失败的呢？有那些经验值得注意呢？

一、户计划要作的好本身必须具备三个基本条件：

最重要的是思想上解决问题。胡顺义、戎冠秀和邹凤的计划，而以作的好，基本原因是他们对作计划有了足够的和正确的认识，完全了解到订计划是为了更好的组织和使用全家劳动力劳动时间和自己所有的土地牲口资本及其他一切生产手段，以便于更有效的提高生产，增加收入，改善生活，他们对作计划十分重视，非常认真，正□胡顺义自己说的："是经过自己心里细细盘算的。"去年一切成功的计划都是这样，老坟村和其他一切失败的计划，都是由于不了解了一点。

领导作计划的干部，一定要纠正轻视作计划的错误观点，在工作抓紧组织劳动互助,忽视帮助农户作计划;是有害的。这里需要特别指出（一）必须了解中国是以家庭为经济单位，发展生产主要是提高每个农户的生活，和增加收入，提高生产必须组织家庭的劳动力和经济力量，组织劳动互助，也是为了提高各个农户的生活，如果□工组与户计划发生矛盾，那就不可能组织起来，组织起来也不会巩固。（二）要了解作户计划的目的，就是为了组织全家劳力和经济力量，以更有效的从事和提高生产。

对于作户计划的农户，□一定使他真正了解，计划的好，就会增加自己的生产和收入，自己一定去认真的仔细盘算。

其次，召开家庭会议，发扬家庭民主，这一点在去年的经验中，证明非常□□。作户计划必须与家庭会议结合，计划必须在家庭会议上由大家讨论着订。只有这样，计划才能照顾周全，才能把全家劳动力尤其是妇女儿童部组织起来，才能把全家人的生产积极性启发起来，把家庭计划看作是自己个人的计划去贯彻实现。

第三，是实行公私兼顾和分红奖励。家庭会议实行民主可以把全家人的积极性启发起来，但要巩固这种积极性，就必须实行公私兼顾和分红奖励。个人份工最好在家庭会议上，由每个人自己提出自己的计划，在执行当中，定期开会检查，完成任务时按一定比例分一部份□个人。对主义成绩好的，还应额外奖励，均不好的批评。只有这样才能把积极性坚持下去，把计划贯彻到底。从经济利益上□□个人的，生□积极性。

以上几点是作户计划的基本条件,三者不可缺一,缺任何一个都作不□。

第一，全年计划和季节计划的问题，计划要贯彻实现，必须是既有全年计划，又有季节计划。全年计划给全家人指出了全年努力的目标。季节性计划则为了实现全年计划的一个更具体的计划。光有全年计划，没有季节的具体计划，则全年计划就会落空。没有全年计划，就订季节计划，就是盲目的。在整个计划执行过程中，还必须定期检查，随时修正和补充。胡顺义曾开了五次会进行检查。每次会上都对计划提出修正和补充。今年领导上，必须纠正□天突变一下，以后根本不管的作风。

第二，作户计划与组织劳动互助。农村的经济单位是农户，组织劳动互助不能与户计划相违背，作户计划也必须与劳动互助相结合，只有很好的组织劳动互助，□□□省更多的劳力，以提高各农户的生产。如果不作计划组织劳动互助，而单纯的把一个□孤立起来作计划，则生产就不可的更高。作计划时，必须同时计划到自己怎样益加劳动互助组织。

第三，普遍作与作典型户。去年不秒地区采取普通作的办法，这里有些是成功的，但的确有很大一部份形式的。原因就□□不是采取耐心说服瑟典型示范的办法，不是教育发动群众自己作，则是干部代替包办的，但又□□□□□不得不采取□□的填□方式，这办法是失败的。十年我们号召普遍作，但一定采取耐心说□与典型示范的方式，一方面干部要抓住典型，作出样子，影响别人，一方面还要教育群众，发动他们自己做。也许群众自己作的不一定那末完奋，但只要是经过群众细心盘算。不完善也比形式主义的填表好的多，这方面除干部亲自下手外，要发挥英雄模范的作用，帮他们作出榜样，又发动他们帮助群众作。

第四，户计划与村计划要互相结合，一般的□当先根据村的条件，作出大致的村计划，给各户指出个努力方向，然后□户按着村计划的方向，作自己的计划，最后，再根据各户计划，□来修正全村计划。

最后将要特别指出的，今年作户计划，一定要根据全□□□□生产方针和任务，尤其重要的，是贯彻争取耕□□一□精神，□□余一不是空的东西，必须用具体工作去实现，必须具体贯彻在□农户计划当中去。

（原载一九四五年三月十六日《晋察冀日报》第一版社论）

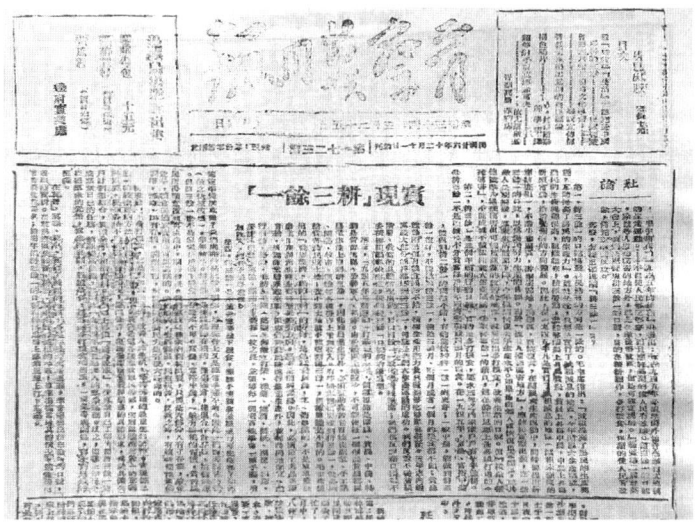

实现"耕三余一"

毛主席在"一九四五年的任务"里指出:"一九四五年必须无例外地□□举行大规模的生产运动……不但使人民够吃够穿,而且应该逐渐的使人民有盈余。耕三余一的口号,除被敌人□残□害的地方外,就是在敌后解放区,也是可能实现的。"这□第二届群英大会上,我们甚□实现耕三余一的口号,目的在精耕细作,多打粮食,据□的使人民有盈余,备荒立□准备反攻。

那么,怎样正确认识"耕三余一"呢?

第一,耕三余一的口号与发展吴满有的方向是一致的。毛主席指出:"减租提高了农民生产兴趣,互助提高了农民的生产力"。这就是说,只要是实行了减租减息的地区,今年开展大生产运动,农民的生产兴趣提高,组织起来,积极劳动,就能够使雇农上升为贫农,贫农上升为中农,中农上升为农民新型富农,沿着□□有的方向发展。因此,在一九四五年凡是实行了减租减息的地区(减租未彻底的应该查□),不论□□□□,游击根据地,游击区,新恢复区,在开展大生产运动中,同时要提出耕三余一的口号,以为农民努力生产的目标。对于"被□人摧□厉害地方",应该从实际出发,在一些敌人长期摧残,群众生活严重下降,今年做到恢复去年生产水平。如果是由无人区恢复为巩固区,或其他被敌人摧残厉害但可能贯彻党的政策的地区,就可提出多打粮食,改善生活的口号。但"被敌人摧残厉害",不能成为不积极开展大生产运动,争取耕三余一的借口,这在干部思想上是必须打通的。

第二,耕三余一是三个年头的行动口号,祸害人间多打粮食,要求一年之内家家户户有半年余粮。但耕三余一不是□□□不分贫富每户每年齐齐整整余四个月的粮食。在一九四五年,富农、富裕中农,能做到耕二余一的固然不错,有的能做到耕一余一的更好;一般中农,能做到耕三余一很好,不能做到耕三余一,能余三个月,两个月或者一个月的粮食都不错;贫农就余两三个月粮食固然不错,积极生产用尽力量只做到够吃够□也很好。三年之内□区最大部分的户都□到耕三余一,这就是我们大生产运动的成功。我们反还不从□□阶层,贫富的具体情况出发,把耕三余一一般化的□□学点;我们也反对藉口困难不去积极组织继续发生□,抵制耕三余一口口号的右□思想。

第三,一九四五年是耕三余一打基础的一年,领导重点是雇农、贫农、中农、特别是贫苦抗战□□□军人、孤寡。由于边区土地较少,不可能使每一个雇农贫农都从农业生产上□到耕三余一,因此除农业生产外,必须帮助贫苦老百姓从副业、手工业、园艺、牲畜、运输等各种劳作上增加收入。有些同志认为要达到耕三余一,就必须给贫苦农民或土地;找不到土地就能达到耕三余一,这种认识是不对的。毛主席提出的"发展经济,保障供给"

的方针，是包括发展农、工、商等业的。不是单单发展农业；在农业生产主要发展□□有方向。绝不是削弱富农。因此，必须把工业品逐渐自给，□□商业联系起来看，领导贫苦农民除进行农业生产外，并同时同地□宜，□行□□、棉织、毛织（熬盐、□□、打柴、采药、烧酒、制纸、编筐、编蓆、□□□□□运销□□发挥一技之长，并领导每一个老百姓学会一种手艺，增加收入，□□□子过好起来。

第四，耕三余一是不□一□要余下粮食，应该不应该拿余粮进行再生产□？如何备荒准备反攻呢？我们□在敌后战争的环境，地理条件上又是经常旱涝不均。因此□们需要经常□□（敌之□掠破坏）。年年防旱。耕三余一是应该奖励存粮的，提倡义他，提倡合作计存□，□备无患。但耕三余一也不是家家户户余下粮食□存起来不可。富农、富裕中农，一般有余粮的习惯，贫苦农民所得愿意投□再生产中，期待发展，我们应该从群众的利益出发，只要是大部分人有了存粮，纵使荒旱，粮食经过买卖还可以调剂的。□□□生产□□，民生疾苦，反攻之时，有赖我们地区的调细，那时，民有存粮，调□城市，□恢复□休养民力是很大好处的。

□□至□□，多打粮食，这是发展国民经济，改善人民生活，坚持抗战的最重要的二种，实现耕三余一的最主要方法，组织□□□□□□我们希望各级党政军民干部，深刻认识耕三余一的意义□重要。根据地中不同的□□□□情况；经济条件，提出□产粮食发展副业的具体要求，□级具体□户计划相结合，□贯彻全年，组织，在□□上□□□耐心说服"，使群众自己了解□把耕三余地□成群众自己的任务，积极提高生产，□□比一九四四年更□还要入的群众运动，反之，领导上如果□不经过群众的觉悟，群众的自愿，战迫命令，□□□多打粮食的办法，一定是事与愿违，得不到群众的拥护。

在冀晋、冀察、冀中实行了减租的地区。今年发展生产运动，应普遍提出耕三余一的口号，一并组织实现。在冀热辽区□□晋、冀□、冀中未实行减租的地区，也就根据当地具体情况宜适□□□的增产粮食的要求，给明年提耕三余一的口号在干部思想上群众思想上打下基础。

（原载一九四五年三月二十五日《晋察冀日报》第一版社论）

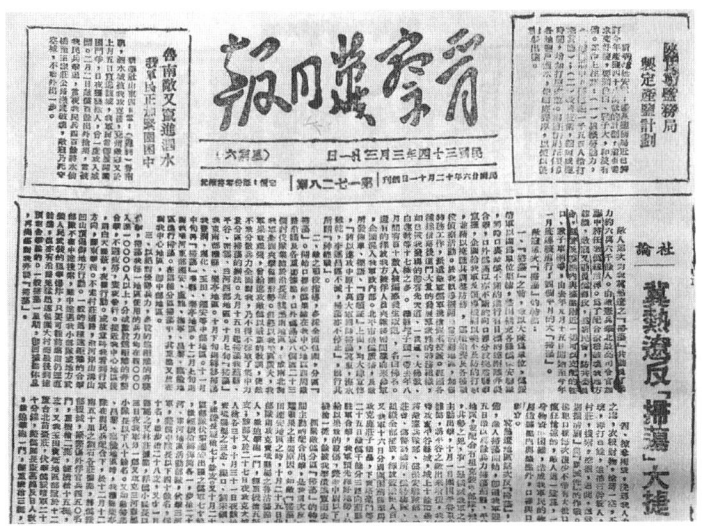

冀热辽反"扫荡"大捷

敌人这次对我冀热辽之"扫荡"共动员了兵力约六万六千余人。由宪兵华北最高司令官加□中将任□伪总□□。为了配合抢粮破坏我地方组织,敌寇又动员伪政,为新民会,防共委员会,为要及□□内与据点附近一切可以支配的牲口、驴子车辆等,由去年九月十五日开始至今年一月底连□进行了四个半月的大"扫荡"。

敌寇这次"扫荡"的特点:

一、"扫荡"这前,□以大队为单位集结,整编补充各县伪保安联队,同时口里不□的进行有目标的□距离奔袭合击,口外伪满军亦不断的向口里分股突然袭击鼠窜,企图给我军及领导机关以突不及防的打击,并借以掩护其调防务。这□给养及各种职役侦察活动。于我领导机关□常活动地区，加强特务工作，派遣敌军伪军携枪假来投诚。经过各种迷信落后道门大量的发展群众性的特务组织，如已被我发现的有先天道、一贯道、大佛教、白莲教等十七种之多。滦县坨子头一带去年八月间有百十数人被煽惑发生叛乱，名曰佛名。还有的释放我方被俘人员夹杂秘密间谍前来参军。企图混入我军政内部。北平市敌伪广播。及敌所发传单、标语、"归顺证"上面，均大肆宣传，"将以进攻中原十万大军同师'扫荡'冀东，海水虽干，李运昌匪不灭，'扫荡'亦不停止"，进行其所谓"神经线"。

二、敌之战役指导，多采全面包围，分区"扫荡"。开始口里敌伪集结在我中心地区四周铁路沿线及各重要据点，口外伪满军八个区二十三个计伐队集结于沿长城线然南地区，□成南北调我军全面夹击包围形势，但终以我的地区广大，我军果敢顽强，曾给进攻敌伪以严重的教训，使敌不敢分散兵力全面对我，乃不得不采取了集中力量分区"扫荡"的办法。九月十五日起"扫荡"我蓟县、平谷、密云、三河西部地区。十月下旬则转移"扫荡"我丰润、遵化、玉田、迁安等中部地区。十一月中旬再"扫荡"□县、乐亭地区。十二月上旬则对我□河东部迁安、虚龙、抚宁、昌黎、临检地区进行"扫荡"中，其重点又放在对我中心地区，即中部地区。

三、以绝对优势兵力，多股的远距离的奔袭□□，"扫荡"我每一地区使用的兵力均在四〇〇〇人至一〇〇〇〇人以上，分成数股远距离的奔袭合击，不避疲劳，昼夜兼行。接近我中心地区后，则白天隐蔽，夜里行动。或故意叫我看到行军方向，声东击西。不走村庄道路，沿河岸山沟山凹山顶偏僻地方行动。一般的这种远距离的合击部队不会中途搜索，虽中途遇我小部队或地方武装人民武装的狙击爆炸，只要可能前进则仍逐直前进。□亦有沿路凶猛迅速包围大村而最后到达预定合击□的。一般"扫荡"一星期，即回据点休息，再□□对我奔袭"扫荡"。

四、掠拿□□，洗劫我人力物力。□伪所到之处，衣粮财物，抢劫一空，不能带走的□情破坏，毒打百姓，追捕村干杀人，奸淫妇女，包围村庄，搜索，挖掘，逼问，这就是敌人所说的"剔掘清剿"与"□减性"的作战。尤其口外伪满军进犯□里每次很少不带有大批□外民夫牲口进行疯狂抢掠的，敌人这一阴谋，一方面在解决其本身物资的困难，造成我军民的物资困难，一方又制造据点内瑟据点外，口里与口外人民间的仇恨对立。

冀热辽地区这次反"扫荡"，由于我们预有准备，敌人"扫荡"开始，即通我军迎头痛击，九月十五日敌以万余兵力"扫荡"苏县、平谷、密云、三河地区，并配合有坦克装中部队，飞机空中帮助侦查主动出击，十月一日围困平谷东弱胡庄峨嵋山两据点，诱平谷之敌出来增援，我军飞机于夜十一时攻在平谷县城，城上十余全部为我占领，将敌完兵队部、伪保安联队部、伪配给所等敌伪组织全部摧毁，释放监狱犯人百余，缴获甚多。又我军十六日分别围困蓟县至马仲桥线之据点，攻克鹿庄子堡垒，下宝塔毫门等堡垒，又如十月二十五日敌伪分三路向蓟县东南胡庄一带我驻军合击，我军预先择好地势，给敌措手不及，给以果敢的杀伤，毙击中尉以下三十余名，缴轻机枪一挺，余被我击溃逃窜而去。

抓紧敌伪分区"扫荡"的特点，各个地区之间主动的配合出击，是我这次反"扫荡"获得辉耀战果之主要原因。如敌"扫荡"我□润遵化玉田迁安地区之时，十月二十五日我玉田宝坻地区部队则攻克宝坻县属之鲁沽据点，俘伪一三〇余人，缴迫击炮一门，轻重机枪五挺，步枪一九〇支；该部三十。十月三一日夜该地区部队又攻克宝坻县属之三岔、渠口、刘宋镇、安头屯四据点，缴获长短枪七十余枝。又十月二十五日我迁安地区部队伏击迁安出粮之伪军七十余，毙伤二十余，缴轻机枪掷弹筒各一，步枪二十余支。又我三河、宁河地区活动部队，伏击三河县东之韩屯伪军，毙伤中队长以下四十余名，俘伪大队长以下十名，缴步枪二十八支，又十一月二日攻克宁河县属之又林庄据点，俘伪小队长以下四十七名，三日夜我军另一部又攻克三河县之新集，俘伪小队长以下八十余名。我□县乐亭地区活动之部队在与民兵配合下，于十二月十二日夜强攻□丝南五十里之刘石各庄据点，将伪绥靖军第五团全部投诚，除毙伤外俘官兵四五〇名，缴迫击炮三门，重机枪二挺，轻机枪十五挺，步枪六百五十支，又我玉田宝坻地区部队于十二月二十六日于芦台北苗枣庄，伏击伪绥靖军二十六团，战约四十分钟，毙伪团长康慕龙及日人教官以下九十名，缴迫击炮一门，轻重机枪三挺，长短枪二十余支。又十二月二十五日能□□□于北辛庄伏击去平谷送给养之木岛半泽两□□一五〇余，由上午十时战至夜半，计毙敌半激中□长大林小队小队长以下三十余，□□十余，余□乘夜逃窜，缴□机枪一挺，长短枪三十余支。

为了保卫我中心地区，牵□转移敌伪兵力，我外线活动的部队配合内线反"扫荡"，展开了进攻敌人据点及破坏□要交通路线的斗争。如十一月十七日我外线某部队将由山海关到□县的这段北宁路，配合民兵给以严重的爆炸破坏，并将□县新车站之大□桥炸毁一部，□台车站水塔彻底破坏，并□入□县米各庄丰台三车站，□我□□活动部队之另一部于十一月十八日奔袭通县东车站，俘伪十，设火车头一，标□□一，发电机器全部毁坏，同日将通县全唐山公路电线人为破坏。这□□□线配合的中动出击，增加了敌伪的进攻我中心地□及兵运的许多困难与顾虑。

我冀热辽的子弟兵高度的发扬了革命的顽强性与坚强性，十月十七日我后方机关一部丰润城北杨家铺小岭一带活动，突被敌伪六千余人合击，遭到了意外的严重损失；但这一损失不仅未降低我冀热辽子弟兵的情绪，相反的更加激起了复仇的怒火，向敌人讨还这笔血债。十一月中旬，我集中了较大的兵力在□县西北洼里伏击，由北宁路赵各庄出来"扫荡"之敌军一个大队，我军猛烈肉搏冲锋，毙敌八十余，缴获轻机枪两挺，步枪数十枝。战斗结束即转移到县西北三十里之栗园、铁巨寨、马各庄，商宁林一带（该地仅距野马坨据点五里），连续伏击伪绥靖军一带及给养□数十辆，而接触不久，住野鸡坨伪绥靖军第五集由集团司令刘化南亲自率倾巢来援，遭我迎头痛击，毙伪团长、日人教官以下二百余名，把刘化南骑马打死，缴获胜利品甚伙，又十一月十一日我军于丰润县南爽坨打击"扫荡"之伪满军五百余，战斗终日，毙伪一五〇余，我亦光荣牺牲四十八名。又于葛东庄伏击遵化出来抢粮之伪军二〇〇余，俘伪中队长以下三十八名。

此外，我们利用了国际的有利形势，与敌后八路军新四军的伟大胜利，及他们在反"扫荡"中不断获得的辉耀战果，开展了政治攻势，动摇与瓦解敌伪军。如十月一日平谷城□十里辛店子据点伪队长王树古率伪军三十六名，步枪三十八班支峪口伪据点第八中队长于□□率人枪各一二〇余反正，并交出粮食十万余斤。而零散的敌军伪军携枪反正投诚的各地区均有。

在这次反"扫荡"中，冀热辽民兵在坚持斗争，保卫秋收，实行爆炸，尤其在边滞狙击敌伪奔□的快速部队上及配合主力侦查警戒坚持内线的斗争上，创造了好多光荣战绩，据庐□，抚宁、昌扎、临检几个县不完全的统计，九、十两月即爆炸击毙敌伪二四〇余，逼使据点敌伪不敢轻易外出骚□，胜利的完全成了秋收藏粮的任务。又如十一月中旬我各机关在迁安西南桥柳庄一带活动，被带润县新教育厅子杨店子榛子镇等据点敌伪两千余分数路合击，各据点距杨柳庄子均在六、七十里至一二〇里上下，敌原计划拂□前到达，结果各路均盐民兵狙击，宽至上午九时始积极接近合击点（杨柳庄），我各机关早已□□□□□而安然跳出合击团。又如我内线□□□□□□□，曾在敌伪时行载生的合击搜剿情况之下，□□□□□沉着与敌伪展开着穿插而分散巧妙的游击战争。很少离附自己的岗位，因此，敌人刚由村□出街，□军便山村西进□，或我军住的周围各村均是敌伪，或与敌伪遭遇而□□战斗……是很平常的事情，其所以能够坚持，主是依靠了把连队中的勇敢战的优秀份子组织成送行射击□，与地方民兵密切结合，监视及敌营地，敌伪一出动即遭我狙击杀伤，保证了卒不及防的不利地位。敌伪这次"扫荡"，对我民兵地雷，□到非常的苦恼，行军时前列一般均带着工兵，检查地雷，不走村庄大路，不走熟道，走过一次的，须经□很久再走。

冀热辽这次反"扫荡"，因事前各方面有适当的□备，反"扫荡"中在执行党的"敌进我进"以武装斗争为主的总力战的方针下，又正确的掌握了这个地区与那个地区的配合，内线作战与外线作战的配合，强攻围困点砺与伏击歼灭的配合，军事进攻□政治进攻的配合，主力部队与地方民兵的配合等斗争政策，在党政军民密切团结，保卫根据地，扩大解放区的共同奋斗下，我们粉碎了敌人这次大规模的凶恶"扫荡"，我们击破了敌人的新阴谋，我们创造了辉耀的反"扫荡"胜利的战果！

然而我们却不能有丝毫的自满，面临着我们的仍是严重困难的局面。因为冀热辽地区在军事政治经济海陆交通上严重的打击着华北与伪满的敌人，严重威胁着华北与伪满的敌人，在中国抗战全面胜利以前，冀热辽将是敌人拼死命争夺的一个地区，"扫荡"现虽告一段落，伪满军却大量进住口里，现已查明者，伪满步、骑、宪兵，战车部队□已有十一个团，分布状况计山海关山石门寨一个团，□城有骑兵一个旅，另村两个团分布于□县至河头，北宁路沿线两侧，西部□平、□宁、密云、□古北口、白马关以至石匣有三个团。伪满军这样大量进口，观其动静，似正企图巩固伪满边际，有把沿长城之密云进谷，蓟县、遵化、迁安、庐龙、抚宁、□□□个县划为中满协和县，或划为远平省，直接□伪满管辖的消息，并在这八个县沿长城内五里进行集家并村，与口外的无人区接合起来，跨长城线造成大块的无人区，分割我口连口外的□索，防止我更向伪满挺进发展，并□我口里□挤到平原狭小地带去，配合口里敌伪消灭我主力，这一步摧垮我口里根据地。

我们在庆祝冀热辽反"扫荡"大捷之时，谨向获得光荣□□的□热辽全体军民致以慰问，同时要提起他们□□：由于日寇在太平洋上和中国敌后战场□□失败，由于敌人的持久挣扎□□，由于冀热辽重要战略地位，敌人势必拼死向我进攻。□此次胜利之后，我们更要正视要在面前的新困难，以无比的□□□心加倍努力，随□□粉碎敌□新阴谋□把解放区再加扩大，把□入伪满的剑锋，更向深度发展，为收复东北铺设更宽阔平坦的大道。

（原载一九四五年三月三十一日《晋察冀日报》第一版社论）

加强边缘区的对敌斗争

入春以来，华北几乎所有地区敌我斗争的焦点，都集中在边缘区的争夺，在山东、太行、冀鲁豫区等地，这种争夺特别激烈。

根据最近三个月敌后各边缘区的斗争情况看来，敌寇此次在边缘区的活动事先曾经首先它接受了一九四一与四二两年"蚕食"我解放区经验教训，不像过去"治安强化"运动那样大喊大叫，而是有重点的集中力量。有步骤的推行其伪化"蚕食"阴谋，各建立了许多武装的、特定的、政治的、经济的名目不同而任务相同的组织。再次，是加紧进行政治欺骗，山东敌伪组织所谓"爱民队"，向群众假仁假义承认错误，提出"减轻负担""解决群众困难"

等欺骗口号，并加强特务活动大理组织封建会半，以特务工作与特务部队作为其争夺边缘区的主要力量。同时和政治□化与物力人力的掠夺密切配合，大肆掠夺我棉花、粮食及金属品，并捕捉壮丁。最后，是以积极的频繁的武装活动。活动方式极为诡诈，在内线进行挨户清查，在外线进行突袭包围，有时假冒我军，有时伪装反正，有时去而复返，诱我暴露目标，有进疾来急去，使我捉摸不定，或攻我不备。值得特别注意的是，敌寇偷袭我开展敌占区工作的若干方法方式来对付我们，对于几年来我武工队与政治攻势的经验，敌寇非常注意，并力图吸收这些经验。

目前敌寇加紧争夺边缘区是在我解放区不断广大和敌寇分散配置失败后所采取的以攻为守的对策（在□一点上，比之一九四一四二两年敌"蚕食"我解放区的情况是不同的），它的口号是："确保主要城市交通要道与资源地区。"就是说，在我军积极攻略之下，敌之普遍防御已经无效，不得不集中力量防御主要地区，而防御这些地区的办法，就是争夺边缘区，把我攻势力量限止于边缘区，经保护其占领区。敌寇打算一旦在边缘区站住脚根之后，就可以转守为攻，进一步深入我解放区。这种阴谋从买买提地图"重点配备"的总方针中可以看到。这个方针是"肃清内线（敌占区），深入非'匪'区（边缘区）打入外线（我解放区）"。敌在边缘区与我斗争，主要采取特务活动，小部队之频繁骚扰与政治欺骗，其目的在于一方面保持机动部队，以对付我之攻势，或相机进行对我较大规模之"扫荡"；一方面妄图以较小的本钱，获得较大的胜利。在这种情形下，边缘区已成为敌我双方必争之地，我们必须根据敌人的活动特点，发挥我之有利条件，采取□的有效方法与敌人作斗争，这里提出下列几点意见，作为各地参考：

□□□最主要的是以武装斗争，支持与组织边缘区广大群众的对敌斗争，以群众性的游击战对付敌人"重点"，打击敌人小股部队与特务活动和一切掠夺企图。保护群众利益，解除敌人所加与群众的各种困难，用具体生动的事实，提存敌人的欺骗宣传，争取瓦解伪组织、伪军、特务性的封建会斗等组织。除对个别的死心塌地、作恶多端的汉奸特务给以必要的制裁外，对一切□□或两面份子，均应采取宽大政策，慎重处理。如果敌人力量一时尚占优势，或群众受到很大损失，情绪难以□快转变，则应采取曲折迂回的方法，团结和教育群众，提高群众情绪，而不可操之过急。

在武装斗争下，针对着敌人武装活动□特点，针对敌人"重点配备"的弱点（某□地区敌人防御或进攻的力量加强了，某些地区却削弱了），派遣短小精干的武工队，深入敌要塞地区，发动广泛的政治攻势，攻取敌人守务薄弱的地区，我们属以进攻敌之弱点的方法，打破敌之防御性的进攻，使敌人处于被动地位，疲于夺命。

在可能的条件下，应选择若干对争夺边缘区有作用的据点，进行□期的群众性的围困，以一部份基干武装。配合地方武装与民兵，广泛开展爆炸运动，缩小敌人活动范围。□□把□人□□到据点内，绝□其给养□情绪的□□，迫使敌人撤退，或在有利□□攻取之。

目前□□区的对敌斗争，必须与保卫群众春耕□别的结合起来，同时要□□□□。准备粉碎敌人破坏春耕"□□"。

（原载一九四五年四月三日《晋察冀日报》第一版社论）

新闻必须完全真实

　　□□□来□我们□□□有了很大的进步，这种进步表现在报纸与群众的联系大为增强了，与抗日战争和建设根据地的各种实际运动的联系也大为加强了。我们有许多记者和通讯员，散布在抗日民主根据地的各个角落里，他们把每一地区各种工作的经验反映到报纸上来，经过报纸的公布，使大家来效法好的经验，□□坏的经验则有了"前车之鉴"。这样，报纸对于运动的指导作用也就加强了。

　　毛主席说过，党对于□□□□的领导，就是"集中起来，坚持下去"，或者是"从群众中来，□群众中去"。所谓集中起来或者从群众中来，对于运动来说，就是从当时当地的群众中发现每一项工作的好的典型和坏的典型，好的办法或坏的办法，研究其所以好或所以坏的原因，从这里来发现运动的规律。所谓坚持下去或到群众中去，就是研究出规律与办法之后，把它传布出去，在工作中实行起来。□□□□方法，与教条主义或狭隘经验主义的领导根本不同。在党的这种领导之下，我们的记□、通讯□，我们的报纸，担负了很大的任务。我们的记者与通讯员写来的新闻，经过报纸传出去，使大家有所效法，有所警戒，这个过程就是集中起来、坚持下去的过程中重要的一部份，也就是党对于运动的领导的工作过程中重要的一部份。如果我们的报导是实事求是的，把真正好的说成好的，真正坏的说成坏的，有一分说一分，有两分说两分，那末读报的人就不会在工作中走错路。反之，如果我们的报导错误，把坏的说成好的，好的说成坏的，或者报导有了夸大，把一分说成两分，八分说成十分，那末□□的人就会在工作中走错路，有时甚至发生很坏的影响，影响到某项工作，也影响到报纸的威信。由此看来，求得新闻的完全真实，对于我们是何等重要！

检查我们已往的许多新闻，自□风以来，向壁□造的是找不到了，每条新闻都是实有其事的。但是我们还有毛病，这个毛病就是有些新闻还有分寸上的夸大。例如事情正在计划，做报导为正在进行中，正在进行中的则报导为已经完成了。这种报导方法，□说叫做"提高一步的报导"。又例如一个药方医好六条牛，报导起来说成几十条牛，这是数字上的夸大。又例如报导有一技之长的某一劳动英雄，把他写成十全十美的圣人，这是分寸上的夸大。又例如为了形容一个大会的热烈，用写小说的手法，把许多人的有色的事情集中到一个人的身上去，把别的大会上的情景搬□这个大会上来，这是不了解□□□品与新闻的区别□文艺的典型是可以由作者根据事由材料想象创造，而新□中的人物，必须完全符合当时当人事实）。还例如把已经办得不好要□台下去的□别合作社，写成正在欣欣向荣的合作社，其目的是为了"要赞扬工农兵事业"；但恰把坏的说成了好的。凡此种种不但见之于新闻，也见之于标题，这就是我们的毛病所在。虽然这种□□，只见之于个别的新闻个别标题，在几千条新闻中只占极少数，可是□□大在我们□□，还算是项主要的毛病，必须力求改革。

□型的新闻事业，目的是做生意，虽然在广告上写着消息翔实的招牌，然而决不能完□实事求是。到了法西斯手里，报纸的第一个原则，就是会造谣，会愚弄人民，会掩盖黑暗无耻的反动统治。德国的戈培尔就公开提倡这种"原则"，大后方新闻界里面现在也有他的一批徒子徒孙，这种情形甚至影响到我们队伍□也有人以为"报纸还能不夸大一点么？"其□，这是一种坏传统，是旧型新闻事业中的、特别是法西斯新闻事业的恶劣传统，决不是我们□民主主义新闻事业所应有的。毛主席在"反党八股"中说："共产党不靠吓人吃饭，而靠真理吃饭，靠实事求是吃饭，靠科学吃饭。"这才真正是我们的新闻事业的方针。旧型的新闻事业对于社会多少是不大负责任的，而法西斯的新闻事业，则以欺骗社会，愚弄社会为目的。我们就是改革这种风气，要建立新闻事业社会到人类完全诚实完全负责的风气，对党对人民完全诚实完全负责的风气，我们要把这种革新风气的责任担负起来。

当然，我们的新闻虽然个别的还有在分寸上夸大的毛病，我们的记者与通讯员的立场是与旧型新闻记者不同，与法西斯则更是完全对立的。我们这里夸大的出发点，大概是由于□想赞扬工农兵的伟大事业而来。这种出发点是无可非议的。问题是在出发点之外、在动变之外、还要看到效果，而就效果来说，即使只是分寸上的夸大，还是不对的，还会影报纸的威信，以及影响到工作和党的领导的。

应当指出，我们有了若干□□在分寸上夸大的毛病，另一方面我们还有一个毛病，就是□于我们的抗战成绩与建设成绩□宣传得不够，这两个毛病似乎是互相矛盾的，但实际上还是统一着。这两方面的毛病都说明我们的新闻工作还不够深入群众，不够深入运动。因此，就一方面有许多应报导的没有报导，应该着重报导的没有着重报导。但另一方面，又有空洞的赞扬，即夸大了分寸的赞扬。我们一方面安掉上面所说的分寸上还有夸大的毛病，□□另一方面督促我们的记者与通讯员，更加深入群众，深入运动，发掘问题，研究问题。因之，就可以去掉另一个毛病，即宣传不够或不深刻的毛病。我们希望解放区从事新闻事业的同志们都来一齐努力。

（新华社延安三月二十四日电）

（原载一九四五年四月五日《晋察冀日报》第三版社论）

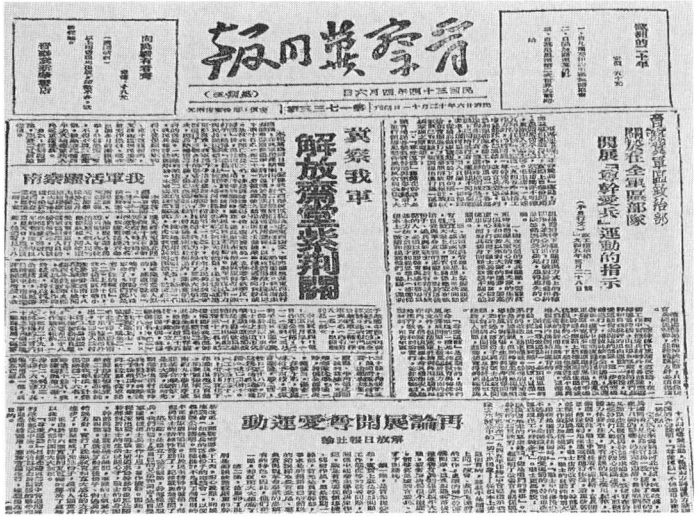

再论展开尊爱运动

十六团的尊爱运动，是从前方调回后方群□部队中改善官兵关系的范例。十六团的□□说明："尊爱运动"不仅适用于在边区留守较久的部队，而且适合于一切部□。

十六团原来夺□于河北平原，抗击敌伪，收复国土，□敷同胞，与其他兄弟兵团同棒，是依靠官兵一致，获得了光荣的胜利。但是□军队的军阀主义习气在十六团的影响，仍未完全肃清。当去春调回后方□调□，□求得到适当休息，又加以生产紧迫与干部要求过急，致使存在于部队中的不良现象，日益滋长，如某些干部都打人骂人，不关心连队生活，不照顾病员，对战士的切身困难不解决，体力休养不注意，对有错误的战士滥用纪律，对落后份子歧视讽刺，对逃兵打击镇压。因此，战士中滋长着不满情绪，官兵关系逐渐失去正常。但至开荒播种之季，部队就利用生产空隙进行休整，着重改善官兵关系。当尊爱运动开展之后，部队面貌焕然一新，战士生活改善了，干部思想作风转变了，部队生活紧张活跃，工作效力加倍提高，"战士的自□性特别大"，"从前派遣公差要指名往出叫，现在是要指名往回叫"，"战士中的落后份子变成先进份子了，想着逃跑的也不逃跑了，全团没有一个受处罚的，干部也没有一个受处罚的，战士干部高兴，认为现在工作好做多了"。战士更高兴说："这个尊爱运动就是为咱们搞的。以后尽□走的群众路线，□是咱们好事。"前后对培□不个从效果看，从战士干部的心□□反映看，都证明了改善官兵关系运动，是何等重要，□□等必需。

□□□在"一九四五年任务"中曾经指示我们："应该进行广大的工作，将军队官兵关系中的一切不良现象……从根本上去掉"。十六团的经验证明，要达到这个上目的，那就不是头痛医头、脚痛医脚或者仅仅从形式上开一□会、表面上检讨反省所能□事，而必须进行一系列的工作，正确的解决干部思想问题、领导作风问题、战士生活问题，以及对逃兵落后份子的政策方针问题。过去某些部队改善官兵关系成绩不大的原因，正是因为没有解决这些问题，或者解决得很不彻底。这次十六团在改善官兵关系之后，能够真正的达到官爱兵、兵尊官的目的，主要的是因为实行□下面几点：

第一点，是首先从干部着手，因为军队中官兵关系的问题，实质上就是干部问题，是干部的思想习惯、领导作风，工作态度等的改善问题，干部是战士的领头带路人，在官兵关系中起着主导的决定作用。因此，改善部队官兵关系的关健，就是首先要从领导机关□负责干部着手，使之改造思想，转变作风，这是推动一设干部影响战士的前提。十六团的干部，首先是负责干部，能够在下级在战士面前，坦白的□事求是的揭露自己的错误，诚恳的进行反省，而不是对自己的错误采取畏首畏尾、患得患失的态度，这正是对战士群众负责与对革命事业的忠诚表现，是革命军队中革命干部应具有的特色。因此，他们在战士群众中的诚信，不仅没有减低一点，却□而大大提高了。

第二点，是展开了批评与自我批评，由于某些干部、特别是错误缺点駮严重的干部的思想作风，已经□久□医，不易改正，那就需要多下工夫，耐心说服，开展必要的批评与自我批评，组织各组座谈会（如逃兵的落后份子的座谈会），以便大家能说出心里的话，将彼此的缺点错误公开讲明。这种批评不是为了无原则的发泄情感，而是一种正确原则克服不正确原则的过程。由于民主精神的发扬，部队中极端民主化的现象消灭了，干部与战士的积极性发动了，纪律就更加巩固了。

第三点，是建立了爱兵观点，干部从思想上认识了我们的军队是人民的子弟兵，我们的战士，是自己的兄弟和同志，是自觉的革命战士，我们决不能象国民党军队那样把士兵当作牛马，当作机器。因此，我们的干部对待战士，应该是处处从爱护出发，而战士所要求于干部的也正是关心我们。这种观点一经确立，那么干部对于战士的生活就关心了，战士的切身困难得到解决，病员得到应有的照顾，干部与战士就能融洽无间，军队的士气就大大提高了。

第四点，是改变了对落后份子、对逃兵的政策，废除了过去那种歧视讽刺与错误方针，实行了说□教育和宽大感化的方针。实行□种方针的结果，落后份子进步了，甚至变成了先进份子，没有人愿意再开小差了，部队就更加巩固了。

正由于十六团实际的又正确的解决了这些问题，所以"尊爱运动"是□□以为定，内部的团结大大加强。

"尊爱运动"已经在边区部队中普遍开展起来了，我们希望把这一运动推广到敌后部队中去。敌后部队处于紧张的战争环境，应该照顾情况，

但就运动的原则是同样适用,应该普遍进行,达到提高军队战斗力,团结自己,□□□敌人的目的。(新华社延安二十二日电)

(原载一九四五年四月六日《晋察冀日报》第一版社论)

苏联废除苏日中立条约

苏联已宣布废除苏日中立条约了，这是当前国际局势中有□等□□性的□□。

在红军□兵奥得河边□后围歼德□之□正得展开之际，苏联废除苏日中立条约，这不但显示苏联□□世界上一切法西斯主义与军阀主义的决心，而且显示苏联力量的雄伟。对于已经处在四面楚歌之中的日寇，苏联的废约是一个□其严重的打击，无疑地将促使他更加迅速的溃灭。对于我们中国人民及英美盟邦同□是一个重大的鼓舞，它增强我们胜利的信心，加速胜利的来临。

苏联之废除苏日中立条约，也□在克里米亚会议之后及旧金山会议之前，它对于盟国战时团结争取胜利、战后合作保证和平，实有其重大意义。

苏日中立条约签订于一九四一年四月十三日，即是□寇发动背□□义的侵略战争之间两个月，当时德日意法西斯已经结成联盟，订立所谓"反共公约"，并且已经发动了侵略战争，从东西两面进攻苏联的战争危险一触即发。中国人民伟大的友邦苏联与德日意法西斯强盗是□不两立的，在这种局面之下，苏联利用了法西斯强盗们中间的间隙，与日寇订立了中立条约，减轻了东□之忧，免除了两面作战的危险。两个月之后，德寇的侵苏战争开始了，这时候条约的好处就显出来了。苏联既减少了东□之忧，就能够集中对付德寇，对□法西斯强盗中最凶恶最强大的元凶，四年以来得到了伟大的胜利。现在红军与盟军在德境的合师不过是指顾□的事了。从去年开始，苏联对于日本法西斯强盗开始有所行动，这就是去年四月五日的修正渔业协定，到了今年，乃宣布废除中立条约。

如果回顾四年以来的历史，就可以明白的看到苏联的签订苏日中立条约是何等聪明的外交手□，对于世界人类给了何等巨大的利益！如果不利用强盗中间的每一间隙，那末苏联可能处在两面作战的情况之下，苏联在反对德国法西斯战争中，始终是最主要的力量。没有苏联对德寇的胜利，则盟军的西欧登陆及其在西线的胜利是不能设想的，苏联签订这个中立条约，使粉碎德寇成为可能，至少是加速了这个可能，这是一；再则苏联这一个聪明的外交手腕，又加速了日寇的死亡。因为日寇的死亡在法西斯的德国还存在时是难以设想的。当法西斯德国已经消灭了的时候，日寇的死亡也是不远的事了。从这里我们看见苏联的外交政策和它的灵活的聪明的手腕，是何等的符合于全人类的利益同，符合于中国人民的利益。它何等巧妙的利用了法西斯强盗之间的间隙来达到各个击破这些法西斯强盗的目的。四年以来的历史，把这些情形大白于天下。

但是当苏联与日寇订立中立条约的当时，国民党内的反动派曾经怎样极尽其污蔑苏联之能事啊？当时国民党内反动派，一笔抹杀苏联是□一个援助中国抗战的国家之事实，先则说盗□中立条约的是"苏联改变侵华政策""苏联对华不友谊之举"，继则说这个条约"便利日寇之侵略"，最后则传出所请"东京、莫斯科、延安轴心"，其挑拨离间，信口□黄、含血喷人，荒唐怪□，诚属闻所未闻！这些反动派还唱出所谓"先亚后欧论"，"西困东攻论"。继□言之，唯恐天下不乱，唯恐法西斯不胜，他们关于利用法西斯强盗之间的间隙的成功，非常不高兴，他们希望□日夹攻苏联，并且希望趁此机会发动反人民反共的内战。他们的"远大计划"，是何应钦所说的，与德国法西斯"会师天山"。这些反动派的居心，经过这四年来历史的发展，岂不是暴露无遗了么？近年来中联邦交陷于不正常的状态中，谁令致之？岂不是国民党内这些反动派应该完全负责的□？

苏联一向是我国人民最好朋友，远在十月革命之初，苏联即宣布废帝俄时代对我国的不平等条约；固革命时期，苏联积极援助我国人民；七七抗战伊始，苏联是首先以大批军火及其他必□物资援助我国的国家。不仅在苏日中立条约签订以前，而且该条约签订后的初期，军火物资仍继续运华，其后主要地因国民党政府的反苏才日渐减少。应当特别指出的，除我们中国外，苏联是第一个抗争日寇的国家。一九三八年的张鼓峰之战及一九三九年之哈桑湖之役，都给了日寇以□重的打击，即在苏日条约签订后，苏联仍□□近百万的日寇精锐关东军，这实是对我国抗战的间接援助。去年苏联十月革命纪念节斯大林元帅演说，严正地指斥日寇侵略者，更给我国人民以极大的鼓舞。我们中国人民对于苏联历年给□以同情与援助，深表感激！在这苏联宣布严除苏日中立条约的今日，中国反动派对苏联的污□已被事实打得粉碎。国民党当局如果还有诚意改正错误，就再不应该继续它四年如一日的□说苏联的政策，国民党政府必须立即放□□错误政策是□改进中苏邦交，现在再也不许□□。

（新华社延安九日电）

（原载一九四五年四月十二日《晋察冀日报》第一版社论）

扩大妇女团结，为民主而奋斗 准备成立解放区妇女联合会

在三八节延安妇女座谈会上，提出了组织解放区妇女联合会，以便扩大妇女团结，促进民主运动，为实现联合政府而奋斗。这个提议是很合时宜和需要的。

现在我们有广大的解放区，在华北、华中、华南的十九个省份地区内，已建立了十九个解放区，更由于八路军新四军人民抗日军和广大民兵在敌后战场坚持不断的对敌作战，使敌占区日益缩小，而原有解放区愈益巩固与扩大，新的解放区亦将□建立起来，因此，解放区现有的面积已较去年十一月时为大，领有九十五万方公里以上的土地，被解放的人民亦增加到九千五百五十万人，其中包括有极大数量的妇女，□□是扩大与建设解放区、协助军队作战的有力支柱。

她们在七年多的抗战中，无论是在发展生产上，对协助军队作战上，都会尽了很大的努力，起过很大的作用，尤其在近两年来，在正确的妇女工作方针下，经过生产卫生文化等具体工作去组织她们，于是使妇女的力量能更好的发挥，妇女工作之面貌亦为之一新，其进步和成绩颇为显著。如在陕甘宁边区，一九四□□发动了一五二、六四五个妇女□□纺织，共纺纱一点六六零点二零三斤，织布年一四点五零七大匹，可供全□区用布自给的三分之一。在晋察冀的北□区，当一九四二年大灾荒时，提倡纺织救灾，发动了三万余妇女纺织，渡过了灾荒。在山东胶东、鲁中两区，布匹已完全自给，且鲁中尚有剩余，金山东解放区去年纺织布八十五万至一百万匹。更出现了许多劳动英雄模范工作者，如陕甘宁边区的刘老婆、郭凤英、李凤莲等劳动英雄，模范□□陶端予，模范医生阮雪华。再如晋绥区女劳动英雄张秋林、刘能林、白全英等等。此外，还有许多抗敌英雄，例如晋察冀边区子弟兵母亲戎冠秀，爆炸英雄□志华，在敌人包围追剿诱降之下坚持工作的模范干部张品同志等。太行区黄君王抗敌而死，山东陈若克被俘不屈，终至壮烈牺牲。更有无数的农村劳动妇女，□□着保卫家乡，创造许多英雄模范的事迹，特别在协助与救护抗日军人、抗日干部方面，贡献更大。以上这些例子，说明了解放区的妇女有的以高度的劳动热忱与创造力，有的用其专门技术，有的以其英勇壮烈牺牲的精神，为抗战为民主而奋斗，写下了可歌可泣的生动事迹，给了解放区以至全中国妇女以很大的□动。

各解放区既出了很多很好的女英雄与模范工作者，应大大的介绍与发扬，新的工作经验应经常相互交换，并不断的总结与提高，更使之□□出去，好进一步使妇女工作更深与更广的开展起来，坚持下去。这样去提高工作，扩大妇女的组织与团结，努力发展经济建设，保证军队供给，以战胜敌人，实行新民主主义。所以需要有一个各解放区妇女联合会的总机构来执行以上的任务。现在各解放区已有妇联、妇抗及其下之妇纺文化等妇女团体，这就是成立总机构最好的基础。

在沦陷区的妇女们，尤其是女工们，处在饥饿与死亡线上被奴役，被侮辱，她们对日寇充满了愤怒，在上海、济南、平津、太原等地的抗日妇女和女工们，时常发生反抗敌人的行动，她们以怠工罢工、或拒绝贿诱、或以无言的不合作以及协助地下军等，以达抗日之志，以伸爱国之忱。而她们的处境是非常艰苦的，她们的抗日工作应□得到援助，经常关切她们的抗日斗争，□了解她们的困难，给她们以有力的配合与援助，这亦是解放区妇女联合会的任务。

另一方面，在国民党统治区的民主运动，最近数月来，由于各党派以及妇女、文化、青年各界的积极活跃，努力奋斗，因而有了很大的发展。如妇女界有李德全、刘王立明、刘清扬、史良、胡子婴等一百余人签名，在二月十三日发表了对时局的宣言，主张立即召集各党各派及各方人士的全国紧急会议，成立全国人民一致的政府。□□她们的宣言发表以后，就很快的传布到昆明，民主周刊立即转载发表，销路激增，影响很大。这样引起了重庆国民党专□主义者的仇视，动员特务加以威胁，并用警告、撤职、逮捕等多样的手段，加以恫吓与□迫。然而她们坚决抵抗，没有动摇，没有畏惧，仍坚持自己的主□，继续在三八节举行民主问题的讨论。有她们这种坚强不屈的、为民主奋斗的精神，是值得发扬的。她们在精神上所遭到的痛苦，工作中所遇到的困难，我们不□寄以同情，更应向她们伸出援助的手。我们如果成立了解放区妇女联合会，则可更好的帮助国民党统治区妇女的民主运动，进而和她们取得联系配合，以加强解放区妇女与国民党统治区妇女的团结，促进全国民主运动的发展，共同为实现联合政府而奋斗，同时，成立解放区妇女联合会，亦便于迎接克里米亚会议后国际民主运动的新形势，展开我们对国际反法西斯妇女运动的联合与团结。

所以，成立解放区妇女联合会是适合国内与国际形势的需要的。陕甘宁边区妇联会已接受了提□，愿为筹备发起人，□□希望各解放区妇女团体加以讨论，并能积极响应参加筹备的工作。

我们热烈预祝解放区妇女联合会的早日实现与成功。

（新华社延安十日电）

（原载一九四五年四月十三日《晋察冀日报》第一版社论）

旧军队的改造

　　本报所载"山东区召开独立旅高级干部会议"消息，是一件意义极为重大的事情。

　　山东军区的三个独立旅，是最近陆续编成的。第一旅旅长王道，第二旅旅长莫正民，第三旅旅长张希紧，他们原来都是国民党军队，在国民党统帅部"曲线救国"的荒谬指示下，投降了敌人，最近光荣的武装起义，反正抗日，改编为八路军山东军区的部队。他们亲身经历了旧军队的生活，亲身受到过国民党失败主义与法西斯主义的错误领导，又亲身尝到了"曲线救国"，当伪军的滋味，"回忆以往，惨痛悔恨交集"！（要求改组国民政府与统帅部通电）现在是下定决心要走八路军的道路，要走革命的道路。

俗话说得好："不走高山，不知平地。"他们都是过来人，对于革命，对于八路军，其向往之深，求知之切，是非常令人感动的。

山东军区对于这三个光荣反正的部队，采取了很正确的办法，并不因为他们是从旧军队来的而加以歧视，加以编、加以监视；加以削弱，如像国民党中央系军队非中央系军队那样；相反的，山东军区热烈的欢迎他们，就他们的原有建制，编为独立的部队，而从干部思想着手，来帮助这些部队的改造，这是很好的，山东军区正依照这条路线来帮助这些军队的改造，他们将创造出极其宝贵的经验，这种经验对于将来改造中国二三百万旧军队的伟大事业，是非常有用的。因此，这项经验值得我们八路军、新四军一切部队好好学习，也值得一切有志于改造旧军队的先进人士、先进军人来加以研究。

孙中山先生在一九二四年就这样主张："今日以后，当划一国民革命的新时代……第一步使武力与国民相结合，第二步使武力为国民之武力。"孙中山先生的这一个正确主张，到一九二七年被国民党的统治集团所抛弃了，而共产党则继承了孙先生的遗训，二十余年来，把这个原则发展到带兵、养兵、练兵、用兵之中，发展到军事工作、政治工作、后勤工作的一切部门之中。现在新的军事学已经斐然可观，成了自己的体系。抗战以来，新旧两种军队的分别就分外显著。国民党的军队：无论管束得怎么样，逃兵是大批发生的；供给标准不论表面定得怎样高，士兵是面黄饥瘦的；操练不论是怎样勤，技术是掌握还是很差的；战术不论怎样研究，还是屡战屡败的；武器不论怎样精良，还是大批送给敌人的；精神讲话时不论怎样高喊"国家至上，民族至上"，还是大□投敌。旧军队这样坏，其原因在哪里？原因就在国民党统帅部背叛了孙中山，却去跟希特勒当徒弟，想用特务的恐怖统治与极端的压迫制度，使军队为极少数的大地主、大买办、大银行家的利益服务，来反对人民。八路军新四军的情形，就与这完全两样：这个军队不是天天减员，而是天天扩大；虽然没有接济，而士兵的生活却提高了；武器虽然不好，却能最大的发挥其效能，能从敌人手中夺取武器，在极端困难条件下制造武器；打起仗来，则活动自如，战无不胜；虽然环境极端严重，而没有一个投敌的。中国新旧两军的对比，现在越来越明显了。新的日益壮大，而旧的日益没落了。国民党特务在仿照德国法西斯的Ｓ·Ｓ.组织青年军。党军日报关于组织青年军公然的说："纳粹德国最近令国社党员一律参战，党部官吏也不例外……值得我们参考。"这样下去，是在走绝路。国民党军队中广大的官兵是将越来越不能忍耐了。

旧军队能够改造吗？旧军队中真心抗日为国为民的人是很多的，士兵不用说了，就在官员中间这样的人也占大多数，法西斯份子和汉奸只占极少的少数。这就说明旧军队中大部分是能够改造的。只有极少数死心塌地的汉奸军队与法西斯军队是没有希望的。那种以为旧军队不能改造、旧军人没有希望的想法，是很错误的，这种错误的想法必须改正过来。但是，一般的旧军队是有很大的缺陷的，这些缺陷是：第一，在军队内部没有民主；第二，军队与民众的关系不好，对老百姓的态度常常是压迫的。这两个缺陷是旧军队的致命伤，有了这两个缺陷，那怕军队里有许多真心抗日为国为民的志士和进步军人，也就□□办法舒展自己的抱负，反而不能不屈服于失败主义的和法西斯主义的领导。因为他即使很讨厌这个领导，但一旦离开了它，又不能依靠民众的帮助，不能依靠官兵的自觉，就不能生存下去。然而只要旧军队改正了这两个缺陷，它就成为新军队了，它就像八路军、新四军一样，不管环境如何严重，接济完全断绝，依靠了老百姓，依靠了官兵的自觉，仍旧能够存在，能够发展壮大，作抗日救国为国为民的奋斗。旧军队与新军队千差万别，根本的分别，只在民主与不民主。只要军队的领导者有决心，旧军队是可以化为新军队的。

改造旧军队从何着手呢？山东军区罗司令员说得很好："主要问题不是首先纠正偏向，而是打通干部思想。"旧军队与新军队，在带兵、养兵、练兵、用兵、军事工作、政治工作、后勤工作有千差万别，但总而言之，归结于一个根本问题，即是民主与不民主的问题。旧军队的一套是不民主的，以此为出发点，就有一套制度、一套办法；新军队是民主的，以此为出发点，就有另一套制度、另一套办法。在改造旧军队的时候，如果干部的思想没有打通，他们就自然以为旧的一套比新的一套做起来熟手、有把握，就必然不大愿意实行新的一套。这时候如果太急于枝枝节节反对偏向，就会不成功，甚至反而坏事，反而若起不团结、惹起成见，反而欲速则不达。所以，以打通干部思想作为改造旧军队的最主要工作是很对的。山东军区召开独立旅高级干部会议，实行民主的讨论与争论，进行报告、读文件、参观等是很好的办法。陈副旅长笏卿说："原先对共产党八路军的认识是'夏日可畏'，但目前已感到'冬日可爱'，而且悔悟自己来此太晚了；"这证明了两件事情：一方面证明了在民主基础之上改造军队这一思想，是进步军人所能够很好自觉接受的；另一方面证明首先打通思想，而非首先纠正偏向，这个方法是正确的，跟着在广大的干部中打通思想之后，纠正方向实行新的制度和新的办法，就成为可能的，而且必要的了。

山东军区首先由打通干部思想入手的办法。值得八路军、新四军一切部队效法。来帮助进步军人改造旧军队的工作，这个办法也值得介绍给一切有志于改造旧军队的进步人士与进步军人。我国不要抗日胜利和建立民主的新中国则已，要抗日胜利，要建立民主的新中国就一定要有人民的军队，民主的军队，改造旧军队乃是全国人民共同重大的任务。

（原载一九四五年四月二十二日《晋察冀日报》第一版社论）

解放区人民热烈参军

随着解放区的不断扩大，我们军队的数量也增加很快。去年六月至今年三月，时间不到一年，几乎扩大一倍（由四十七万到九十万）。这种扩大是完全必要的，这主要的是由于广大人民的踊跃参军。

人民自愿地踊跃参军，这在国民党区域、在中国旧社会里面是不可思议的事情。国民党兵役制度的黑暗腐败，是大后方人民最疾首痛心的一件事，是国民党军队在敌寇进攻前面一触即溃的原因之一，也是大后方兵源非常枯竭的原因之一。

经过八年激烈的游击战争，敌寇严重的掠夺破坏，敌后扩兵的困难应该是远过于大后方，然而事实恰恰相反，我们的军队仍能天天扩大，质量天天提高，国民党统治区和解放区，这两个地区人民对参军的情绪如此不同，其间原因甚多，最基本的原因是由于国民党政府采取消极抗战与积极摧残自由的政策，而解放区则积极动员人民参加抗战，充分地发挥人民的自由。专就扩兵办法而言，我们所采取的，也与国民党有天上地下之别，我们一不需要抓，二不需要买，三不需要骗。一言以蔽之，我们用的是民主的，教育的办法，这种办法只有在新民主主义政权下才有可能。

四月八日，本报所发表的华中"泗沭参军新经验"及今天发表的山东"莒南的参军工作"都是些例子，说明在解放区参军工作是怎样进行的。

泗沭和莒南县的扩军都超过了原定计划，参军的新战士无一不是"真正从思想上认识参军的意义而自愿报名的"。这两个县整个参军工作所给与我们的启示，就是必须真正废除任何强迫命令的方式，事先经过相当长期的思想酝酿、说服、动员的准备阶段，使参军的和参加这个运动的广大群众，都认识了扩大武装与切身利益的一致，看到参军是无上光荣的事业。

他们在准备阶段中做了那些工作呢？

首先，在干部、党员和群众中，进行了深刻的拥军优抗的思想检讨，将军民关系中的某些偏差和优待抗属不够认真的事实，在会议上进行深刻的讨论和反省，由此提高大家的拥军观念，从切身生活中认识到八路军新四军是人民自己的队伍；同时又发动劳军优抗，使之成为真正群众的自觉的运动。在莒南的情形是（基本群众最积极，妇女最热情，青年羡慕，队伍高兴！），"抗属真正感到光荣。生活有了保障，因而在参军中成为家属工作的主力，且有少数成为扩军英雄"。

另一方面是组织主力慰问团或参观团，团员们在部队中，亲眼看到八路军新四军与旧军根本不同，看到战士活泼快乐的生活看到官兵一致的生活，看到从敌人手中夺来的许多武器，如"捷克式几十挺机枪堆起来象一座山"。听了许多对敌斗争的故事和艰苦，而且有的还同战士一起过了几天生活……总之，他们受到最诚挚亲热而丰富的招待，他们对于八路军新四军就更加清楚，更加亲切，消除了对这支军队的一切不了解，增长了参军杀敌的勇气。有不少的团员当场报名参军，有的甚至不愿回来。据莒南的材料，团员中后备参军者占总数百分之二十七，积极动员参军者占百分四十，其他都起了一般的作用。

什么时候开始直接的参军动员呢？据莒南区后，其条件大致归纳有三：第一，扩军教育已相当成熟，广大群众已认识到参军的必要与光荣。第二，带着参军的中心人物有了坚定不移的决心，部分参军对象教育成熟。第三，至少有几个村可以互相呼应，以便推动其他乡村，造成相当的热潮。第四，参军动员进行到一定程度，还要适可而止。正因为经过周密细致的较长的时期准备阶段，所以就能顺利地完成任务。

这种民主教育的精神，不独扩军工作需要这样做，其他一切工作的开展亦莫不以此为先决条件。这是近年来经过伟大的整风运动，我全党全军干部所已学会和正在学习的工作作风和领导方法。在目前敌后的环境中，扩军是一个特别繁重而艰巨的任务，扩军工作中，强迫命令或变相的强迫命令，是很容易犯的。因此，必须特别谨慎，时刻注意。防止偏向的发生，充分发挥民主自愿的精神。在实际工作中对干部党员和群众进行思想教育，否则，即使能勉强扩大，部队还是不易巩固的。我们的军队之所以能渡过任何困难，能坚持敌后，能战胜敌人，就是因为八路军新四军是人民自己的军队，人民自己的子弟兵。人民以参加这种军队为光荣神圣的事业，我们的战士是自愿当兵的，人们知道为谁打仗，他们了解自己任务之伟大。

为了准备反攻，争取胜利的早日来临，我们要做许多的工作，其中之一便是要在经□条件许可即不加重人民财政负担的条件下，在新解放区域大量扩大军队，老区域要作到源源补充原有军队的消耗数额。近年来由于我党我军对敌斗争的胜利，政治影响的空前扩大，减租运动的普遍深入，生产运动的开展，民兵自卫军的扩大，为扩军造成许多有利条件。我们在扩军工作中，总的方向是对的，但实际经验是还不能自满的。泗沭和莒南的经验启示我们，要撤军工作进行得顺利，平日就要做很多的准备工作，而且要党政军民一齐动员来做；其中特别重要的，我们认为是切实实行减租减息、组织民兵，组织由本地干部领导的游击队、地方兵团和主力兵团，好好的加强领导军队的拥政爱民、尊干爱兵和人民的拥军、优抗运动（包括经常组织慰劳团、参观图）。在扩军工作本身中，□须紧紧掌握民主自愿、进行思想教育的原则。在这一点上，泗沭和莒南的经验是可以参考的。

（新华社延安三十三日电）

附：

一、泗沭参军新经验见四月十四日本报。

二、莒南的参军工作见明日(十八日)本报。

（原载一九四五年四月二十七日《晋察冀日报》第一版社论）

今年"五一"我们需要做的事情

　　今年的五一，正面临着人类历史上最重大的事件——红军打进柏林，红旗插到柏林的城墟上了！这是全世界工人阶级和一切反法西斯人民的光荣与胜利。法西斯第一名恶首希特勒被打倒了，日本及一切法西斯也随之就要灭亡。中国工人阶级与苏联及世界工人阶级历来就站在反法西斯战争最前线，为反法西斯战争做出了无比的贡献。今天是检阅全世界工人阶级战斗的日子，乘着这个机会，提出我们需要做的事情。

　　中国解放区的工人，八年来为保证战争供给，在最艰苦的条件下努力工作。大后方的工人虽在国民党一党专政的黑暗统治枪杀镇压下，仍然以自己的全部力量为民族与人民的解放付出血汗。沦陷区的工人,在敌伪最悲惨的虐待下,进行顽强的斗争。如许多煤矿工人,由于对敌仇恨,到处进行破坏与怠工,以泄积愤。龙烟矿的工人说:"等着吧,到了我们手里再说。"

晋察冀边区的工人,在去年的大生产运动中,有了更多的发明与创造,生产的数量与质量,都提高了一步,许多公营工厂的工人与技师,都发扬了高度的艰苦奋斗的工作精神。如军工技师韦彬同志,他是在敌后解放区研究与创造无烟火药成功的第一人。在两年中,他主作与副作化学药品、工具和方法达四十二种。他曾在大雪没胫的冬天实验炸弹的爆炸片数,在狂风中实验自制炮弹的射程,他曾培养出许多技术工人。又如以苦心钻研改造印刷机著名的劳动英雄牛步峰同志,曾将二千余斤重的铅印机,改造成只重八十斤的木质轻便铅印机,使报纸能够在激烈的反"扫荡"中坚持出版。类似这样的工人与技师,去年是出现了不少的。在赵占魁运动中(虽然这个运动我们开展的还不好),已经使某些工厂的产量提高,工作态度转变,获得了生产上的新成绩。如报社的印刷厂,一年来排字量已经增加了百分之二十五,新老工人间的关系有了改善,创造了一些带助手的新办法,过去七八个月才能达到的排字量,现在的新手在三个月中就可以达到了。在军工中,装雷管的工人,增加生产效率百分之四十,压雷管的增加到百分之一百,封雷管口的增加到百分之一百七十。在造纸业中,如仁记纸厂的老工人每日已能捞到七百帘□。许多私人手工业作坊合作社工厂以及广大农村工人,在去年一年的大生产运动中亦曾出现了不少的新劳动英雄。提高了生产效能,发挥了工人阶级的积极性与创造性。

但是检查起来,我们的缺点是更多的,这主要是表现在公营工厂,工作上面,其他私营作坊、合作社工厂及农村工人的缺点也很多。今天在公营工厂里存在着什么问题呢?主要就是关于建设革命家务这个问题。无论是工厂的行政方面,党的支部方面,工人方面,都没有从思想上搞通。去年的赵占魁运动,除去个别工厂收到一些成绩以外,一般并未开展起来,或根本没有动手,其中最主要的原因,是领导干部对这个问题的忽视,而对工人的思想教育更是不够。大家都没有把建设革命家务,看成工厂全体职工共同的、首先的和唯一的任务。正如朱总司令所说:"工厂是革命人民的共同家务,对于所有职工同志们说,工厂更是□们的家庭和他们的事业,而他们便是这一事业的主人……要用革命的态度来对待这一工作。全厂职工,从厂长到工人,上上下下,大家都负有当家人的责任,把这份革命的家务搞好。""然而,是不是所有的人都已经认识了工厂生产和这部门工作对我们的重要性呢?是不是所有的人已经自觉的为到好工厂而努力呢?在我们的工业部门中,有好些人还未真正了解这个问题,还有许多错误的思想和态度。"一年以来,我们工厂工作中一个最严重的偏向,主要就是在工资问题上打圈子,以工资的增加为提高生产效率主要的刺激办法,而没有根据赵运的基本精神去启发和提高工人的政治觉悟,进一步加强工人的公私兼顾先公后私的思想教育,转变领导作风与工作态度。许多工厂对赵运的号召,采取自流甚至不理的态度,在工人中则有不少人认为又是工厂定期的生产竞赛或生产突击运动。有些工厂在领导上只有一般的号召,而没有进行具体的布置与检查,有些工厂的支部,工会与行政工作,各自为政,没有统一的计划与步调,甚至有的竟形成相互对立。对工人的生活有时不关心,对工人的思想教育长期没有很好的进行,以致许多妨害建立工人革命家务的思想,在工厂中蔓延起来,而其中心则是工资问题。这事还必须指出,我们的工人生活一般是有保障的,这与沦陷区及大后方的工人饥寒交迫的情况完全不同,只是由于战争环境,经济困难,设备不周,还不能彻底的解决这一问题。当然,在工资问题上我们可能还有某些缺点,需要今后作不断的研究与适当的解决,并要些可能改善与提高工人生活。但要改善和提高工人生活,首先需要把工厂办好,增加产量,提高质量,减低成本,这就是建立工人的革命家务。只有这样才能改善和提高工人生活,这就是公私兼顾,先公后私的正确思想和对劳动的正确态度。陕甘宁就是一个活的榜样：由于他们从思想上解决了建立工人革命家务问题，解决了公营工厂行政、党、职工间的关系，改造了工厂工作者的工作态度与作风，就空前的提高了生产效率与劳动热忱，增加了生产，节约了成本。"过去工人中有相当浓厚的经济主义，为了工资曾发生过不少纠纷，现在则知道自己是为革命工作，不再计较工资了。"甚至还有不要工资的。（如被服厂的张保全），工人间阶级友爱增进了，职工间团结加强了，老工人与学徒间关系改进了——思想一打通，一切问题都迎刃而解。

因此在今年的五一节，我们号召全边区各工厂普遍开展赵占魁运动，从思想上来转变领导作风，要广泛的实行民主。各工厂的工人普遍的进行对赵运的教育与集体讨论，从思想上来转变对待工厂的态度，展开赵占魁式的"新劳动者运动"。只有大量的发扬民主，才能揭发出各种错误思想来，以工人群众的集体力量来彻底纠正。如报社工厂在去年的赵运中，有个别工人说："赵占魁有什么了不起，下雨天弄弄公家的材料，谁不能？我们这里打游击还在山头上坚持呢？"又有的说："讨论可以，但我们工厂不能行。"类似的不正确的意见，在民主讨论下，遭到大家的反对，在这种思想斗争中，工人的政治觉悟，就随之提高起来。

其次，必须进行经常的深入的检查和及时的总结，这是领导方式上很重要的一个问题。为要使检查深入广泛，应使平日个人的检查与定期的会议检查，领导上的自上而下的检查和群众相互间自下而上的检查配合起来。领导上尤应注意研究几个人或几个组在运动中发展变化的过程，及时总结经验，指导□□运动的开展。

第三，每个工厂应根据本厂具体情况，定出一定时间内的中心目标，使运动围绕着这个目标而努力，不分轻重缓急包罗万象的目标，是要分散力量，收不到大效果的。

第四，在开展赵占魁运动中，必须依靠与培养积极份子与团结群众。要注意培养老的劳动英雄发现新的劳动英雄，发挥他们带头骨干桥梁作用；积极份子应该成为团结群众与推动赵运的中心，但如果说□□□，□□□，□□□□□□□。在一年来为□□□中，不少的工厂工人对有积极份子"侧目而视，看他们是"另一种人"，形成积极份子的"光杆跳舞"，这种缺陷今后不能再重复。

第五，必须发扬民主的积极负责的工作作风，改善各种制度，继续研究工资制度，使工资□度更加合理化。关心工人的生活，改善伙食与劳动条件，在将来的劳动保护法公布后，各厂必须严格执行。

以上指出在今年开展赵运中必须注意的主要几点，而其中心一环，则是要求我们全体职工从思想上来彻底认识建设革命家务的问题，改造领导作风与工作态度。

除去开展赵占魁运动以外，今年各厂应注意实行工厂管理合理化。毛主席早已教导我们："要改善工厂的组织与管理，克服工厂机关化与纪律松懈状态。首先应该改革的是工厂机关化的不合理现象……人员众多，组织庞大，管理人员和直接生产人员的分配不适当，以及把管理大工厂的制度应用到我们小工厂上面，这些现象必须迅速改变。"根据这一指示，来检查我们边区工厂，在管理上不合理的现象还是很多的。今后，各厂的管理机构，应更加精简合理，管理方法简便易行，采取职员工人化、工人兼职员的办法，以便更有利于组织劳动与组织生产。

今年我们提出要争取工业品大部或全部自给，只有这样才能克服困难，准备反攻，但如果没有全体职工自觉的努力，要完成这一任务是有困难的。

最后，今年五一前我们提出另一个重大任务就是开展沦陷区的工人运动。

在敌人即将死亡的前夕，沦陷区的工人正遭受着敌伪最惨酷的压榨与虐待。工人都过着衣不蔽体，食不饱腹的生活，例如东北有些炭矿，百分之九十五的工人没有被子，只靠热炕来暖身子。至于铁路工人，则被叫做"铁路化子"。开滦矿工，工时从十二到十六小时，□□不能维持生活，营养败坏，再加过度劳动，死亡率很大，□各庄的工人平均一天要死五人。其他各地工人病死及因冻饿而死的情形，在敌占区是很普遍的。但沦陷区工人是有其斗争的历史传统的，我们必须积极的加以援助，广泛的开展沦陷区的工人运动，使他们组织起来，对敌进行顽强的斗争。并加强他们的武装准备工作。以便在时机成熟时，配合解放军武装起来。我们□工会工作必须与□入解放区及加强新解放区的工人运动相结合。我们必须把解放区与沦陷区的工人运动，密切地连系起来，在建立解放区的工人联合会中，吸收沦陷区的工人代表参加外，加强国内及国际工人内部的团结，反对由国民党分裂民主的法西斯主张，抗议国民党枪杀工友胡□合，等种种罪行，为实现民主联合政府而斗争。

（原载一九四五年五月一日《晋察冀日报》第一版社论）

全军生产自给　今年应是普遍推行的一年

——兼论整风与生产的历史重要性

春耕到了，我们很高兴地接获晋察冀军区方面的消息，那里公布了一个今年军队生产自给的计划，四月二十二日的本报发表了这个计划。这个计划是：（一）每人每日油盐各四钱，肉五钱，菜一斤，柴三斤及年节肉六斤（内补充公发不足之数）；（二）津贴费；（三）公杂费；（四）书报费；（五）骡马用费；（六）毛巾二条，布袜一双；（七）伤病员生活补助费。上述七项，规定为部队生产自给的任务。但又规定："因部队所处环境不同，有的只负担其中的某几项，例如十二、十三分区及冀中区，公家仍发给公杂费；

冀热辽区则寻求从生产中改善部队生活。"他们自己又指出他们这个计划的三个特点：第一，生产任务中主要部份是伙食和个人日用品的部份自给，这样就能提高部队生活水平；第二，因要生产才能自给，就能使部队和个人注意节约开支，第三，今年不向上级交任务，而是自己动手解决自己的困难，建立革命家务。因而它会促进部队自力更生的观念，消除去年那种对上级的依赖心理和企图少交或不交任务的想法。

这一整个计划是很好的，其主要精神就是上面所说的第三个特点。在遭受极端物质困难的目前状况之下，在分散作战的目前状况之下，切不可将一切物资供给责任都由上面领导机关负起来，束缚下面广大人员的手足，又不可能满足下面的要求，应该说：同志们，大家动手，克服困难罢。只要上面善于提出任务，放手让下面自力更生，问题就解决了，而且能够更加完善地解决它。如果上面不去这样做，而把一切事实上担负不起来的担子老是由自己担起来，不敢放手让下面去做，不去发动广大群众自力更生的积极性，虽然上面费了气力，结果将是上下交困，在目前条件下永远也不能解决这个问题。数年来的经验，已经充分地证明了这一点。"统一领导、分散经营"的原则，已被证明是我们解放区在目前条件下组织一切经济生活的正确的原则。

解放区的军队，已经达到了九十多万，为着打败日本侵略者，还需要扩大军队到几个九十万。但是我们没有外援，就是假定将来有了外援，生活资料也只能由我们自己来解决，这是一点主观主义也来不得的。为着配合同盟国作战，在不久的将来，我们需要集中必要的兵团，离开现在分散作点的地区，到一定的攻击目标上去作战。这种集中行动的大兵团，不但不能生产自给了，而且需要接受后方的大量的物质供给；只有被留下来的地方部队与地方兵团（其数目将还是广大的），还能照旧一面作战，一面生产。照此看来，我们全军应趁目前的时机，在不妨碍作战与训练的条件之下，一律学会并彻底解决部分地生产自给的任务，难道还有疑问呢？

军队的生产自给，在我们条件下，形式上是落后的，倒退的，实质上是进步的，具有伟大历史意义的。在形式上我们违背了分工的原则，现在世界上，任何文明国家的军队都没有、也不可能有、也不应该有什么生活资料生产自给的怪事了。但是在我们条件下——国家贫困，国家分裂（这些都是国民党主要统治集团所造成的罪恶的结果）以及分散的长期的人民游击战争，我们这样做，就是进步的了。大家看，国民党的军队面黄肌瘦，解放区的军队身强力壮。大家看，我们自己在没有生产自给时，何等困难，一经生产自给，何等舒服。现在，让我们叫站在我们面前的两个部队，例如说，两个连，去选择两种办法中的一种，或者由上面全部供给生活资料；或者不给它或少给它，让它全部、大部、半部或小部地生产自给；那一种结果要好些？那一种它们愿意接受些呢？在认真实行一年生产自治之后，一定会认为后一种办法结果要好些，愿意接受它；一定会认为前一种办法结果要差些，不愿意接受它。这是因为后者能使我们部队的一切成员改善生活；而前者，在目前物质困难条件下，无论怎样由上面供给，也不能满足他们的要求。至于因为我们采用了这种表面上"落后的""倒退的"办法，而使我们的军队克服了生活资料的困难，改善了生活，个个身壮力强，足以减轻处在困难中的人民负担，因而取得人民的拥护，足以支持长期战争，并足以扩大军队，因而也就能扩大解放区，缩小沦陷区，达到最后消灭侵略者，解放全中国之目的，这种历史意义，难道还不伟大吗？

军队生产自给，不但改善了生活，减轻了人民负担，并因而能够扩大军队，而且立即带来了许多副产物。这些副产物就是：（一）改善官兵关系。官兵一道生产劳动，亲如兄弟了。（二）增强劳动观念。在我们现有的，既不是完全的募兵制，也不是征兵制，而是第三种兵役制——动员制的状况中，它比募兵制要好些，它没有那样多的二流子，但比征兵制要差些（我们目前的条件，还只许可我们采取动员制。还不能采取征兵制），它是长期兵，将减弱或失掉成员们的劳动观念，因而也产生二流子及军阀军队中的若干坏习气。生产自给以来，劳动观念恢复了，二流子被改造了。（三）增强纪律性。在生产中执行劳动纪律，不但不会减弱战斗纪律与军人生活纪律，反而会增强它们。（四）改善军民关系。部队有了家务，侵害老百姓财物的事就少了，或者完全没有了。在生产中，军民爱工互助，更增强他们之间的友好关系。（五）军队关心政府的事了，军政关系也好了。（六）促进人民的大生产运动。军队生产了，机关生产更必要，□□□□□了，全体人民□□，□□增产运动，当然也更必要，更有劲了。

一九四二及四三两年开始的普遍性的整风运动与生产运动，曾经起了与正在起着这样的重大意义，就是说，这是两个环子，如果不拿起它们，我们的革命车子就不能推向前进。大家明白，我们在一九三七年以前入党的有组织的党员，剩下的不过数万人，而我们现在的党员是一百二十多万，其中大多数是农民与小资产阶级出身的，他们有很可爱的革命积极性，并愿接受马克思主义的训练；但是，他们是带了他们原来的不符合或不大符合马克思主义的思想入党的。这种情形，就是在一九三七年以前入党的人们中也是存在着的。这是一个极其严重的矛盾，一个绝大的困难。在这种情形下，如果不进行一个普遍的马克思主义的教育运动，即整风运动，我们还能顺利地前进吗？显然是不能的。但是我们解决了与正在解决着这个矛盾——党内无产阶级思想与非无产阶级思想（其中有小资产阶级与资产阶级甚至地主阶级的思想，而主要地是小资产阶级思想）之间的矛盾，即马克思主义思想与非马克思主义思想之间的矛盾，我们的党就能够在思想上、政治上、组织上空前统一地（不是完全统一地）大进步地但是稳步地前进了。在抗日战争的最后阶段中，我们党还会、也还应该有一个发展，但是我们能够在马克思主义的思想原则下更好地掌握将来的发展了。

第二个环子是生产运动。抗战八年了，我们开头还有饭吃，有衣穿。随后逐日困难起来，以至于大困难，粮食不足，油盐不足，被服不足，经费不足。还是伴随着一九四零至一九四二年敌人大举进攻与国民党政府发动三次大规模反人民斗争（"反共高潮"）而来的绝大的困难，绝大的矛盾，如果不解决这个困难，这个矛盾，不拿起这个环节，我们的抗日车子还能前进吗？显然是不能的。但是我们学会了并正在学会着生产，这样一来，我们又活跃了，我们又生气勃勃了。再有几年，我们将不怕任何敌人，我们将要压倒一切敌人了。

这样看来，精神与物质，整风与生产两大运动，具有何种历史重要性，是明白无疑的了。

让我们进一步地，普遍地去推广这两大运动，以为其他各项战斗任务的基础。果能如此，那末，日本侵略者的最后打败与中国人民的彻底解放，就有把握了。

目前正当春耕时节，希望一切解放区的领导同志、工作人员、人民群众，不失时机地掌握生产环节，取得比去年更大的成绩。特别是那些还没有学会生产的地区，今年要□大的□一把□。

（原载一九四五年五月四日《晋察冀日报》第一版社论）

迎接解放区青年联合会的成立

今天是五四运动的二十六周年，在这个光荣节日的前两个月，西北青年救国会，陕甘宁边区青救会及陕甘宁边区学联会等，共同发起成立解放区青年联合会的组织，这是一个十分适合时宜的决定。

我们解放区已成为全国人民抗日救国的重心，而在解放区的建立中，青年工作的功绩是不可磨灭的。早在抗战刚刚开始的时候，中华民族解放先锋队、平津流亡同学会及山西牺盟会等青年团体，就输送了大批知识青年参加了开展华北农村游击战争和开辟华北各个解放区的各方面工作。在各解放区成立的初期，各地又普遍建立了广泛的青年组织——青年救国会，仅仅在华北的几个主要解放区，就有二百五十万以上的青年和儿童组织在青教会之内,他们在各种抗战动员的工作上,特别是在参军参战的工作上,充分表现了青年的积极性,起了不小的作用,仅仅以晋察冀北岳区为例,根据一九四二年上半年的统计,北岳区有三十万零一千儿童团员,十四万八千青救会员,两万学生会员,有组织的青年和儿童共计四十七万□。其中多加青抗先者十三万强,就是说,有百分之八十四以上的青救会员都参加了青年武装的组织,从一九四零年志愿兵役实行后,北岳区经过青救会动员参军的数目,截止一九四一年为止,就有一万三千二百九十一名。此外,还创立了过渡性的二十个青年运、五个青年营、两个青年团、一个青年支队,有整村整排的青年入伍者二十五个,整班入伍者,共七十一个。

自一九四二年以来,由于解放区各种工作的更形深入和客观环境的许多变化,青年运动的形态也跟着发生变化,进入了新的阶段。两三年来,青年运动表现虽不像过去那样轰轰烈烈,但实际上工作的内容是更加丰富了,更加切实了。如在武装斗争上产生了路玉小,甄坠子等许多青年民兵英雄和爆炸英雄;在生产战线上涌现了李长青、李树英等许多青年劳动英雄;在文化建设上产生了许多模范教员和模范学习者,优秀的作家和艺术家。可惜由于战争的频繁,交通的不便,以及其他原因,这一时期青年运动的各种新方式、新经验,还缺乏有系统的研究总结,使青年运动多少有点"自流"的现象,这不能不说是这一时期进步过程中的一个缺点。

为了补救这一缺点,作为解放区青年运动的总的领导机关——解放区青年联合会的建立是十分必要的,这一措施可以使各解放区的青年建立起更密切的联系,互相交换经验,配合工作,并帮助争取联合政府的实现。

解放区青年联合会的成立,又可使国民党地区的青年民主运动得到一种援助。在国民党统治下面的青年,不但是生活毫无保障,而且是被剥削了一切言论、集会、出版和人身的自由,国民党当局抄袭法西斯国家许多欺压青年的方法,如设立劳动营、集中营等,拘捕和囚禁一切进步青年;

如组织完全摹效希特勒青年团的三民主义青年团，对团员灌输"一个主义、一个领袖"的法西斯思想和卑污无耻的特务教育；又如建立完全摹效希特勒党卫军的所谓"知识青年军"，假借抗战美名，欺骗青年，使他们成为维持国民党独裁统治的一种工具。但是国民党内反动派这种欺压青年的手段，并不能阻止青年争取民主自由的运动，如在成都和昆明几次爆发了广大学生的示威运动，公开抗议国民党的专制独裁和特务统治，充分表现了中国学生运动的光荣斗争传统。对于大后方青年运动英勇奋斗的精神，我们表示无限的敬佩和同情。今后经过解放区的青年联合会，我们将可更有力地给他们以各种实际的声援。

最后，解放区青年联合会的成立，也可以使沦陷区的青年得到一种鼓励和援助，他们从解放区青年联合会的成立，可以看到解放区青年更形积极的斗争，可以知道自己的斗争决不是孤立无援的，报仇雪耻的日子是在一天天接近。

因此解放区青年联合会的成立，将会加强解放区青年运动的领导，加强全国青年的团结，加强争取民主和争取胜利的斗争，希望解放区的全体青年加倍努力，迎接这一新的战斗组织的诞生。

（新华社延安五日电）

（原载一九四五年五月九日《晋察冀日报》第一版社论）

庆祝欧洲反法西斯战争胜利结束

　　五年又九个月的欧洲战争，终于以德寇的无条件投降而宣告结束了。欧洲反法西斯战争胜利了，民主进步和光明的势力胜利了，欧洲的面貌已焕然一新了，这是使全世界爱好和平民主人民无限兴奋鼓舞的一件大事。

　　在过去，欧洲曾经是法西斯势力猖獗一时、横行霸道的欧洲。现在呢？世界上天字第一号的法西斯德国，这个曾经蹂躏几乎全欧山河、奴役十六个国家人民的法西斯国家已被打倒了。意大利法西斯，这个吸吮意大利人民膏血二十又三年的强盗亦早已完全崩溃了。法西斯的附庸国喽啰们也一个接一个的被推滚下台了。两大混世魔王——法西斯始祖的墨索里尼已伏法于人民的正义的复仇之剑之下，而法西斯罪恶希特勒也已一命呜呼了。欧洲已从法西斯的洪水中挽救出来，欧洲的主要的法西斯国家、主要的法西斯势力都已被打倒了。

由于欧洲反法西斯斗争的胜利结束，欧洲人民翻了身。在绝大多数国家中，人民的民主势力都占了上风。法兰西、波兰、南斯拉夫、意大利等四个欧陆大国的情形都和战前大大不同了，人民的民主力量都占优势了。这是战后欧洲的决定因素。此外，在保、捷、罗、匈、奥、芬、比等小国中，民主力量也有很大的增长。这些国家都成立了联合政府，代表广大人民阶层利益的共产党都参加政府，并在各国政治生活中成为决定力量之一。我们更不必说苏联人民在这次战争中发展成为一个无敌的强大力量，成为欧洲与世界民主势力的中坚。很显然的，经过这次大战的洗礼以后，旧的法西斯和反动势力占统治的欧洲，已一去不复返了。新的人民的、民主的、进步的、和平的欧洲新纪元业已到来。任何想把欧洲拉倒回到旧的时代去的企图，注定要失败的。欧洲一向在世界政治、经济、文化各方面占有重要地位。欧洲人民民主力量的伟大胜利，无疑将深刻影响世界的前途。

不过，应当指出，欧洲反法西斯战争的胜利结束，并不等于反法西斯斗争的结束。就欧洲来说，纳粹法西斯的战争势力仍待彻底的加以肃清。在民主势力已占优劣的国家，法西斯帮凶的反动势力仍企图捣乱，还须予以迎头的打击。此外，还有在这次战争中伪装中立国的国家，如西班牙等国，还是法西斯式的国家，还是法西斯罪魁的逃避所，必须予以解决。今后欧洲人民要继续努力肃清法西斯残余及其帮凶，这仍然是一个严重的任务。

就全世界范围来说，三大法西斯国家之一的法西斯日本还未打倒，他还正在作最后的挣扎。欧洲战争结束后，世界反法西斯战争的重心现在已开始移到东方。数百万英美盟军东调参加对日最后攻势的时期，现已到来了。这给与我们中国人民无限的兴奋，我们和盟军联合总攻日寇之期已在不远了。我们中国人民已在八年的对日战争中锻炼出一支强大的将近百万的人民军——八路军、新四军，并有广大的解放区作为抗战的重心。但是在达到最后胜利的过程中，我们仍须克服横在眼前的重大的障碍。日本侵略者虽已在太平洋上遭受严重的失败，在中国解放区战场上遭受到大的打击，然而它的力量还是强大的。我们中国人民要配合盟国反攻，最后驱逐日寇，就必须团结和动员全国一切抗日力量。然而正是在这一点上，中国国民党内主要统治集团的坚持专制独裁，□□抗日力量的团结，束缚中国人民的手脚。

中国人民决心要争取民主的联合政府，因为只有联合政府才能团结全国一切力量，配合盟国打败日本帝国主义，建立独立、自由、民主、统一与□□□□中国。

"希特勒被打败以后，将在世界上出现这样□□□面，解放欧洲并立即增强着解放亚洲的可能性，□□使亚洲获得解放。"随着欧洲反法西斯战争的胜利结束，毛主席所说的新局面已经出现了。远东战争□□更彻底、更激烈、更大规模的展开，让我们中国人民，首先是九千五百五十万的解放区人民，团结一致，加紧努力吧！

（原载一九四五年五月十五日《晋察冀日报》第一版社论）

提高一步

　　自从解放日报创刊以来特别是经过整风运动，我们党的新闻事业，人民大众的新闻事业，曾有长足的进步。这种进步主要表现于报纸跟人民生活和实际运动有了初步结合，解放区人民和党的领导机关开始重视报纸，把它当作组织群众、教育群众和改进工作的武器。但是我们决不能以此自满，人民的事业在前进，要求新闻工作日新月异，赶上时代和运动。因此，如何树立一个新的努力目标，把报纸从现有基础上提高一步，已成为当前急待解决的问题。

　　毛主席及时的为我们解决了这个问题，他在我党七次代表大会的政治报告中说："在马克思主义的理论思想武装之下的中国共产党，在中国人民中产生了新的工作作风，这主要地就是理论与实践相结合的作风,和人民群众紧密地联系在一起的作风与自我批评的作风。"毛主席说的是全党的作风问题,但同时也就是我们报纸的作风问题。理论与实际结合、与人民群众联系以及自我批评等三项,正是我们今后应该努力的目标。

关于理论与实践结合,上面说过;已引起解放区报纸的普遍的注意,现在大家都知道要反映实际,介绍工作经验,报导各种运动,所以空洞无物的新闻文字是大大减少了,报纸确实要比过去充实得多。这是一个好现象。但是缺点不是没有了:一方面我们新闻工作者对毛泽东同志的理论与思想的研究学习掌握宣传还很差;另一方面我们的新闻通讯中有一部分反映现实还不够深刻,不够有系统。实际运动的内容异常生动丰富,但是我们还不善于加以很好的整理分析和综合,把经验总结起来,提高到一定的理论水平,研究出运动的规律,用来指导运动。这就是说,报纸的指导作用还赶不上实践的要求,也就是说我们报纸理论和实践结合的作风还很不够,还须要大大提高一步。现在我们决不能满足于仅仅片断的反映实际,而应当力求更有系统的反映实际,我们要把实际工作中的经验总结为理论,再在实际工作中去考验这种理论的正确性与不正确性,不断坚持真理,不断修正错误,要做好这一点,我们新闻工作者就必须提高我们自己理论修养,努力学习马列主义普遍真理与中国革命具体实践结合的毛泽东同志的思想及理论,这样我们的成绩就会更大,对实际工作的帮助就会更大,进步也就会更多。

其次是与群众联系问题,我们的报纸是人民大众的喉舌,要向人民大众负责。因此与群众联系的程度如何,为人民服务得好不好,是报纸办好或办不好的一个重要关键。我们报纸的内容,一切从群众中来又到群众中去,亦即理论与实践结合的问题,对于我们也即是加强与群众联系的问题。毛主席告诉我们:"要全心全意地为中国人民服务","一切从人民利益出发","和人民群众密切联系在一起",我们一定要努力做到这一步。这就必须要把报纸办成人民的报纸,反映群众的生活和要求,介绍群众的活动和创造,与群众的脉搏息息相关,就要提倡为人民兴利除弊,表扬社会上的好人好事,批评坏人坏事;就要吸引广大人民——特别是工农群众为报纸写稿,实行群众写,写群众,把通讯工作建筑在广大群众的基□上;就要经常供给有益人民的精神□食粮,社会科学与自然科学的各种知识,消除旧社会所遗留下来的愚昧落后;就要有一定园地来发表读者呼声,解答群众疑难,从事社会服务;就要征求读者对报纸的意见,语言文字力求通俗适合读者口味,使报纸真正为广大群众所喜见乐闻。总之,要把办报成为群众自己的事业,为人民服务,由人民大众大家来办。这方面我们有了些进步,以后还要坚持下去,并求得更多的进步,只有这方面更进一步,然后理论与实践结合的问题,也才能更好的解决。至于说到自我批评,至今还是我们报纸比较不善长的一环,自我批评是坚持真理、修正错误的最重要的方法之一,所以也是理论与实际结合的重要方法。自我批评只有从人民的立场来作才是正确的,所以这里又是一个与群众联系的问题。过去报纸曾经做了许多表扬工作、表扬模范典型,以推动全盘工作,为人民大众及其事业而歌唱唱歌,这是完全正确的,以后也还应当这样做。但是缺点错误在实际生活中是不断发生的,必须如毛主席所说的:天天打扫,天天洗脸,洗去灰尘,消灭微生物,使我们的肌体更加健康。只有进行自我批评,才是对人民负责的态度,才能使工作日有进步,如果害怕自我批评,我们立即就会停滞前进,固步自封,赶不上时代的要求,落后于现实。所以常常虚怀若谷,倾听人民中间各种不同的意见,是非常必要的,因此报纸应当成为自我批评的武器。报纸对于批评,应该有认真负责的态度,必须根据当时当地的环境和条件,掌握确实可靠的材料和根据,郑重将事,合乎分寸,以"惩前毖后,治病救人"为宗旨;决不能滥用"新闻权威",捕风捉影,乱说一通,或者是疾言厉色,叱此责彼,无视具体对象和客观环境,以致反而对工作起不好的影响。在进行自我批评中的这一种毛病,我们过去不是没有犯过,今后不要重蹈覆辙,人民事业中的缺点，是前进道路上的副产物，能够公开揭发错误、克服弱点，正是证明我们的坚强。应该认识我们是处在旧势力的包围当中，周围有不少□东西侵入到我们的屋子里来，我们一定要用自我批评的扫帚把它扫出去。

理论与实际结合和人民大众紧密地联系以及自我批评这三者统一的作风可以使我们天天发现新事物、新问题，取得新经验，发展新理论，坚持真理，修正错误，不断进步，不断发展，贯彻这种精神在报纸之中，就可以使我们的工作提高一步，为人民群众服务得更好。

今天是本报四周年纪念，我们愿以毛主席所指示的上面三项自勉，也以与解放区所有新闻工作同志共勉。（新华社延安十八日电）

（原载一九四五年五月二十二日《晋察冀日报》第一版社论）

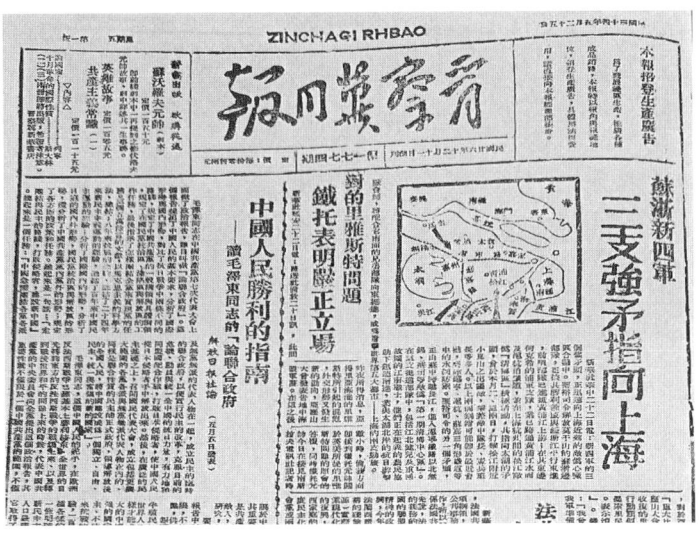

中国人民胜利的指南

——读毛泽东同志的《论联合政府》

      毛泽东同志在中国共产党第七次代表大会上面做了政治报告，题目叫做《论联合政府》。这个报告提出了中国人民的基本要求，分析了国际形势与国内形势，对比了抗日战争中两条不同的路线，规定了中国共产党的一般纲领与具体纲领，规定了在国民党统治区、沦陷区与解放区的工作任务，最后指示了怎样团结全党来实现党的任务。这个五万余言的文献，以马克思主义的科学方法，总结了八年来抗战的经验，总结了二十四年来新民主主义运动的经验，总结了百年来中国民主运动的经验；分析了国际国内的形势，分析了日寇的国内外形势，国民党统治区与解放区的形势，还分析了中国共产党党内党外的形势；规定了各方面的政策和任务。总起来是一句话："走团结与民主的路线，打败侵略者，建设新中国。"总起来是一个任务："中国急需团结各党各派及无党无派的代表人物在一起，成立民主的临时的联合政府，以便实行民主的改革，克服目前的危机，动员与统一全中国的抗日力量，有力地和同盟国配合作战，打败日本侵略者，使中国人民从日本侵略者手中解放出来。然后，在广泛的民主基础之上，召开国民代表大会，成立锡更广大范围的各党各派与无党无派代表人物在内的、同样是联合性质的民主的正式政府，领导解放后的全国人民，将中国建设成为一个独立、自由、民主、统一与富强的新的国家。"

毛泽东同志，这个中国人民的舵手，在欧洲反法西斯战争已经基本上胜利结束、全世界的目光转到东方的反法西斯战争的战场上来，以及转到战后世界和平的问题上来的时候，代表中国共产党的中央委员会向全党提出这个政治报告，其重要性就不仅限于中国共产党的范围，不仅限于中国一个国家的范围，而且对于全世界都有其重要性。毫无疑义，在全中国、全世界，不论是共产党人或非共产党人，不论是我们的朋友或敌人，都会深刻注意这个文献，都会加以仔细的研究，都会得出其自己的结论。

要想详细论述毛泽东同志在这个精深博大的报告中所说到的一切重要问题，在这里因篇幅所限，不能不有所待，我们只就读后所感，写出几点，供大家研究时的参考。

四万万五千万人的中华民族，百年以来处在半殖民地半封建的落后的悲惨的状态中。这个占世界人口五分之一到四分之一的大民族，应该怎样才能求得自己的解放？应该怎样才能使这个伟大的中国建设成为独立、自由、民主、统一与富强的国家、而不是停留在不独立、不自由、不民主、不统一、不富强的痛苦重重的状态中，八年来抗战的经验，二十四年来新民主主义运动的经验，一百年来民主运动的经验，中国人民经过了各种各样的试验，屡次的失败挫折与成功，得到了一条明确的结论，就是必须而且只可能建立一个新民主主义的政治制度。这就是"真正适合中国人口最广大成份的要求的国家制度。因为第一，它取得了与可能取得数百万产业工人，数千万手工业工人与雇佣农民的同意；其次，也取得了与可能取得占中国人口百分之八十，即在四万万五千万人口中占了三万万六千万的农民阶级的同意；又其次，也取得了与可能取得广大的小资产阶级、自由资产阶级、开明士绅及其他爱国份子的同意"。违反中国人民的这个意志，不要这三种人的同意，可以还是不可以的大地主、大资产阶级专政的、封建的、法西斯的、反人民的国家制度，把国家民族引入极其悲惨的道路。国民党反动统治集团违背了孙中山先生的新三民主义，建立了这种反动的国家制度，其结果是招来了日本强盗的侵略，从黑龙江退到芦沟桥，又从芦沟桥退到贵州省。而在国民党所统治的区域，则闹得民生凋敝、民怨沸腾、民变蜂起，这样来谈"统战必胜，建国必成"，岂非离题万里。解放区遵照了新民主主义的道路，建立了新民主主义的地方性的联合政府，抗战就取得胜利，人民就有了自由，军队就加强了几十倍；农民与地主，工人与资本家，都能调节相互矛盾的利益，合力同心来发展生产，改善生活；知识分子就有了事做，而且所做的事都真正对人民有益；少数民族各得其所；反法西斯的盟邦人士也受到尊重。共产党所一贯主张的、一九二四年以后也为孙中山先生所主张的、一九二七年以后为国民党反动统治集团所抛弃的这条新民主主义即新三民主义的道路，是抗战胜利、建国成功的□□道路。是非常明白的了。如果在一九二四年以前一些时候，这个问题还只是人们心中的一种想望，那末经过了大革命、土地革命，特别是八年的抗战之后，这个想望已为正面和反面的无量数的事实所证明。毛泽东同志老老实实的实事求是的把这个经验总结了出来，这种老老实实的实事求是的方法，也就是马克思主义的方法。正因为毛泽东同志用马克思主义的方法把中国人民最重要的问题做出总结，所以他的论点是驳不倒的，任凭什么反动派怎样叫嚣也是无用的。

新民主主义，这是抗战胜利的主义，这是建国成功的主义；而大地主、大买办、大银行家的失败主义、法西斯主义，是抗战必败的主义，是把中国投入黑暗深渊的主义。新民主主义□□种思想，是从无量数的事实中得出来的真理，而这一真理，这一思想，就像一条红线一样贯串在毛泽东同志的整个的报告中。毛泽东□□把□□思想的各方面：政治方面、经济政策方面、军事政策方面、外交政策方面等等，都依据活生生的事实把它发挥了。自从毛泽东同志的《新民主主义论》出版以来，已经五年，毛泽东同志把这五年来各方面工作的丰富经验加以总结，并且进一步来提出中国各阶层的人民以及爱好和平反对法西斯的盟国在新民主主义的中国之中，有自己怎样巨大的胜利与美满的将来，因而这个总结动员了人民来争取光明的中国，反转来指导和促进运动的向前发展。

报告中所解决的一个重大问题就是政权的具体形式问题。毛泽东同志规定了这个政权的形式，应是"联合政府"。在抗战胜利以前是临时性的联合政府。这种临时性的联合政府，在解放区已经存在了，但在全国则还没有。在抗战胜利后，则是经过人民真正选举的正式的联合政府。中国共产党在抗战初期，在十大纲领中提出"国防政府"，在公布国共合作宣言之中提出"实现民权政治"。在新民主主义论表面是"以民主统一战线的政府"。所有这些与现在的"联合政府"的口号实质上都是新民主主义的。我党过去这些□主张，因国民党内的反动派的阻碍迄无实现，因之造成现在的危机。但是联合政府的口号是比之过去的口号，不论在政权的性质上、政权的政策上、政府的成份上都更加具体化了，更加不易被误会或混淆了，所以它取得一切民主党派、民主人士直到国民党内的许多民主份子的同情，它必将成为全国人民一致赞成的口号，一致奋斗的目标，是毫无疑义的。

为了促进联合政府的实现，报告中提议"尽可能迅速地在延安召开中国解放区人民代表会议，以便的有统一各解放区的行动，加强□解放区的抗日工作。援助国民党统治区人民的抗日民主运动，援助沦陷区人民的地下军运动，促进全国人民的团结与联合政府的成立"。对于国民党，报告中说："我们共产党人声言：不管国民党当局现在还是怎样坚持其错误政策与怎么借谈判为拖延时间、搪塞舆论的手段，只要他们一旦愿意放弃其错误的现行政策，同意民主改革，我们是愿意和他们恢复谈判的。但是谈判的基础必须放在抗日、团结与民主的总方针下，一切离开这个总方针的所谓办法、方案，□□他空话，不管它怎样说得好听，我们是不能赞成的。"报告中的这些话以及其他许多地方，都表示了我们共产党人为民族利益、人民利益而奋斗的坚强不屈的立场、严肃的态度、完全负责的态度，而我们共产党人对于朋友，那怕他坚持错误政策与拖延搪塞的把戏，还是仁至义尽等待他的觉悟。

形势是空前未有的有利，但还有强大的反动势力在。人民的力量是空前未有的壮大，但还有更加壮大的需要，更加团结的需要。党是空前强大和团结了，但还要谨防错误的发生。这是毛泽东同志在这个报告中所谆谆教诲我们全党和全国人民的。遵循他所指示的道路做去，中国人民就会有胜利。毛泽东同志沉痛而又兴奋的说："如果说，中国近百年来一切人民斗争都遭到了失败或挫折；而还是因为缺乏国际国内的必要条件，那末这一次，就不同了，比较以往历次，一切必要的条件更具备了，避免失败与取得胜利的可能性充分地存在。如果我们能够团结全国人民，努力奋斗，并给以适当的指导，我们就会有胜利。"毛泽东同志在报告中给了全国人民以胜利的指南，我们要细心研究这个报告，遵循他所指出的方向，向胜利前进。

（原载一九四五年五月二十五日《晋察冀日报》第一版社论）

目前伪军工作的任务

　　一九四三年以前，敌寇实行"治安强化"及"沟墙堡垒"政策，伪军高度分散守备，每县有一个伪保安大队（重点县扩编为保安联队），全边区总计即有十二万地方性伪军。此外一般县城及较大据点还有伪警察队数十人或多至百人左右。不但如此，当时野战性的伪绥靖军，实际上亦带有浓厚的地方性；边区北线伪蒙疆军亦同样部份的分别配属于各属伪警察队以内。这些伪军，由于我军民的积极进攻与分散配备的结果；其战斗力大为削弱，纪律完全废弛我之伪军工作就地争取，深入埋伏，曾收到相当成效。尤其在配合坚持、恢复游击根据地方面，有显著成绩。但一九四三年反"扫荡"战争结束后，敌寇集中守备，大量调造"肃整"伪军，当时我之根据地迅速扩大，军事上的胜利亦颇多；但我之瓦解伪军工作由于没有掌握新的情况，却遭受了某些严重损失。而领导上及干部思想上的麻痹右倾，不按具体情况的坚持伪军中长期埋伏方针，便是未能避免□种损失的重要原因之一。

但去年五月，我们纠正了地方性伪军工作中无条件长期埋伏的右倾思想，使瓦解伪军工作服从和服务于扩大解放区的总任务。一年来我们的成绩是很可观的。例如：在收复冀中任邱县城时，瓦解伪军的工作起了很大的作用，由于伪军工作与武装斗争密切配合，"里应外合"，我军攻克了冀中肃宁、武强两个县城。又如我军攻入了冀中献县、深泽、安平及晋东北定襄等三十二个敌占县城，及冀热辽瓦解伪绥靖军第五团,皆与伪军中"内应"作用不可分离。一年来（截至四月后为止）在伪军工作配合下，被我攻克的点碉共六百七十三个，被逼退的点碉有八百零四个。据冀晋、冀中和冀察一分区不完整的统计，一年来被我瓦解之伪军达万余人。又据冀中任邱我×游击小队缴获敌人文件，得悉只伪独九混成旅团防区内伪军损失机步枪即达三千余枝。尤其是在上述胜利之下，我解放区扩大了，仅冀晋三分区即解放了三百三十余个村庄，同胞三十二万一千五百余人。综合平均每日省了九十九万陆元资敌经费（伪钞），给广大人民带来无限的幸福。

瓦解伪军的胜利斗争，说明了以下三个最基本的原则经验：

（一）瓦解伪军做的愈好，伪军的战斗力低降，生活恶上，纪律败坏就愈甚。尤其使敌伪矛盾深刻增涨，敌寇"肃军"企图及巩固与发展伪军的阴谋受到了严重打击。如冀晋三分区境内一年来伪军瓦解逃亡达起数的二分之一。驻防警察一分区涞源县的伪宣化道直属第六警察大队，原有四百八十人，半年来逃亡了二百余名，占总数的百分之四十四。这说明了只有将"及时瓦解"与"长期埋伏"很好的统一起来，才更有利于全面的开展伪军工作；消极的片面的无条件长期埋伏的观点是错误的。

（二）伪军工作绝不应孤军奋战，孤军奋战必然使伪军工作变成没有实效的联络工作，甚至被敌利用，引起伪军对我应付，换取"合法"的为敌人服务。反之，当伪军工作成为各种斗争的一部份，并与各种斗争相结合以构成总力战时，使能发挥巨大的作用。

例如：伪军工作必须与武装斗争相结合，实行"内应外攻"，过去有的"外攻"武装不做实战准备，或攻击精神不旺盛，单纯依靠"内应"，结果"内应"不利，"外攻"部队吃了点的教训，是应该避免的。而个别伪军工作干部，鄙视武装斗争的作用，盲目自信，企图以"舌取"收复城□，结果自投罗网，其经验尤为惨痛。又如：伪军工作与政治攻势相结合，有了深入的成功的思想宣传，具体的组织工作，就易于开展。经验证明各地在围攻逼退点碉斗争中，已经动摇的伪军，常常是需要临时强有力的政治争取而完成其反正行动的。同时经过政治攻势之后，又进一步的发展了伪军工作。此外与反抢粮反"清剿"反特务各种斗争相结合，收效很大。

（三）贯彻实现上述方针、政策，其关键，在于贯彻党对伪军工作的领导一元化，各级军□首长亲自负责，才能使各种斗争结合起来，才能发挥总力战及各部门的特殊威力，与贯彻伪军工作的群众性，使"埋伏"与"瓦解"不失时机。一切伪军工作神秘化，使之局限于敌工部门，政治攻势局限于宣传部门，武装斗争不照顾全局的现象，□这非常有害的。

目前边区境内增加了大量的伪"满"军，这是一个严重的变化。而今后由于敌还需增强其在中国海岸的守备兵力，继续以伪军替换一部份内地敌军防务的趋势，已甚为明显。因此边区境内还有大□增加的"满"军的可能。我们在领导上必须予以深切的注意。这些伪满军侵敌长期麻醉，他们对我党我军了解较少，加以敌寇对他们的统治甚为严密，其身家性命亦于敌手。因此，开展伪"满"军工作是有很多困难的。但另一方面，我们又必须充分认识到我们的有利条件，而且这是基本的条件："九一八"以来，东北同胞遭敌残暴压迫与剥削，迄今十余年，自发的民族仇恨很深。我党所领导的东北义勇军，曾给东北人民□很大影响。而伪"满"军皆系被敌强征入伍，入伍后受日籍官佐百般虐待，他们与敌寇存在着严重的矛盾，在我工作积极进行下，他们掉转枪口，报效祖国，乃势所必然。还必须看到，入□北之伪"满"军，当他们与我党我军及根据地内广大人民接触之后，其内在的思想感情亦正在变化着。因此，我们除了继续大量瓦解边区境内地方性的伪军外，目前尤须展开对伪"满"军的巨大攻势，并加强一切正规伪军的工作：

（一）广泛的开展政治攻势，以配合我之军事行动，积极扩大解放区，指出欧洲反法西斯战争胜利结束，同盟国解放欧洲，并立即增强解放亚洲的可能性，从而使亚洲获得解放的新局面业已出现了；在苏联宣布废除苏日中立协定，英美数百万盟军逐渐移向远东条件下，同盟国最后围攻与打败日本法西斯为期已不在远。我们应充分利用当前有利形势，打破伪军"不到河边不脱鞋"苟延残喘的心理，对伪"满"军尤须说明对于东北问题国共两党持有完全相反的两条路线："九一八"事实国民党政府"不抵抗主义"断送了东三省，□□□□颜无耻的说"东北沦亡，于中国革命无损"。抗战以来，国民党曾主张"抗战到卢沟桥为止"，中途妥协，不□收复东北。尤其国民党排除异己，摧残了三十万东北军，长期囚禁着张学良将军，大大削弱了抗战与反攻的力量。国民党的路线就是断送东北的路线。但与此相反，"九一八"事变时，中共即提出发动人民的抗日战争的号召。并积极援助了关内东北军及东北流亡同胞的抗日要求。在东北境内则创造了由共产党领导与协助的"东北抗日联军"，□□，真正属于东北人民自己的唯一武装力量。尤其抗战后中国共产党"打到鸭绿江边"的主张，近近来我八路军深入热辽境内积极开展游击战争，更充分的显示了中共对东北人民解放事业的无比忠诚。中共的路线乃是收复东北解放东北人民的唯一正确路线，我们必须启发伪"满"军的政治觉悟，使他们认识到国民党的一切历史罪恶，以及去年以来正面战场的惨败，又延缓了收复东北的时间，指出东北人民希望国民党解放东北人民是绝无希望的，只有在共产党领导下积极进行抗日斗争才能获得真正的解放。

（二）国民党特务在沦陷区勾结伪军伪组织上层，拉□旧时降官降将，使他们"积极反共、等待中央"，尤予抗战后官复原职，进行反动的"伪化复原运动"，其实质则帮助了敌人统治伪军，对此我们必须给与坚决的揭穿，并与反对敌寇"肃军"阴谋密切的联系起来。另一方面，尤需切实的宣传我党我军之强大力量与我之宽大政策，沦陷区大小城市及交□要道被我紧密包围，反攻时期"里应外合"，我们有一切力量解放沦陷区，拯救人民。一切伪方人员，只有在我宽大政策感召下，立即回头抗日，才是他们唯一的出路，否则敌人崩溃之日，民族纪律是不会对他们宽容的。

（原载一九四五年五月二十六日《晋察冀日报》第一版社论）

评国民党大会各文件

关于国民党的第六次全国代表大会,昨天新华社已经做了概括的评价,因为这次大会的□□政策和各项决议□□□,名目繁多,昨天的批评里不及多说,所以我们在这里再略。这些文件可以大致分为三类:第一类是反动的,第二类则是"□亮"的,第三类是看似"□亮",实质却是反动的。

第一类,包括关于所关国民大会的决议、所□绝对统一的政纲等等,这些在这次大会的文件中分量虽不多,却是决定性的东西,是国民党统治集团将顽固地加以坚持的,是积极地准备内战,要在今后几年内大规模屠杀中国人民的。这些东西,全国人民必须加以全力反对。关于这些,我们已经多次肯定地指出□□。这里□且不去多说了。

第二类，在这次大会中特别多，这里面固然有许多不着边际的空谈，但也有很多是目前应该做、可以做的，譬如"保障人民言□、出版、集会结社、宗教、信仰及学术研究之自由"，"保卫农民权益，改善农民生活"，"改善劳动条件，保护童工与女工"，"切实优待出征军人家属，筹划战后官员之复业与授业"，"例加学生公粮，每日起量为二十五市□，以资保健"，"举办侨民福利及救济事业，对国内侨胞尤应动保护救济"，"献金献粮，□于大户，由党的中央干部及政府要员拥有资财者，至先奉行，以资倡导"，"□甘愿经□之官吏，勒令辞职，否则惩"等等。这显然反映了人民与多数国民党员对于国民党内□□大地主、大银行家、大买办的官僚军阀统治集团的□□反抗，但实际上却只能成为这次大会的装饰品，大公报、国民公报、新民报等所指不能兑现的空话，就是说的这一类。这一批纲领、决议、宣言和国民党过去通过的无数同类纲领、决议、宣言一样，国民党统治集团是一定不会实行的，或者是在"实行"中一定加以根本歪曲的。古时有两个寓言，可以从两方面说明国民党大会的这些文件。一个是：一个马夫表示爱护马，天天去刷马的毛，却天天偷减它的食料。马对他说：谢谢你的美意。不要再刷我的毛了吧，只要你不让我饿死就好了！另一个是：老鼠开会商量对付猫的问题。一个聪明的老鼠说：拿一个铃挂在猫的头上，猫一走近我们就都听见，可以躲避开了。做主席的老鼠问：这个提案很好，但是谁去挂呢？现在的问题正是如此。从国民党当局方面说，你们说了这样多这样久这样重复的很好听的话，何如休息一下嘴巴，实实在在做出件□好事，甚至只要少做几件坏事，譬如停止书报检查，释放政治犯，取消特务机关，减轻人民负担之类。从国民党党员方面说，你们要求你们党的领导人员改变政策，甚至要限制他们的资产，没收他们的存金，禁止他们的发财，"勒令辞职，否则服谣"，这些提案都很好，但是谁去执行呢？今天的马夫，不还是昨天的马夫吗？今天的猫，不还是昨天的猫吗？那一天不废止这个反动统治集团的专政,那一天不成立民主的联合政府,就休想这个马夫不但不偷而且增加人民的食料,就休想这个猫会自动在头上挂起铃,在嘴上套起罩子来。但是无论如何,国民党□□正式宣布了这一部分有利于人民的东西,全国人民,首先是国民党统治区的人民与要求民主的国民党员,就必须坚决要求国民党当局的兑现,逼近他们实践自己的践言。

比较值得研究的是第三类。如果他们仅仅是"□亮话,□□害处还会少些,□□□不实行而已;但是事实与此相反,就是说,它们实在是些大□□,因此国民党统治集团是会要钱的,或者是金圆做的。这一类里的根本就是所谓节制资本,平均地租。国民党这次的政里规定了"凡有独占性之企业及□私人之□所不能办者,均当归国营或公营",都市土地一律收归公有,□地除公营者外,应以最迅速有效之方法,实行耕者有其田,凡非自耕之土地,□由国家发行土地债券,逐步征购并分配之","推行集体农场"等项;在土地政策纲领里对于平均地权又作了补充的规定:"一切□林川□矿座水力等天然资源,□立即宣布完全归公,其规模无法□□中央经营,其规模较次者□□方自治团体经营","经战争破坏之都市、政府应于收复后立即颁布复兴计划,其中心市街或码头车站公园等附近地带,应归政府全部征收。分别整理,其可租与人民者依地价征收累进地租";"中央应迅速决定在华北(?)》及边界地区(?)设置国营农场之处所及范围。并准备移植战后退役士兵及内地过剩农民从事经营";"各乡镇应普设地方负责农场一所由地方政府利用可□荒地或征收适当耕地充之""凡私有土地应□□烧□地价,按价征收累进税,并实行涨价归公;"私有土地得施行照价收买并限制其分割";等等。看来国民党当局真是"激进"得很,□□的纲领甚至比共产党还要"左"些,独占性的企业,山林川湾矿产水力,乃至都市土地的收归国有,这在抽象的原则上却是对的,是孙中山先生的革命主张。但是问题的实质在于:这个"国"是个什么"国"呢?如果国家政权是人民的,那么这个主张□是革命的;如果国家政权属于反对人民的代表少数大地主、大银行家、大买办的官僚军阀集团，那么这个主张不但没有什么革命，而且是一种反革命，因为它不但不能提高生产，而且这足以阻碍生产。正是孙中山先生本人，还在民国元年就曾经说过一段很透彻的话："虽然，国有之策，□清政府以之亡国，吾之所反对者也。然则向之反对□道国有者，岂与本政纲抵触者乎，是不□。□清政府者，君主专制之政府，非国民公意之政府也。故□清政府之所谓国有，其害实较少数资本家（按指民间资本家）为尤甚。故本会（指同盟会）政纲之次序，必民权主义实施，而后民生主义才可以进行者。此也。"（民生主义谈）现在的国民党政府，"君主专制之政府，非国民公意之政府也"，它的所谓企业国营资源国有，只不过是进一步地扩大官僚买办资本，而吞并民间资本，"其害实较少数资本家为尤甚"，这是抗战八年来所特别明白地证明过的。同样它的所谓都市土地公有，只不过是为了进一步地扩大官僚买办资本，而吞并民间的地产所有者，并且为了更贪婪地压榨都市居民的血汗，和直接操纵他们的生命。它的所谓征□凡非自耕之土地，征收适当耕地普设公营农场，私有土地涨价归公，私有土地得照价收买并限制其分割等等，只不过是为了进一步地扩大官僚买办资本，而吞并农民、中小地主乃至一部分在野的大地主，并且给他们在乡村的爪牙们以无数的同样机会。（所谓华北的国营农场，还有内战的阴谋在内。）"耕者有其田"，而且"以最迅速有效之方法"。比之共产党的实行减租减息，并准备"然后寻找适当方法，有步骤地达到耕者有其田"，真是何等彻底！但是可惜狐狸缠拖着一条尾巴：国民党官僚□新土豪□霸党棍流氓们所"公营"者除外。不但除外，而且还可以向"耕者""征收适当耕地"或"照价收买并限制其分割"，使私营变为"公营"。这样七拼八拼，结果不是公营有其田，而耕者无其田了么？何况还有登记，还有报价，还有地籍整理，还有土地银行，更可以无限制地上下其手，上下其脚呢？因此国民党大会的"民生主义"，其前途必然是国民党统治集团官僚买办资本的高度大发展，中国资本与土地的高度□□□。但是试问国民党统治集团除了实行这样的"民生主义"，还有什么样的"民生主义"可以实行呢？

或曰，此言差矣，君不见国民党大会这回还通过了一条"发扬革命精神，实行民主主义，以解除将来国家经济建设之困难，而固国本案"乎？君不见这个"案"的第一项办法□是"□劝党的□□干部政府主席官□之财产登记，能□□□以□□，□地□资本家□□□□□□，□保政府□然□□。不要□在□□□之革命□，以获得三民主义之信徒及一切前进份子之信赖与拥戴"；而□□□在大会开会中，又坚决宣布"必须消灭一切兼并剥削的现象"，并于六届一中全会上，"恭读能知必能行一章"乎？国民党当局决心不做马夫而做马，不做猫而做老鼠，而且能知必能行，还为什么不好呢？但是，一九二七年以来的国民党政府，从来都说是超然独立，从来没有说过是属于地主资本家阶级的，为什么又似乎从来能知不能行，弄得现在大有地主资本家操纵政权的嫌疑，而要在六次大会一个决议案中力求洗刷这种嫌疑呢？五月七日吴铁城的党务报告中，还说是"本党历次决定的财政经济金融政策，都极正确"，何以□□□□，大会的政治决议，忽然又说是"溯自北伐完成，本党执政由十七年于兹，而民生主义所诏示之节制资本与平均地租两基本原则，迄未完全实现，并且抗战以来，政府关于财政经济金融贸易之政策，既不能相互配合，更未能贯彻发展国家资本及限制私人资本之主张，将使社会财富日趋于畸形之集中，亟应严切注意，力挽□风，以扫除民生主义之□□。其次，在抗战期中，农民出钱出力，贡献最大，而生活最苦，迨自二十三年公布土地法及二十五年公布施行法，迄今以及十年，多未见诸实施，此次总报告亦犹未述及。此国家制定有关民生之大法，诚应迅予切实执行，不容再事延缓"呢，岂非"能知必能行"的道理，□□恭读，仍不见效么？不要闹这些玄虚了吧！打开天窗说亮话：国民党政府既已为大地主大资本家所操纵，何不立即结束这一等人的专政呢？说是要登记和限制他们的财产，可见他们的财产确是太多了，太可恶了，何不干脆请他们立即滚蛋，辞职下野出洋都可以，让全国绝大多数财产不多的人来"获得三民主义之信徒及一切前进分子之信赖与拥戴"呢？大地主大资本家财产太多了的人□□政权不好，这是已经确定了，但现在中国就有十九个解放区的政权是不由大地主大资本家操纵的，那里没有什"□风"和"民生主义之障碍"，更不像国民党前方省区之充满"贪污渎职，虐民营私"的反动派，那里的近一万万农民也不"生活最苦"，因此"有关民生之大法"老早"□迅切实执行"了，为什么恭读"能知必能行"的大地主大资本家反而又要讨伐他们，连与他们成立联合政府都不干呢？那么，国民党当局发表这一套纲领决议宣言，用心所在，岂非□问就可以知道了□？值得特别指出，国民党大会文件中愈是高谈什么"消灭兼并剥削的现象"，"超然独立的革命性"，愈是热衷于所谓反对私有和实行国有，就愈是使我们记起在这几天自杀、被枪毙、被捕或失踪了的人们——希特勒、希姆莱、戈林、墨索里尼等等。这些人不是都讲过这一套，并且讲呀讲的就都成了绝大的大地主大资本家，大工厂大公司大银行的老板的么？国民党的大会以"民主"的□衣欺骗着世界舆论、中国人民和多数国民党员，而实际则不但在政治军事党务上进一步加强法西斯的独裁，要求国民党中央委员（将来就是国民党全党）"誓以至诚服从总裁命令，绝对不组织或加入其他政治团体"，并且这样的党来定造国民大会，定造宪法、政府及其军队；而且在经济上，也是进一步加强法西斯的独占。中国人民与中华民族，除非废除这个法西斯集团的法西斯专政前成立民主的联合政府，前途是□□□想的么？

现在中国人民□□□□开了两个大会，同时发表了两套文件，还对于中国人民□□□□，因为便于比较□□。这一个□□地比较过的人，都会□□□说：共产党大会的文件，其内容其一贯的，它从事实与□□的分析出发，它不说中国人民在现在条件下不能做、不必做以及不准备做的事，它所提出的任务坦白，确定，而且有切实可靠的行动基础。相反地，国民党大会的文件，其内容是矛盾的，反动的和表面"漂亮"实质反动的东西支配着并取消着"漂亮"的东西；它没有事实与逻辑的分析；因而它所规定的工作，如果不是有应做的，就是不能做的，或者虽然应做能做，但是不准许有实行的前提；因而它的措辞也就既武断，又暧昧。它是□□□，因为□□可能诉之于事实与逻辑；它又是暧昧的，因为它不敢坦白、确定地诉之于群众，而只能乞□于两面三刀的实操文章与阴谋诃令。人民□是于判断的，历史是善于判决的，法西斯必须在全世界消灭，而民主必须在全世界胜利。国民党当局如果始终坚持它的反动政策，不管他们自恃有什么"奥援"而□昏头脑，他们就只能在人民的伟大奋斗中找到自己的失败。

（新华社延安一日电）

（原载一九四五年六月五日《晋察冀日报》第一版社论）

反对等待、自满　紧急防旱备荒！

中共中央晋察冀分局和边区政府先后发布了紧急防旱备荒的指示，对于防旱备荒的严重意义和应采取的紧急措施，已有了明确的方针和办法。认真地迅速地将此指示付诸实现，是边区党政军民的迫切任务。但根据现有的材料来看，在党员和干部中间，在群众中间，都还存在着不少不正确思想，□碍着这些指示的贯彻实现。

第一，有不少党员干部以及某些领导机关，看到去年大生产运动的成绩，看到人民生活获得了改善，又看到今年冬麦播种面积相当大，又大体上作了"耕三余一"的计划，好像今年大生产的胜利已经不成问题了，加上欧战结束，我解放区日有扩大，就更增加了自满和盲目乐观的情绪。

看到天旱不雨，也不在意，甚至有的地区群众要挑水点种时，不加鼓励，反而说：天快要下雨了，费那个劲干什么？他们按照老经验，认为雨再下晚些仍不致影响今年的收成，就听天由命，等待下雨。因此，在许多地区的实际工作中就表现为既缺乏积极防旱备荒的紧急措施，也缺乏生产节约的具体行动。

应指出，这种骄傲自满和等待天雨的想法和作法，如不立即改变，将给我们造成不可补偿的严重损失。正如分局所强调指出的，"过去我区虽曾有局部旱灾，均经克服，未成大害，但今年陕甘宁、太行（以及晋绥、滨海）等地，雨量都很不足，我区已感受旱灾威胁地区，面积也很广大，旱灾已成为带有普遍性的严重问题。如不□起注意，立即进行防旱备荒工作，将会造成政治上的严重错误。"因此，各个已经感受旱灾威胁的地区，应当耐心地进行思想动员，首先在领导干部中间坚决反对等待和自满的思想，应代之以朝气蓬勃的和天旱作艰苦斗争的思想。就是没有旱灾威胁的地区，也应积极组织人民生产，以便于必要时给受灾严重地区以友爱的援助。

第二，全体党政军民要实际行动起来，反对把指示决议停留在口头上。例如目前有些干部感到了问题的严重性，也表示愿意接受上级指示，甚至做出决议，但没有用大力组织力量，没有深入群众解决各种具体问题，那自然会形成"我们都动员起来了，只是目前还没有头绪"一类的空谈。仔细检查起来，这种空喊现象是非常有害的。

一切困难过去不会将来也不会吓退我们。面对着当前旱灾的严重威胁，我们的任务就是组织党政军民的力量，在今天，防旱备荒应列入我们工作日程的首要地位，按照分局和边委会所指示的方针和办法，学习陕甘宁和太行等区的有效办法，发动广大群众一齐下手，进行抢种。（可采取担水点种湿土点种及其他有效办法进行之）当前应分派大批干部下乡，领导干部应以身作则，深入下层，进行细密的组织工作。由于各地气候，地质不同，耕作季节、种类也有不同，旱荒的程度亦不□□同，向当地具有与天旱作斗争经验的老农学习，就特别重□□的调剂、准备为各地所急需，但各地应准备的种类却各有不□□是一例。

最后，我们不厌重复地说：防旱备荒楚当前党政军民紧急的头等重要的任务，俗话说："庄稼在一时，买卖在一响"，我们的工作晚下手一天，就可能招致不可挽救的损失，任何粗心大意都是极端有害的。今年的大生产运动，在领导上一般较去年为弱，防旱备荒下手也已较晚，现在绝不容许任何等待、拖延或空喊了！我们希望各级领导机关立即进行检查，除执行紧急的战斗任务外，应把力量集中起来，干部下乡不要把各种任务平列或倒置起来，使领导与群众，相结合，向着防旱备荒一个目标进行突击，并须注意表扬模范的单位或英雄人物，批评对人民不负责的单位或干部，各个机关部队不论在生产或节约那一方面，都应当作人民群众的表率，起带头作用。我们相信：只要我们能够打通思想，组织力量，进行抢种，在领导与人民群众英雄主义相结合的伟大努力中，党和政府的指示是可以实现的，任何困难是可以被战胜的。

（原载一九四五年六月六日《晋察冀日报》第一版社论）

开展群众性的卫生运动

今年天旱雨缺,气候干燥,瘟疫极易流行。配合当前大生产运动的防旱备灾工作,开展群众性的卫生运动,主动的进行防疫医疗工作,已成为当前重要任务之一。

几年来,特别是大生产运动以来边区卫生工作,曾获得一定的成绩。但由于战争的频繁,敌寇的摧残破坏,再加以旧社会不卫生的习惯至今尚未有根本改变,封建迷信巫神的毒害很深,这就造成了边区连年疾疫的流行。人民因疾病死亡的数字,远远超过前几年的伤亡。今年春曲阳因患麻疹而死的儿童达二千人之多,这种严重的"病荒",削弱着我们对敌斗争与各种建设的力量,这应当引起我们高度的警惕,既不能满足过去卫生工作的成绩,更不应袖手旁观坐视不救。为着救命，达到边区"人财两旺"，积极准备反攻的目的，就必须把我们的卫生工作提高一步，广泛开展群众性的防疫医疗卫生运动，使边区面貌更加焕然一新。

我们应当怎样来着手进行呢？（一）在巩固地区，要依据从现有基础上逐步提高的原则，发动群众一齐下手，制定恰合实际的卫生公约，号召人人洗刷，天天打扫，做到人净家净街净。定期开展拆洗衣被捕捉苍蝇的突击竞赛。利用民间七月七大扫除的旧习惯开展大扫除运动。推广群众所倡导的"勤刷锅，勤洗碗，勤扫院，勤□圈"，既便卫生又利生产的办法。若时疫一经发现，应立即集中力量缩小而扑灭之，勿使四处蔓延。（二）在斗争尖锐的游击地区，群众生活不安，居住无定，疾病更为严重。除尽可能的推行上述卫生运动外，更应认真加强医疗工作，恢复人民健康水平。游击地区多系平原，物质条件较好，医药亦较方便，只要我们重视起来，积极设法，而不是熟视无睹张惶失措，卫生工作就能够做出很好的成绩来。（三）在新解放区，敌人严重的破坏，人民生活困难，房屋被烧，器物被毁，以致居住无所、用具零乱。特别是长期被敌伪盘踞的据点周围群众屡遭摧残生活动荡，病疫尤易传染。因之卫生工作应作为善后工作的重要内容。进入新解放区的部队应指派专人深入城乡群众中去进行卫生调查疾病医疗工作。政权团体应设法解决群众食宿医药的困难，迅速安定民生。总之，无论任何地区，卫生运动都要认真的开展起来，造成广泛的群众运动□□。

完成上述任务就必须团结组织大批积极为群众服务的医务人材。这就要求中西医更进一步团结，要在过去团结合作相互钻研的基础上深入一步。应该了解西医是更为进步的，中医是更为众多的，二者，只利病人之生，不利病人之死，如果能够进一步结合积极改造中医，贡献将会更大。为着达到中西医团结的目的，中医应打破"秘方气死良医"的保守观点，西医应打破窄狭范围深入群众中去，卫生部门的干部应协同政府团体运用座谈会研究会拜访漫谈的各种形式，团结中医，尽最大努力进行群众的卫生工作。这就要求深入发动农村中医力量，重视他们，尊重他们，经过宣传动员，帮助解决他们医药上生活上的困难，使他们打破门户之见，与"传□不传女"的思想，在公私两利自觉自愿的原则下进行治病救人的工作。此外，边区山地村庄分散，三五十个村庄始有一二个收生婆，旧收生婆多为懒婆巫神，因为接生不善，妇女婴儿之死亡亦颇惊人。我们应该采取在改造旧收生婆的基础上，大量培养新接生员，普及群众接生教育的方针，吸取旧的经验，提高新的技术，减少妇女婴儿的疾病与死亡。对于巫神，在新民主主义社会里是不允许这种"职业"公开或秘密存在的。但不能采取单纯的打击与排斥，而要积极进行教育，使群众了解到迷信非破除不可，巫神非反对不可，相信科学，不信巫神。政府应设法取缔巫神活动。并劝导说服巫神，改邪归正，从事生产，另谋正业。对那些屡劝不改杀人害命的巫神应给以法律的制裁，以示处罚。

全面的卫生运动在边区还算是一件新的任务，全党全军必须重视这一工作，在领导上要从实际出发，认识边区农村环境的特点，卫生建设还只能在旧的基础上逐步提高，不能操之过急，或以城市卫生观点要求农村的卫生建设。更要掌握以生产单位的"家庭"做为开展卫生运动的重点，并吸收群众中不花钱能治病的办法，推广运用。要在干部中深入动员，深刻反省，真正认识到"治病救人"的重要。集中民校、剧团、黑板报一切宣传力量，运用上卫生课，演卫生剧，唱卫生歌庙会宣传的各种方式，转变群众"是儿的不死，是财的不散""在数难逃"的迷信思想，把广大的妇女、儿童、农民各种不同的群众组织起来，各尽所能分工负责，造成自觉的群众运动。

一定要采用突破一点吸取经验推动全盘的方法适当的表扬英雄奖励模范。先从各机关驻在村做起，从典型人物、典型农户、典型村庄着手，建立卫生据点逐渐向全面推广。奖励个人与家庭集体卫生的模范。全体干部要亲自动手，特别要动员村级干部以身作则成为卫生运动的骨干与模范。

开展竞赛互相观摩，造成卫生运动的热潮。

要认真解决群众中医药技术的困难。药铺开设可采取公营、私营、合作经营的三种形式，政府应奖励私人药铺，但基本上应采取民办公助的方针，广泛开展医药合作社的运动，推广张明远、杨明甫、张瑞式的医药合作社，组织医生适当使用偏方，大量购置□炼土药，代替外来药品，廉价供给群众。领导机关要及时检查纠正可能发生的偏向，防止自流。

（原载一九四五年六月十日《晋察冀日报》第一版社论）

开展敌军工作的新任务

欧洲反法西斯战争胜利结束，英美正以攻欧力量移向远东。苏联宣布废除苏日中立协定，尤给日寇以"举足轻重"的威胁。正如敌酋冈村宁次所哀叫："太平洋狂澜逐渐袭来帝国本土乃至于中国大陆（指沦陷区）。战局至今，真告危殆。皇国兴废，迫在眉睫。"敌国军心民心已处于更大的动摇状态。从今年一月到五月边区周围敌军被我瓦解投诚者达数十人，较之去年全年增加一倍又三分之一稍弱（各地尚未送达边区者尚未计在内）。加以敌军纪律败坏，战斗意志颓靡，长期战争苦闷，生活下降，官兵矛盾增长；及敌国侨民强被征调，日华财产感到威胁等原因："必然使他们走向反日本军部的方向"，同时今后"将不是一个或两个更是大批的集体投降我方"（延安日□解联总部指示）。这便是目前开展敌军及日侨工作在新情况下新的努力方向。

但应该指出历年来我之敌军工作是各种工作中最薄弱的一环。其最主要的缺点：第一，某些同志只看到抗战初期敌之骄傲蛮横，而没有看到数年来敌军及日本人民思想情绪的变化。他们对于敌厌战反战，逃亡自杀，投诚未遂遭敌杀戮等有利现象熟视无睹；对少数与我"战场联欢"（喊话时）馈赠礼物，寻找中国人"保护"的事件，未能给以进一步的□□。因之形成了对敌军工作相当严重的保守甚至取消的观点。第二，对敌缺乏调查研究，宣传上"瞎子捉麻雀"，乱捉乱碰。多半是依靠预先制定的宣传品，内容一般化，不分官兵，不分军队居留民，及其他职业者，往往空喊"打倒军阀财阀"，与士兵切身要求不相符合。第三，一部份同志单纯强调民族隔阂，过分强调语言文字，使敌军工作变成为少数会日语干部的事情，根本限制了这一工作的群众路线，事实上凡是与日军居留民及其他职业者有接触的人员都是进行敌军工作的有力份子。第四，尤其重要的是领导上缺乏应有的注意，领导机关很少讨论、布置和总结这一工作。没有发动全党全军全民共同努力。这些都与当前情况极不适应，需彻底克服。

因此，首先必须打通思想，深刻认识开展敌军及日侨工作的重大的战略意义。全党全军动员起来，执行毛泽东同志远在一九三八年五月在《论持久战》中所指示我们的"日本军队的长处，不但在其武器，还在其教养"，"这一点过去许多人是估计不足的。这种东西的破坏，需要一个长的过程，首先需要我们重视这一点，然后耐心的、有计划的从政治上、国际宣传上、日本人民运动上多方面向着这□□□□工作"。今天经过了八年的民族战争，日本军队的长处虽已遭到破坏，例如他们由没打过败仗到败绩累累；由有组织性到纪律败坏；由轻视中国人到感受到英勇中国人民给他们的精神上的征服；其战斗意志大减，军心动摇，以及日本国内人民反战厌战情绪的高涨，但我们仍必须足够的估计"日本军阀多年的武断教育与日本的民族

"习惯"的不易破坏，因而加倍努力起来，并使这一工作成为全部对敌政治斗争，部队政治工作及开展沦陷区工作中的一个重要环节。

其次，目前日本士兵及日本人民思想上最大的障碍，便是"亡国"的恐惧。日本法西斯军部亦正利用这一点宣传其狭隘的国家观念，使日本士兵、人民为日本统治阶级效死，并对在华日人现身说法的诡称"日本战败将遭到可怕的报复"，用以作垂死的挣扎。因此，我们必须加强国际主义的宣传，犹如毛泽东同志所指示我们：对敌军的教养，"破坏的方法，主要的是政治上的争取。不是侮辱其骄慢性与自尊心，而是了解与顺导他们这种自尊心，从优待俘虏、国民外交等等方法，引导他们了解日本统治者之反人民的侵略主义"（《论持久战》）。应广泛宣传克里米亚的路线，举出同盟国对待前法西斯国家意大利的先例，举出苏联处理前法西斯附庸罗、保、捷等先例；举出在红军占领柏林完全解放欧洲以后，斯大林广播讲演所称："苏联正在庆祝胜利，可是她没有打算瓜分德国，也没有打算消灭德国。"与此相同地说明"中国人民在打败日本侵略者之后，必须帮助一切日本人民的民主力量，建立日本人民的民主制度"（毛主席《论联合政府》）。宣传日本共产党的领袖冈野进同志，建立民主的新日本的主张，号召觉悟了的日本人民与中国人民亲密联合起来，打倒日本法西斯，为民主的新日本而奋斗！

对敌军宣传组织的方法，最重要的应将其反战反军部心理与其切身经济要求结合起来。这种斗争开始时那怕是极其细小的，但只要有适当的指导与帮助，都有发展成为巨大的政治斗争与武装冲突的可能性，达到"反军部的方向"。为此，一切抗日的中国人民应广泛的进行与日本士兵及日本人民的交朋友工作，也就是毛主席所说的"国民外交"的方法，使敌军日侨工作造成为群众性的运动。而一切不调查、不研究、狭隘技术观点，文字宣传与口头宣传轻重倒置现象，均在必须克服之例。

最后，我们的敌军工作如果做的好，就有可能使我们在反攻时期以较小的牺牲换得较大的胜利；就有可能使我们更易于得到敌人的装备，用来装备我们自己；就有可能利用投诚日军帮助我们"实行从抗日游击战争到抗日正规战争的战略转变"（朱总司令《论解放区战场》）；就有可能培养相当数量的日本革命的干部。因此，部队尤须特别加强敌军工作的教育，实行火线喊话，堡垒喊话，及各种威力宣传。教育战士及人民保证执行正确的俘虏政策，与加强专管部门的俘虏工作，以及全体军民有效的协助日人解放联盟的工作。

（原载一九四五年六月十六日《晋察冀日报》第一版社论）

团结的大会胜利的大会

中国共产党第七次全国代表大会闭幕了。自四月二十三日起至六月十一日止,大会历时五十天。代表着一百二十万党员的五百四十七位正式代表和二百零八位候补代表,聚集在自己所手创的模范的新民主主义根据地陕甘宁边区首府延安,共召开大会二十二次,八个代表团会议及许多小组会议多次,详尽的听取和讨论了中国人民领袖毛泽东同志的政治报告,朱德同志的军事报告,刘少奇同志的关于修改党章的报告及党章条文,通过了政治决议案,军事问题决议案和新的党章,郑重的民主的以无记名投票选出了以毛泽东同志为首的四十四位中央委员和三十三位候补中央委员,组成了新的全国领导机关。这是中国共产党有史以来最盛大的最完满的一次全国代表大会。

七次大会的举行，正当中国人民处在新的历史变化关头的时候。希特勒已经败亡，全世界反法西斯的战争已经取得了决定的胜利，反对日本法西斯的战争亦已胜利在望，世界和中国走向光明进步的总趋势，已经确切无疑的决定了；但是，日寇还有力量，世界上还存在着强大的反动势力，中国还是不团结的，中国人民仍然是被分裂的，中国存在着严重的内战危机。于是放在中国人民面前的，是明显的两个前途，一个是光明的前途，一个是黑暗的前途。在这样的历史关头，中国的各阶级都对于时局表示自己重大的决心。最近，中国共产党和中国国民党都举行了自己的全国大会，这决不是偶然的。中国共产党的第七次代表大会，因而有极重要的历史意义。

在这个历史关头召开的中国共产党的第七次全国代表大会，其第一个历史的标志，就是全体一致通过了毛泽东同志的政治报告。

毛泽东同志的政治报告，指出一切中国问题的关键所在，就是两条路线的存在，这两条路线，就是"国民党政府压迫中国人民实行消极抗战的路线与中国人民觉醒与团结起来实行人民战争的路线"。国民党内主要统治集团，因为坚持反人民的路线，它的力量大为削弱了，它在抗日战争中的作用极大地减少了，并且变成了动员与统一中国人民一切抗日力量的障碍。反之，中国解放区和八路军、新四军，因为坚持了人民战争的路线，它的力量大为增强了，成了全国抗战的重心和主力军。

中国人民，对于这一种情形，应当怎样办呢？毛泽东同志指出："中国人民应该要求国民党政府彻底消灭日本侵略者，不许中途妥协。一切妥协的阴谋活动，必须立刻制止。中国人民应该要求国民党政府改变现在的消极的抗日政策，将其一切力量用于积极作战。中国人民应该扩大自己的军队——八路军，新四军及其他人民军队，并在一切敌人所到之处，广泛的、自动的发展抗日武装，准备直接配合同盟国作战，收复一切失地，决不要单纯依靠国民党。消灭日本侵略者是中国人民的神圣权利。任何反动份子，要想剥夺中国人民这种神圣权利，要想压制中国人民的抗日活动，要想破坏中国人民的抗日力量，中国人民在其劝说无效之后，应该站在自卫的立场上给以坚决的回击。"

对于代表大地主大资产阶级反动集团的反动路线，可以有两种态度。或者采取上述的毛泽东同志所说的那种态度，或者采取另一种态度，即是替它捧场的态度，替它涂脂擦粉的态度，对它一切服从一切依靠的态度，不放手扩大人民军队的态度，对反动派的无理进攻不站在自卫立场上于劝说无效之后坚决给以反击的态度。对于大地主大资产阶级反动派的这两种态度，是正确的人民路线与不正确的反人民路线的最重要的最根本的区别之一。

为了争取抗战胜利和人民的民主解放，光坚持正确的领导路线，反对反动的反人民的领导路线，还是不够的，还必须要有力量，有巨大的革命队伍，这个队伍包括各阶层的人民，即是一、产业工人、手工工人与雇农，二、农民，三、小资产阶级、自由资产阶级、开明绅士、及其他爱国份子。这三种人民都在团结之列，非如此，便不利于战胜民族敌人与建立新民主主义的中国。但是这三种人之中，最众多的就是农民，它占全国人口百分之八十。农民，这是革命队伍最重要的组成部份。大革命以来三次革命战争的经验证明；如果革命运动没有与农民结合起来，那末，那怕有其他人民群众的参加，革命队伍是没有力量的，是可以轰轰烈烈一时而不能持久的，是在敌人一个或几个严重打击之下就要垮台的，反之，如果革命运动与农民结合起来了，那就成了任何反动派所不能摧毁的力量，就有了粮食，有了军队，有了根据地，有了向前发展的立脚点，就可以在长期斗争中不断增大革命的队伍，吸引其他阶层的人民来参加革命斗争。要打败日寇及其走狗，我们只应该这样做。毛泽东同志再三再四地强调农民的重要性，指出农民是工人的前身，工业的市场，军队的来源，现阶段民主政治的主要基础，和现阶段文化运动的主要基础。毛泽东同志号召广大的知识份子到农村中去，克服自己以城市观点去观察农村的错误现象，把自己与农民结合起来。毛泽东同志指出："两条路线：或者坚决反对中国农民解决民主民生问题，而使自己腐败无能，无力抗日。或者坚决赞助中国农民解决民主民生问题，而使自己获得占人口百分之八十的最伟大的同盟军，借以组织雄厚的战斗力量。前者就是国民党政府的路线，后者就是中国解放区的路线。"

对于农民的这两种态度，乃是人民路线与反人民路线的最重要的最根本的区别之一。

抗日运动与农民结合了，民主运动与农民结合了，这些运动才找到了基本队伍，才有力量。但是光有农民和其他部份的人民群众，还不足以致富强。要富强，就要城市，就要工人。放在我们眼前的，将有从农村工作到城市工作的转变，将有从游击战到正规战的转变，这些转变，必须依靠工人及其他广大城市人民的援助。只有展开了广大的工人运动与城市人民民主运动，中国人民才有巩固的基础，来争取新民主主义在全中国的实现。

放手发动群众，壮大人民的力量，打败日本帝国主义，解放人民，建立新民主主义的新中国，这就是中国人民的路线。毛泽东同志在政治报告中，详细规定了中国人民的战斗纲领，这是新民主主义的宪章，其重要性不待指出就可明白。为了实现这个纲领，实现这个宪章，就一定要实行中国人民的路线。实行这样路线，主要决定于两个问题，即是对大地主大资产阶级的态度和对于农民的态度。实行这条路线，对于大地主大资产阶级反动派采取正确的态度，对农民采取正确的态度，那末，不管还有多少反动派的阻碍，不管中途还有多少波折，中国人民就会有光明的前途。不实行这条路线，对于反动的大地主大资产阶级采取不正确的态度，不同大地主大资产阶级反动派的反共反人民反民主的错误路线进行必要的斗争，或者对反动势力的回击超过了自卫的立场，对于农民采取不正确的态度，或者不要农民，不去为实现农民的民主民生要求而斗争，或者以城市观点去观察农村，因而脱离农民，孤立起来，那末，人民的队伍会被打散，中国人民还有被拖上黑暗的前途的可能。再则，为了实现新民主主义新中国的纲领，还必须发展工人运动与城市人民运动，把这个运动提到很高的地位。没有工人运动与城市人民运动的发展，没有城市，没学会很好管理城市，管理工业，仅仅停止在乡村，满足于乡村，就没有办法从城市中消灭日寇，就没有办法把争取新中国的基础巩固起来。

七大的第二个历史标志，就是根据毛泽东同志的军事学说和十七年武装斗争的经验，制定了人民军事路线的完整体系，这是朱德同志军事报告中的主要部份。八路军新四军这支人民军队，是我们党的领袖毛泽东同志所亲手抚育起来的。这支军队，没有城市作依靠而依靠乡村，没有国家政权作依靠而依靠自己所创造出来的农村根据地，这样进行了十七年的长期战争，经常以弱敌强，以寡敌众，而能取得胜利。这种战争，就在世界上也是很少前例的。在中国这样一个半殖民地半封建的大国，敌人是强大的，大城市在敌人手里，在这种情况之下，人民能不能组织自己的军队，维持自己的军队，并且能不能以弱胜强以寡胜众呢？如果可能的话，怎么才会可能呢？朱德同志的报告，不但原则上回答了这个问题，而且在兵役、养兵、带兵、练兵、用兵、政治工作、指挥、后方勤务、民兵等具体问题上做了答复。我们的军队——八路军与新四军，彻头彻尾的与旧军队不同，彻头彻尾是人民的军队，彻头彻尾的与人民结合在一起。任何军队，只要他的领导者愿意照八路军新四军的样子做，他就能这样做，并没有什么神奇奥妙，因为"成千成万的军队，成千成万带枪的人，他们是谁呢？他们是人民，其中最大多数是农民"。这个道理一经指出之后，人民军队的发展就开辟了无限宽广的前途，把二三百万旧军队改造成为人民的军队，就成为可能的和应当的事业。对于八路军新四军来说，今后遵循大会的方针，继续前进，就有把握与人民更加亲密结合，成为更完善的常胜的人民军队，打败日寇及其走狗，使中国人民获得解放。

大会的第三个历史标志，就是新的党章的制定，这意味着党内生活和党与群众的关系，已经而且将要根据毛泽东同志的方针有长足的进步。刘少奇同志的报告，就是我党组织路线的总结与发挥。国民党六次大会的特点之一，在国民党内建立了公开的个人的独裁；国民党反动统治集团，正在竭力设法把国民党进一步法西斯化。而中国共产党的情形，则正与它作了显明的对照。在中国共产党新的党章上，规定了党员的四项义务和四项权利。义务中的第三项是："为人民服务，巩固与群众的联系，及时反映群众的需要和要求，向非党群众解释党的政策。"权利中的第四项是："在党的会议上批评党的任何工作人员。"这是具有了历史意义的规定。

中国共产党是什么？是中国人民为了自己的解放进行政治斗争的工具。做一个共产党员，对于人民，只有特殊的义务没有特殊的权利。共产党员，首先是人民的勤务员，然后才是人民的领导者，首先是人民的学生，然后才是人民的先生。人民是自己解放自己，共产党员如果依照教条或狭隘经验，站在人民头上，强迫人民依照自己的主观愿望去进行解放斗争，那怕这种主观愿望、这种动机是为人民的，结果是办不通的，人民是不要这种自称为共产党员的人的。但是，如果共产党员做人民的学生与勤务员，虚心向人民学习，以马克思主义的立场、观点和方法，把人民的意见集中起来，然后站在人民之中，做人民的模范，与人民一起坚持下去，相信人民自己解放自己，那末，人民就非要这种真正的共产党员不可，因为如果没有具有高度政治觉悟的共产党作为领导者，人民的解放是完全不可能的。党章上关于党员义务的第三项规定，保证中国共产党永远排除教条主义的或经验主义的对人民的错误态度，那种态度实际上与剥削者对人民的态度有共同之点，即是脱离人民。

党内生活中个人与集体的关系，上级与下级的关系，亦是如此。党是依靠党员去进行实际工作的，与领导机关对比起来说，党员是党的主体，领导机关是由党员委托来为党员服务的，是党员用来集中意志，指导党员为人民服务的工具。我们中国共产党员,是马克思主义者,知道如果没有严密的组织,就不能战胜强敌,所以选出自己的领导机关,信托它的领导,并且自愿遵守严格的纪律,服从领导机关所定出的纲领、章程和决议。这是一个方面,这说明了党的集中制是建立在民主的基础之上的。另一方面,领导机关要领导得好,必须对于遵守党的纲领、章程和决议的广大党员,发展他们的自动性、创造性,时常听取党员的批评和意见;在进行自我批评的时候,上级机关不能专门责备下级,而应当首先听取下级对自己的批评,进行对自己的批评,然后来帮助下级检讨自己的缺点与错误。这就是在集中指导之下的民主。这种民主集中制,我党向来是这样做的。但是在党的二十四年历史中,在全党曾有几个短时期做得不够与不好,现在若干地方组织也在有些时候做得不够与不好,有的对发展党内民主做得不好,有的对坚持集中制做得不好。七大通过的新党章,所规定的党员权利第四条,乃是以法律的形式,确定党内的高度的民主,新的党章同时把学习与服从纪律规定为党员的义务,以保证高度的集中。高度的民主与高度的集中相结合,将是今后党内生活的特征,这对于我党更进一步的团结与进步,将有极其重大的作用。

大会最后一个历史标志,而且是最重要的历史标志,就是毛泽东同志的思想被全党一致承认为党的指导思想,为我党一切工作的指针。新的党章,在其总纲中规定:"中国共产党,以马克思主义理论与中国革命实践之统一的思想——毛泽东思想,作为自己一切工作的指针,反对任何教条主义的或经验主义的偏向。"这个总纲,又用极其简洁的词句,叙述了毛泽东思想的内容。经过了二十四年三次革命战争的考验,我们党创造了这个完全适合国情的中国化的马克思主义,并找到了它的代表人物毛泽东同志,这是中国人民伟大无比的胜利,是马克思主义在人类四分之一到五分之一的人口中取得了决定胜利的历史标志。从此以后,中国共产党有了自己全体党员所公认的领袖,中国人民有了自己从古以来,未曾有过的最伟大的领袖，这就是毛泽东同志。中国共产党有了自己的领袖，这就十倍百倍加强了党的团结，这就标志了党已经成熟，标志了它是将要胜利的党。人民有了自己的领袖，知道只要跟着他一路前进就一定会胜利，就会达到百余年来无数先烈抛头流血以求实现的目标，这就十倍百倍增强了人民的解放意志与胜利信心，十倍百倍增强了人民的力量。这就最后彻底粉碎了国民党内反动派企图分裂伟大的中国共产党的卑鄙阴谋。这就保证人民解放胜利的到达，而且加速这个胜利的到来，日寇及其在中国的同盟者将只有死亡一条路。

大会选出了以毛泽东同志为首的新的中央。在中央委员会之内，包括了经过考验的，对各方面工作有经验的，在人民中有极大威信的，能够执行大会路线的同志们。大会选举的过程，经过了毛泽东同志对于选举方针的指示，自由提名单，介绍，讨论，预选，正式选举的过程，充分表现了在毛泽东同志领导下的党内高度民主高度集中的生动活泼的生活。经过每个代表郑重讨论和以无记名投票选出来的新的中央委员会，乃是我党历史上最完善的一届中央委员会，它一定能够保证大会路线的完满实现。

具有伟大历史意义的中国共产党第七次全国代表大会，是团结的大会，是准备胜利的大会。这个大会已经闭幕了。大会的代表将要回到各自的战斗岗位上去了。我们的代表们，是带着巨大的喜悦但也是极其严肃的心情回到自己岗位上去的。中国民族敌人的被消灭与中国人民解放的胜利是确定无疑的了，但是前途还有<u>重重困难</u>，<u>重重险阻</u>，另一方面，我们不懂得的东西还多，还要好好努力学习，才能更好的为人民服务，才能称得上毛泽东同志的好学生。毛泽东同志说："现在我们有了一百二十余万党员，这一回无论如何不要被敌人打散。只要我们能吸取三个时期的经验，采取谦虚态度，防止骄傲态度，在党内，和全体同志更好地团结起来，在党外，和全国人民更好地团结起来，就可以保证，不但不会被敌人打散，相反的，一定要把日本侵略者及其忠实走狗坚决、彻底、干净、全部消灭之，并且在消灭他们之后，把一个独立、自由、民主、统一与富强的中国建设起来。"我们七百多位大会代表们，一定不忘记我们党的伟大领袖的话，并且一定会在工作中把他的意志实现起来！

中国共产党第七次全国代表大会万岁！

党的伟大的英明的领袖毛泽东同志万岁！

消灭日本侵略者！

中国人民解放万岁！

（原载一九四五年六月十九日《晋察冀日报》第一版社论）

关于发展私人资本主义

中国共产党第七次代表大会的极重要的成就之一，就是对于发展私人资本主义的问题作了极其明确的规定。毛泽东同志在其政治报告中对于这个问题所作的规定和说明为大会所一致通过了。

毛泽东同志在《论联合政府》的报告中，关于中国革命的性质说："为什么把目前时代的革命叫做'资产阶级民主主义性质的革命'？这就是说，这个革命的对象不是一般的资产阶级，而是民族压迫与封建压迫；这个革命的一切设施，不是一般地废除私有财产，而是一般地保护私有财产；这个革命的结果将为资本主义扫清道路而使之获得发展。"中国的革命性质规定了中国资本主义是要发展的，这是马克思主义的社会发展的规律，企图否认中国应该让资本主义有一个广大的发展，跳过这个阶段一直发展到社会主义，"毕其功于一役"，或者不敢正面提出要发展资本主义的问题，这些论调看来似乎很"革命"，而实际上却是非常错误的。中国共产党人不但不怕资本主义，而且提倡它的发展。因为："拿发展资本主义去代替外国帝国主义与本国封建主义的压迫，不但是一个进步，而且是一个不可避免的过程。它不但有利于资产阶级，同时也有利于无产阶级。现在的中国是多了一个外国的帝国主义与一个本国的封建主义，而不是多了一个本国的资本主义，相反地，我们的资本主义是太少了。"因此，毛泽东同志提出下列许多关于发展资本主义的要求，作为当前中国人民所要争取其实现的具体纲领的组成部分。这些要求是："要求取缔官僚资本；要求废止现行的经济□□政策；要求制止无限制的通货膨胀与无限制的物价高涨；要求扶助民间工业，给予民间工业以借贷资本，购买原料与推销产品的便利；要求改善工人生活，救济失业工人，并使工人组织起来，以利于发展工业生产。"这五条要求以及没收日本帝国主义和汉奸的企业与财产，农村改革的要求与其他政治经济军事文化方面的要求，都是有利于中国资本主义的发展的。

我们共产党人是不怕发展资本主义，而且主张在中国发展资本主义的。这并不是说，资本主义没有害处，用不着防止这种害处；也不是说，在将来的新民主主义新中国只有资本主义这一种经济形式。

资本主义有自由竞争的资本主义，有垄断独占、操纵国民生计的资本主义，这两种资本主义必需严格的分别开来。前一种是有进步意义的，是会促进社会发展的，在全世界的范围来说，这种自由资本主义的发展到了二十世纪，已经不占主要地位，而且没有第一等意义，它已经让位给垄断的资本主义；而垄断的资本主义必然引起帝国主义战争与社会主义革命。但是在许多农业国家，包括中国在内，自由资本主义还有它发展的宽广的可能性与必要，在中国这样的农业国家，我们所要发展和必须发展的就是这样的资本主义。

另一种资本主义即垄断的操纵国民生计的资本主义，它的害处经过第一次世界大战之后，已经非常明显，它成了现代人类灾祸的源泉。这一回第二次世界大战，这种资本主义起了国际性的普遍性的分化。一部分与封建残余结合起来，成为德日意的法西斯主义；一部分顽固派采取亲法西斯的路线，其代表是英国的张伯伦和美国的孤立派；第三部分则在反对法西斯主义这一点上表现了一定的进步作用，但同时对于别的问题，例如殖民地问题，仍保持其帝国主义的反动立场。在我国，因为是半殖民地半封建的国家，这种垄断的操纵国民生计的资本主义，表现为与大地主结合的大买办大银行的官僚资本。这种官僚资本，在抗日战争中亦起了分化，一部分跟着汪逆精卫去侍奉日本侵略者；另一部分则由不抵抗变为抗日，在一个短时期中曾经比较积极的抗日，后来就变到消极抗日、积极反共反人民，其主要的作用已经不是进步的，而是阻碍抗日人民的发动与统一了，它的存在成为民生憔悴、民怨沸腾、民变益起的原因；他的法西斯的性质也极其明显了。这种资本主义如果让其在中国存在，则自由资本主义要遭受致命的摧残，当然更谈不上什么发展了。

对于这两种资本主义，我们共产党人的态度是很明白的，毛泽东同志说：

"我们主张新民主主义的经济，也是符合于孙先生的原则的。在土地问题上，孙先生主张'耕者有其田'。在工商业问题上，孙先生在上述宣言（指国民党第一次代表大会宣言）里这样说：'凡本国人及外国人之企业，或有独占性质，或规模过大为私人之力所不能办者，如银行、铁路、航路之属，由国家经营管理之，使私有资本制度不能操纵国民之生计，此即节资本之要旨也。'在现阶段上，我们完全同意孙先生的这些主张。"

"有些人们怀疑中国共产党人不赞成发展个性，不赞成发展私人资本主义，不赞成保护私有财产，其实都是过虑。民族压迫与封建压迫残酷地束缚着中国人民的个性发展，束缚着私人资本主义的发展与破坏着广大人民的财产。我们主张的新民主主义制度的任务，则正是解除这些束缚与停止这种破坏，保证广大人民能够自由发展其在共同生活中的个性，能够自由发展那些不是'操纵国民生计'，而是有益于国民生计的私人资本主义，保障一切正当的私有财产。"

有益于国民生计而不是操纵国民生计的资本主义，才是我们所要发展的、可能发展的而且必须发展的。

在新民主主义政治之下，并作为新民主主义政治之基础的新民主主义经济，不只包括这种有利国民生计的私人资本主义，而且还包括其他组成部分。毛泽东同志在论联合政府中指出，这种经济的组成部分说："按照孙先生的原则与中国革命的经验，在现阶段上，中国的经济，必须是由国家经营、私人经营与合作社经营三者组成的。而这个国家经营的所谓国家，一定不应该是'少数人所得而私的'国家，而一定要是'为一般平民所共有'的新民主主义的国家。"在另一处，毛泽东同志又说："我们共产党人根据自己对于马克思主义的社会发展规律的认识，明确地知道，在中国的条件下，在新民主主义的国家统治下，除了国家自己的经济与劳动人民的个体经济及合作社经济之外，一定要让私人资本主义经济获得广大发展的便利，才能有益于国家与人民，有益于社会的向前发展。"这就是说，新民主主义的经济，除了有利国民生计的私人资本主义作为其一个组成部分以外，还有两个组成部分，即是国家经营的经济和劳动人民的个体经济与合作经济。新民主主义的经济有这三个组成部分，就比旧式的资本主义经济要高明得多。首先，重要产业的生产不会是无政府的，也不会因缺乏资本而无力举办，这样，经济上就有希望高速度的发展，使中国一蹴而跻于富强国家之列。再则，劳动人民不会因为只有两只空手而实行上成为工钱奴隶，他们的利益得到合理的保障，他们有自己的个体经济与合作社经济，他们有自己的私有财产，于是他们就也有了个性；他们与资本主义社会里的没有私有财产，因而也没有个性的劳动人民大不相同。劳资关系的调节也可以做得更为顺利，更为公正。最后，具有这样的经济组成部分的新民主主义社会，经过长期的充分的发展之后，在人民的需要与意愿之下，将来可以和平的转变到社会主义社会，这对于全中国人民是极其有利的。

中国共产党人对于发展私人资本主义的主张，综合起来，就是我们是主张发展私人资本主义的，这种发展应在"不操纵国民生计"的条件之下，并且在发展私人资本主义的同时，也要发展国营经济和合作社经济，在这样的基础上广大发展资本主义，是只有好处没有坏处的，是对于各阶层人民都有利的。中国的私人资本主义要想求得发展，除了这条道路以外，再也没有其他道路。

但是，要走上这条道路，必须有一个民主的联合政府，还必须解决农民土地问题，实行"耕者有其田"。这些乃是中国工业化的最主要的先决条件，也是发展私人资本主义的先决条件。

（新华社延安二十二日电）

（原载一九四五年六月二十六日《晋察冀日报》第一版社论）

迅速召开解放区人民代表会议

中国共产党第七次全国代表大会，向各解放区提出一个极重要的号召：迅速召开各解放区人民代表会议。在毛泽东同志的政治报告里，解释了这一个号召的具体内容：

"我们应向各个解放区人民提议，尽可能迅速在延安召开中国解放区人民代表会议，以便讨论统一各解放区的行动，加强各解放区的抗日工作，援助国民党统治区人民抗日的民主运动，援助沦陷区人民的地下军运动，促进全国人民的团结与联合政府的成立。中国解放区现在实际上已经成了全国广大人民所赖以抗日救国的重心，全国广大人民的希望寄托在我们身上，我们有责任不使他们失望。"

为什么必须迅速召开各解放区人民代表会议？因为抗

日战争的目前情势使我们有这样的需要。就解放区的情形来说，在八年的抗战中，解放区人民与军队的奋斗条件是非常艰苦，非常残酷的，但由于实行了毛泽东同志的新民主主义纲领，实行了抗日民族统一战线的全部必要的政策，建立了或正在建立民选的共产党人和各党各派及无党无派代表人物合作的政府，把全体人民的力量动员起来，进行人民的战争，因此，虽然在强敌压迫之下，在国民党军队的封锁和不断进攻之下，在毫无外援之下，八路军、新四军和解放区人民仍能从敌人手中收复八十六万方里的国土，解放了近一万万的人民，建立了十九个敌后解放区，最近更不断地收复许多较大的县城。解放区的抗日救国路线，已被证明为今天中国唯一正确的政治路线；解放区在八年的奋斗中已经聚集了中国历史上旷古未有的强大的人民战斗力量。全国的人民，包括沦陷区人民和国民党统治区人民，都把中国未来的希望寄托在解放区。解放区"成为全国广大人民所赖以抗日救国的重心"。

目前又处在这样一个重要的时机：欧洲法西斯国家已被打垮，同盟国家共同最后打败日寇的时期也接近了。解放区人民的面前已提出了一个迫切的任务：准备配合盟军作战，对日寇举行胜利的反攻，收复大城市和一切沦陷区。但在这有利时机前面，是会有很大新的困难出现的。必须估计到日寇临危时的顽强挣扎和疯狂进攻，必须估计到国民党内反动派的内战阴谋，此外，今年解放区还遭遇着相当普遍的旱荒威胁，总之，解放区人民面前的任务是非常的复杂艰巨。即使有盟国的帮助，如果不努力大大发展与巩固人民抗日的力量，要完成这样巨大的历史任务是不可能的。而为了这目的，就必须统一各解放区的行动，集中和交换各解放区的经验，更好地贯彻执行全部新民主主义的纲领，以加强解放区的抗日工作。这就必须迅速召开解放区人民代表会议来讨论和决定执行这些任务。

就收复沦陷区的问题来说，这不是一件容易的事情，尤其是目前大部分还在敌人手中的大城市，我们可以预想到反攻中必然碰到的坚固的设防和顽强的抵抗。为着减少收复沦陷区的阻碍，必须组织地下军，以便从内部配合□来的反攻，毛主席在《论联合政府》的报告里说："共产党人应当号召一切抗日人民，学习法国与意大利的榜样，将自己组织于各色团体中，组织地下军，准备武装起义，一□时机成熟，配合从外部进攻的军队，里应外合地消灭日本侵略者。"沦陷区的人民，无疑的是迫切期待着这样的时机。"在东西战场及八路军新四军的胜利战争的鼓舞之下，极大地增高了他们的抗日情绪，他们迫切地需要组织起来，以便尽可能迅速地获得解放。"但处在敌伪残酷压迫下的人民的斗争，是需要援助的。"我们必须将沦陷区的工作，提到和解放区的工作同等重要的地位上。必须有大批工作人员到沦陷区去工作。必须就沦陷区人民中训练与提拔大批的积极份子，参加当地的工作。"为着对地下军运动给予统一的帮助和领导，也需要召开解放区人民代表会议来加以讨论和执行的。

解放区人民代表会议的意义，还不仅仅限于解放区本身和沦陷区的抗日工作，也为着争取全国范围内的民主改革和统一团结。中国共产党向来就认为：要彻底战胜日本帝国主义与解放中国人民，必须有全中国人民的统一和团结。而真正的团结统一，必须以民主政治为基础。只有在全国范围内实行民主的改革，才能真正动员全国人民的一切力量，彻底消灭日本侵略者，而在全国范围内实现民主改革的先决条件，乃是立即取消国民党的一党专政，组织各党各派及无党无派代表人物的联合政府。因此，中共代表林伯渠同志在去年九月的国民参政会上正式提出迅速组织联合政府的主张，这个主张立刻为国民党区域文化界、妇女界、实业界、学生界，以及一切民主党派、民主人士所赞成和拥护，成为大后方各阶层广大人民的民主运动的共同目标。然而国民党当局却顽固无理地坚决拒绝组织联合政府，同时又在所谓"民主"的伪装下，极力摧残人民的民主运动，坚持独裁政治，坚持召开为少数反动派所一手包办，而为全国人民所一致反对的、粉饰独裁、分裂团结、准备内战的所谓"国民大会"。在国民党当局此种反动政策下，全国的统一团结临到了很大的危机，对于争取抗战胜利，成为绝大的障碍。因此我们更需要迅速召开解放区人民代表会议，来讨论如何援助大后方的民主运动，来反对和制止国内战争的危险，来争取实现全国民主的改革，争取全国的团结统一，促进联合政府的成立，以保证抗战的最后彻底的胜利，并保证一个独立、自由、民主、统一与富强的新中国的实现。

由于以上的情形，使中国解放区人民代表会议的召集，成为目前迫切的需要。也正因此，当中国共产党第七次代表大会提出这一个号召时立即获得各解放区人民的热烈赞成和响应，纷纷来电表示拥护。陕甘宁边区政府及边区参议会常驻会已召集了各界团体代表会议，开始做了发起筹备的工作。我们相信解放区人民代表会议一定能在全解放区人民的热烈支持和国民党统治区与沦陷区人民的同情□助之下顺利地召开起来，"给中国人民的民族解放事业，起一个巨大的推进作用"。

（新华社延安二十四日电）

（原载一九四五年六月二十七日《晋察冀日报》第一版社论）

晋察冀扩大解放区的胜利

根据毛泽东同志的指示，一九四五年任务的首要一项即是扩大解放区，依照这个指示，我们边区党政军民一致努力，向边区周围以及较远的许多被敌伪占领而又守备薄弱的地方举行进攻，消灭敌伪，扩大解放区，缩小敌占区，收到了很多的成绩。我们的武装工作队深入敌后之敌后去袭击敌伪，组织人民，配合着解放区正面战线的作战努力，把解放区不断扩大起来。特别是近半个月中，在冀中、冀察、冀晋各区，我军不断进行了五百三十五次以上的机动的进攻战，拔除了四百七十九座敌伪的点碉，光复了任邱、河间、饶阳、安平、武强、深泽、新镇、文安、涞源、山阴、新安等十一个县城，连同以前收复的和原来在我掌握之中的阜平、灵邱、肃宁等城合计起来,共有十四座县城,毙伤与俘虏敌伪官兵五千五百余名,解放同胞数十万人。

这些新解放区的开辟,大大改变了敌我形势。在军事上,敌寇从一九三九年上半年对冀中平原的三次战役以后,经过一九四二年的五一大"扫荡",虽然使冀中根据地一度变质,但是敌人分割与占领冀中平原的企图已完全被粉碎,我们不但恢复了大块完整的根据地,而且在二百里的宽度上与冀南联成一片,在天津以南津浦路东打开了一万□里的广阔地区,并与山东渤海区相联接;在冀晋、冀察地区,割断了敌人从一九四一年以来用"蚕食"方法伸进我根据地的几个猪嘴,更进而摧毁了敌人多年经营的从高碑店、易县、涞源、灵邱、大营直通繁峙、代县的第一道封锁线,破碎了从怀来涿鹿,经过蔚县、广灵、浑源、应县、以达山阴的第二道封锁线,打开了几处大缺口,并且向北越过了平绥线,把敌人挤到大城市与交通线上去,更紧密地把它们包围起来。在政治上摧毁或击破了敌伪的压迫统治与欺骗宣传,把什么"任河肃献联防区""深武饶安联防区"以及"蒙疆确保区"等压迫统治的机构与"和平乐土"的幌子全都打垮了,掀动了沦陷区人民自发的对敌伪抗粮抗税以至武装的斗争,加深了敌伪内部的动摇与分离的运动。在经济上,收复了许多物产丰富的地区,打掉了敌人用以支持战争的重要资源,如冀察的石棉矿,冀中的棉田□及无数粮食与原料的出产地,同时也从扩大市场上驱逐了伪币,保护了我们抗战的资源与人民的经济。这些说明了我们扩大解放区的胜利在军事、政治、经济各方面都具有重大的意义。

新地区被解放的事实,应当使我们认识到毛泽东同志的战略思想和远大□正确。已得的胜利向我们证明了敌人长期统治的地区并不是坚不可破的,相反的,敌人统治愈久,压迫剥削愈利害,人民的痛苦愈深重,他们争取解放的斗争要求愈强烈,愈加欢迎我们的军队,我们发动群众也愈易愈快,只要我们有正确的政策,加上党政军民一致的英勇的斗争,我们一定就会胜利。无论是敌人的点碉或城市,在我们正面作战和向敌人侧后纵深活动与长期团结之下,在敌人兵力分散,联系不便,敌、伪矛盾加深的情况之下,在我们练兵运动提高了战斗力与进攻精神的条件之下,我们就能攻克它;在主观与客观条件可以把敌人逼退的地方,必须努力逼退它;如果条件不具备,就要努力造成这种条件,向敌人深远的后方展开游击战争,把敌人的点碉变成深入我区而孤立起来,然后再拔掉它。涞源之敌,有千余之众,其所以退窜的原因即在于此。在攻克与逼退敌人的过程中,还必须尽一切可能消灭它的有生力量,或在进攻中消灭之,或在追击中消灭之,越是能够大量消灭敌人的有生力量,就越能够继续大量攻克与避退敌人的点碉。冀中河间、饶阳、安平和新镇所以连续被□复的条件之一,就在于大量消灭敌人的有生力量。包围河间的军队与民兵,真正密切配合行动,不断削弱与消灭敌人,并且把这种精神一直贯彻到以后的追击战中去,因此他们的战果得到不断的扩大。同时许多事实也证明了政治攻势与经济攻势,如果能够与军事行动密切配合,就会发生很大效果,在军事行动之先,要开展政治攻势与经济攻势,去准备条件和开辟道路,在军事行动之后,党的工作,群众工作、政权工作和商业金融工作更必须一起紧跟上去,处处为群众解决困难,从而提高群众的情绪。这一时期我们在军事行动之前,在行动过程中,以及在军事行动之后,各个时期都注意了商业金融工作的准备与斗争,这是一个特点,今后应更加注意发展它,但在扩大解放区的同时,还不可忽视敌人向我边缘地区清剿与可能的"扫荡",近来的事实已经证明扩大解放区与反"扫荡"斗争是同时存在的,尤其最近敌人对冀热辽的"扫荡"更加说明了这个问题。毛泽东同志指示一九四五年任务的第一项就是"要经常警惕,随时准备用反'扫荡'粉碎敌人的进攻,没有这种警惕是不对的。不要以为我们强了,敌人弱了,敌我力量对比形势现在已经改变了,须知敌人还是强的,它决不会忘记向我们进攻"。我们有些地区的军民,会因一时的胜利而轻敌骄傲,结果受到损失。因此,我们必须随时准备迎击敌人的进攻，同时准备在新的局面到来时从游击战争转入正规战事，这双方面的准备都是必要的。

目前在新解放区，善后工作，发动群众，巩固地区，已经提到第一位的议程上来。这一方面我们虽然做了许多工作，但是仍有不足与缺点。必须首先集中力量为群众兴利除弊，解决群众的实际困难，不要忙于召开大会，铺张庆祝，而耽误了善后工作，要慰问曾被敌伪压迫蹂躏的各阶层人民，了解他们的痛苦，替他们想法解除痛苦，恢复人民久已荒废的各种生产，恢复社会秩序。冀中收复安平城时举行各种座谈会，了解情况，慰问救济灾难民，颁布暂时施政办法，拨款济贫，公买公卖，禁拆房屋，禁入私宅等值得各地学习，以便在统一领导下，更有步骤的进行善后工作与城市工作，积累建设城市经验，要使干部战士与人民了解从乡村到城市是我们的发展方向。当敌人占据城市的时候，乡村与城市是对立的，这种对立是由于敌我斗争形成的；但是当城市光复时，城市的一切都属于人民的，我们要爱护人民的财物如同爱护自己的一样，这需要消除与城市对立的观点，反对轻视城市人民，自命为"抗战老前辈"而骄傲自满的恶习，须知城市人民的进步是会很快的，城市风气的转变也是会很快的。乡村的经验不可机械运用于城市，恢复城市经济中的合作社工作，如手工业合作社、商业工作等与乡村合作社工作不同，这就是明显的例子。

发动群众是巩固解放区的前提，因此必须发动群众斗争，改善群众生活，适当清理旧账，改善政策，实行减租减息，增加工资，提高群众的生产积极性，不但使农民与雇工得到利益，同时也对地主与雇主有利，使统一战线获得巩固，以便共同团结对敌。在发动群众中发展党，组织群众改造旧政权，建立抗日民主政权，并发展民兵武装，保障群众既得的利益与革命的果实。用实际的艰苦的深入工作巩固地区，才能继续扩大与发展□□□□。

（原载一九四五年六月二十八日《晋察冀日报》第一版社论）

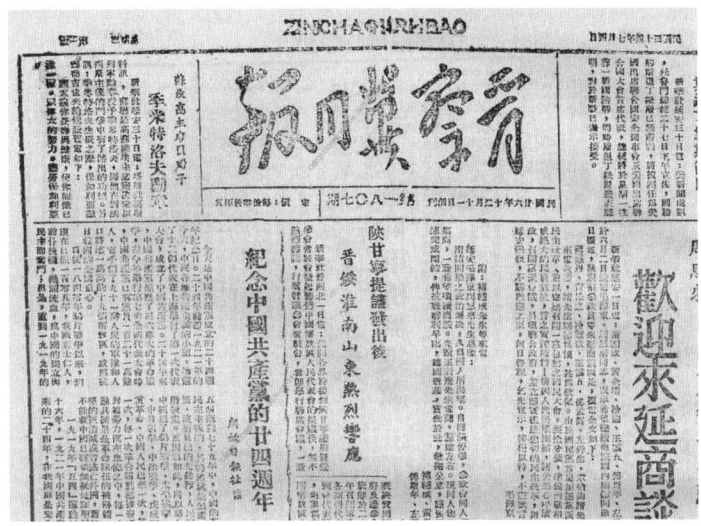

纪念中国共产党的二十四周年

今天是中国共产党成立的二十四周年纪念日。二十四年前即一九二一年的今天，中国各地共产主义的小组，推选了十二个代表在上海举行了第一次代表大会，成立了中国共产党。二十四年来，中国共产党经历了三次伟大的革命战争，在今年举行第七次全国代表大会时，中国共产党已有党员一百二十一万余人，它□创了九十一万人民的军队和人口将达一万万的十九个解放区，成为抗日救国的全国重心。

自从一八四零年鸦片战争以来，到现在已经一百零五年，我国志士仁人，前仆后继，抛头流血，为中国的独立与民主而奋斗；但是，直到一九一九年的"五四"运动七十九年中,中国的革命是旧民主主义的,其特点就是无产阶级不觉悟、没有自己的先锋队,人民跟了资产阶级走。正因为如此,所以这七十九年中经过了鸦片战争、太平战争、义和团、中日战争、中法战争、戊戌运动、辛亥革命、中国人民起来一次,被打下去一次,每一次革命运动都被帝国主义与封建势力沉在血海之中,每一次革命运动其结果是革命队伍的被解体,革命中坚的被消灭或者逃亡外国,旧民主主义不能救中国已确切无疑地证明了。

一九一九年"五四"运动以来的二十六年,一九二一年中国共产党成立以来的二十四年,在我国则是完全崭新的情况:一九一七年的俄国十月革命,惊醒中国人民,马克思列宁主义传到了中国,这个人类最高智慧的普遍真理,一旦同中国人民的实践结合起来,就发生极其重大的结果,把中国革命推上了一个新的历史时期,走上了新民主主义道路,面目为之一新。

中国共产党成立以来的二十四年,在全世界、在全中国都是翻天覆地的二十四年,我们的党经过三次伟大的革命战争,始终高举起中国人民解放的旗帜,经历了丰富的事变,备尝艰苦,轰轰烈烈,英勇奋斗。这样的革命集团是中国自古以来所未有的。

但是中国共产党曾经是缺乏经验的党,因为缺乏经验,所以在北伐战争中间,被当时的背信弃义的同盟者——国民党主要统治集团,从背后来了一个袭击,一个冷不防,一枝暗箭飞了过来,生气蓬勃的中国大革命就被葬送了。从此以后,直到一九三六年日寇已经深入国土之时,国民党当局对人民、对共产党进行了十年内战。一九三七年以来,国民党当局被迫抗战。但从一九三九年起,国民党当局又想对人民、对共产党再试其突然袭击的惯技。可是国民党当局的这种企图,一次又一次被揭露,被克服。国民党当局希望像鸦片战争后八十年中反动派所屡次做过的那样,把革命运动沉在血海之中,使革命队伍完全解体,革命中坚完全消灭。可是这对于旧民主主义运动是有效的反革命办法,对于人民深相结合的、有马列主义武装了头脑的共产党人领导的新民主主义运动，则二十四年来被证明它是无效的了。

过去的二十四年，给了中国人民以最艰苦的锻炼，中国人民在这种锻炼之中，完成了一件大事，这件大事就是完成了把马克思主义的普遍真理与中国革命的具体实践深深结合起来的过程。二十四年前中国共产党发起人之一、英明的毛泽东同志，他的思想和路线在二十四年的长期考验中，证明是完全正确的，证明是马克思主义的普遍真理与中国革命的具体实践完全结合的典型。中国共产党第七次全国代表大会，在自己的新的党章上明确的规定了以毛泽东思想作为自己一切工作的指针，这句简单的话，表示了什么呢？它表示了中国革命走上了一个新的时期。如果鸦片战争到五四运动的七十九年是旧民主主义革命的时期，五四运动以来的二十六年是马克思主义的普遍真理与中国革命的具体实践相结合，即是新民主主义革命的时期，那末从现在开始的、即是以中国共产党第七次大会以后的一个新的历史时期，它也是新民主主义的革命，但是这个时期与前一时期将有一显著不同之点、即是它是在马克思主义与中国革命的实际更加进一步结合了的毛泽东思想的指导之下的更加自觉了的新民主主义革命。

中国共产党有了毛泽东同志这样的领袖，它就比过去更加完全符合于这样的目标："中国共产党必须是十分勇敢，十分有经验，十分机敏，在中国革命的长远道路上，根据中国革命的特点，率领千百万群众，战胜一切阻难，绕过一切暗礁，以奔赴自己的目标，并不断锻炼自己的队伍。"（《新党章总纲》）中国人民有了毛泽东同志这样的领袖，有了十分勇敢、十分有经验和十分机警的共产党作为中坚，就是完全的保证去取得民族独立与人民解放的胜利。中国共产党成熟了。中国人民是决定要胜利的了。

我国有愚公移山的故事：有个北山愚公，率领他的儿子孙子要铲平阻碍他出路的太行王屋两座大山，河曲智叟对他说：山这么大，你这几个人铲得平么？愚公说：你为什么那样想不开，我死了有儿子，儿子生孙，孙又生子，子又生子，子又有孙，子子孙孙，没有穷尽，山是不会长高的，为什么铲不平！河曲智叟听了没有话说，上帝知道了这件事，被他们的精诚所感动，派了两个神，把两座大山移走了。中国现在的两座压在人民头上的大山，就是帝国主义与封建主义。自从共产党诞生以来，就下令给他的党员移这两座大山，今年我党七次大会更重申此义，下了命令给一百二十余万党员，努力移山，我们一定也会感动上帝，派人帮助我们移山。这个上帝不是别的，就是中国人民。

我们当前的大敌是日本帝国主义及其在中国的走狗，我们一定要战倒这个大敌。

当着纪念我党二十四周年之际，深愿全党同志与全国人民一齐团结起来，为最后打倒日本帝国主义与彻底解放中国人民而奋斗！

（原载一九四五年七月三日《晋察冀日报》第一版社论）

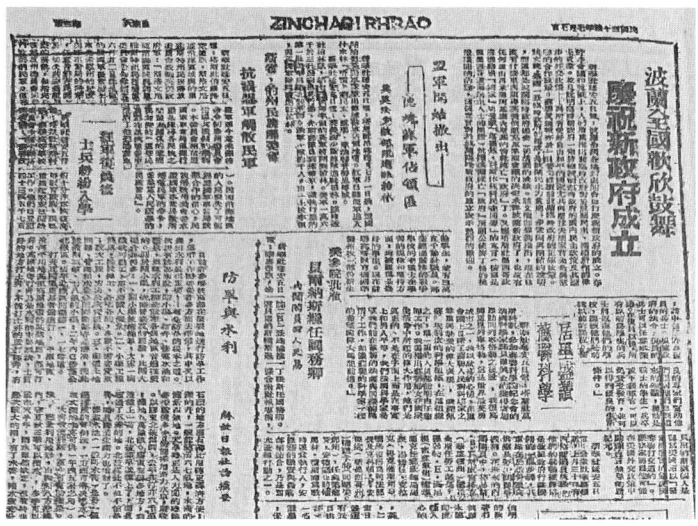

防旱与水利

目前许多解放区都在紧张地进行防旱工作。这项工作需要从许多方面去准备，其中又以农田水利最为重要——这是防旱的根本之道。

农田水利建设的条件，在黄河流域当然远不如长江流域。但即以地处黄土高原的陕甘宁边区为例，境内尚有无定河、延河、葫芦河、洛水、环江等河流及其无数支流（人烟以这些地带较为稠密），河水常年存在，干旱很少使它们断流，因此兴修农田水利的条件仍是充分存在的。抗战以来的事实也证明，不管社会的（如敌人破坏）与自然的条件如何困难，华北各解放区的水利建设，均有着史无前例的巨大成绩（请参看今日二版发表之去年九个解放区的统计）。

依现有情况来说，开小渠、打井、修蓄水池和凿泉，这几种水利工程，是能在各个地区普遍推广的。

关于开小渠，依据晋察冀的经验，比开大渠合算的多。如□阳之沙河大渠（荣臻渠），全长十四公里，灌溉七百顷，早在一九四〇年即开始兴修，后因敌"蚕食"破坏未成（最近电讯，又重新兴工，明春可修成一部份），一九四二年晋察冀□提出开小渠运动，这个运动很快就开展到全边区，灌溉面积已超出过原计划三大渠的好几倍，而减少政府贷款又好几倍。据原在晋察冀农林局工作的陈凤桐同志谈，其原因有三：一、开小渠技术简单，大家一商议就可动工，用不着请人测量。二、小渠工程简单，按股拨工，各吃各的，多数不需要贷款。较大工程方由公家贷粮□。三、渠道土地问题，管理和水量分配问题都容易解决。因此，能灌两三亩、七八亩的小渠，二年内已布满全北岳区。去年北岳区开渠达一、一七〇道。所以只要能把河水引到田里，能灌几亩地的渠，我们都应该动员群众开筑。历年遭受灾荒的太岳士敏县，今年水利建设动手最早，现已修成大小水渠七十九条，能灌田五千四百亩。

打井比开渠更易普遍进行，平原地区、沿河平川地甚至高原□□的某些地点，都可打井。高原地带打井乃是水利的主要□□。土质好的地方打土井，不能打土井的就打砖井，有石头的地方，用石砌比用砖更经济方便。一口水深的井，一般能浇活六七亩地，水浅的井也能浇活四亩地。天旱时，正是人力闲的时候，能浇多少就浇多少，倘能采用畜力水车，则收效更大。打井成功的例子很多。冀南一九四三年（灾荒的第二年）夏天仍然苦旱，政府发下了打井贷款，掀起热烈的打井运动，结果全区打砖井四千余眼，土井五万余眼，终于战胜了旱灾。以胶东北掖为例，去年共打井六千至八千眼，浇地五万余亩；去春胶东天旱，很多县到六月还没种上春苗，北掖却早就种上了，而且产量远超过一般不浇地，北掖从此不但不怕旱灾的威害，而且农业生产力也增加了。去年四月十六日本报社论（学习全万明）中曾说："用十年八年继续不断的努力，全陕甘宁三十五万户，做到每户一井（或根据有利条件，开渠、凿泉、筑蓄水池），这就是一个最伟大的最有价值的水利工程，做好了这件工程，以后不仅吃水再没有问题，而且我们可以永远的不怕旱灾，我们子子孙孙再也用不到逃荒，陕甘宁边区再也不会是'地瘠民贫'的地方。"（当然这里应该补正一点："每户一井"是提得太机械的，事实每户都应根据有利条件，兴办一种水利建设，如井、渠、泉、蓄水池等）在目前备荒运动中，各个地区正宜根据具体条件，推广打井运动。

修蓄水池（一般叫水窖，晋察冀叫水汪），是另一个可以普遍推广的好办法，沿河两岸，小山沟等处都可以修，一方面可解决吃水（一个两三丈深的水窖，可供一年四五家人家之用），另外可兼浇庄稼，至少可帮助种菜。修窖方法应尽量利用地形，由四面八方掏沟引水入内。春夏秋三季可以积雨，冬季可以积雪；就在天旱年，雨水虽然缺乏，但有时也可能下几次较大的雨，有了水窖，雨水就充分被利用着了。凿泉一项，这个条件如在陕甘宁边区也很多，可惜山泉听其自流，很少人去利用。

水利建设，方面甚广。以上几项，较易见功效，易普遍推行。在进行这些工作时有几个问题必须很好注意，否则或□造失败，或事倍功半。

首先，必须进行思想教育，使群众自觉自愿，决不能单纯主观规定任务，强迫完成。太岳安泽石渠村一道二里长的水渠，去年四月起即开始修筑，但参加人数由一千二百一十三人减到一百三十人，最后终于失败了。其主要原因就在于："没有解决群众思想问题""领导方面对人民认为'沁河水不养人'的迷信没有打破；能浇地的地主家不愿修渠""召开地主会议时，每次去的都很少，在会上也没发表意见，便主观的决定动工了"。于是"虽然组织了竞赛奖励，发动妇女、儿童慰劳唱歌，但因许多思想问题没解决，开渠情绪是巩固不住的。"

其次，必须特别照顾贫苦农民的利益。贫农是最有剩余劳动力的阶层，如果不能将广大贫农（以及中农）发动起来，打井、修渠等运动便无法开展。这里首先要解决贫苦农民的受益比重和工程进行中的吃粮问题，晋察冀的繁峙修水渠和冀鲁豫的观城去春打井，都有很大成绩，就由于这个问题解决的好，如繁峙新修水渠的受益地户，贫农占百分之六十六强，受益地亩贫农占百分之四十五。观城一般贫农去春打井都有了垫底粮，打井情绪因之高涨，有十五个村打井五十五眼，参加打井的共一百九十五户，贫农占百分之七十。

第三，必须合作互助。打井、修渠都是重活，特别要求劳动力高度组织起来。北掖去年打井，就是打破了过去各干各的办法，由五家至六七家邻居自愿组成小组，或几家地邻结合起来轮流着打，按照地亩人力出工出钱。另一种是由三五家有经验的贫农组成包工队，专门包工打井，这样又快又省钱。修渠则更可将拨工、包工、雇工等办法统一进行。在合作互助中，干部的首先响应，亲自动手，是推动运动的决定环节；而部队劳动力的支援也能起很大的作用，使群众信心更高，工程更能迅速完成。冀南打井运动中，部队曾作了惊人贡献：他们组成了打井队，自带粮食，为老百姓义务打井，全冀南近万个井，他们几无一不参加。

第四，还必须防止一些偏向。如在开渠上的不顾水量（考查和估计水量，是开渠的主要条件），上下都开渠，结果水不够用，渠户争吵打架。或者工程潦草，讨小便宜，坏大事，一场大雨就把渠冲坏了（水利建设是一件细腻的工作，不管在一个很小的入水口上，也要建筑得很牢固）。华北与西北，在地域上接近蒙古沙漠，气候本来□旱；抗战后黄河改道，敌寇滥伐森林，雨量不调，旱灾更易形成。因此"年年防荒旱"，就必须列为我们的经常工作，这是一个长期而艰巨的工作。只有逐渐兴修水利，才能逐渐消减旱灾。一口井、一条渠都是"人定胜天"，战胜自然的武器。在□旱时期，正是加强领导建设水利的好时期。目前动手开小渠凿井，还可赶上秋播。领导推动这项工作特别要依靠县区乡干部的努力。我们的县区乡干部，不仅要成为农业生产的组织者，而且应当做水利建设的指导者，应当好好团结在这方面有成绩的劳动英雄、模范党员，向他们学习，并帮助他们在群众中起带头作用。同时在必要地点，可由政府出资兴办一些水利事业，为群众示范。只有逐渐兴修水利，才能逐渐消灭旱灾。

（原载一九四五年七月七日《晋察冀日报》第三版社论）

纪念抗战八周年

今天是神圣的抗日民族战争的八周年纪念日。八年以来，中国人民为了打败日本侵略者建设新中国进行了不屈不挠可歌可泣的英勇奋斗。八年来中国人民的英勇奋斗，不但对东方的抗日战争及全世界的反法西斯战争作了极大的贡献，而且对保障战后世界的巩固和持久的和平亦将起极大的作用。八年来中国人民的英勇奋斗，既无愧于中华民族抵御外患奋求独立的光荣传统，亦无愧于中国在反法西斯战争中五个最大国家之一的地位。经历了八年来无数艰难困苦与自我牺牲之后，一个新局面，在中国人民的面前出现了，这就是：配合反法西斯同盟国彻底打败日本侵略者的时机已经迫近了，一个独立、自由、民主、统一与富强的新中国快要诞生了。当此民族抗战进入第九年时，中国人民正以不胜不休的坚强意志，必胜必成的胜利信心，继续八年来的英勇奋斗，以求这个崭新的局面完全实现！

在全中国人民面前，现在有着空前的有利的国际和国内的条件。

目前的国际条件是空前有利的，这便是：（一）欧洲反法西斯战争已经获得了完全与彻底的胜利，这个划时代意义的历史胜利，其后果与影响是不可衡量的，它首先将加速彻底打败日本法西斯的胜利；（二）以苏美英为首的爱好自由的民族继续团结一致，正在建设着持久和平的世界新秩序；（三）欧洲被解放的国家正在医治法西斯奴役所带来的创伤，根绝法西斯的残余和游魂，在举国一致的民主联合政府的基础上恢复与重建新的民主的欧洲。世界正在彻底消灭专制与反动，走向民主与进步。"战争教育了人民，人民将赢得战争，赢得和平，又赢得进步，这就是目前世界新形势的规律。"（毛泽东同志）

目前中国的国内形势也是具备着有利的条件，经过了八年战争的长期锻炼，历经了无数艰难困苦，支付了重大的牺牲与代价之后，中国人民不但有了空前高度的觉悟与团结，而且有了空前强大的有组织的力量。中国人民现在已经有一万万人口从外国侵略者及国内专制主义者的羁绊下解放出来，他们已经拥有将近一百万的自己的人民军队，这个军队在过去一年中解放了一千三百八十万人民和包括五十座城市的八万七千万公里的国土。而那个抗战失败的负责者，民族团结和抗战力量的破坏者的国民党一党专政，经过八年的战争，经不起考验而威信扫地了。这个广行消极抗战压迫人民的法西斯专政，去年一年即抛弃了从黄河边上直到贵州高原的大块国土，以及居住在这块国土上及其以东的一万万人民，损失几十万的军队。废除一党专政现在已经是全国人民的一致呼声了，全国性的民主运动已经展开了，即国民党反动派也不敢再为这个一党专政辩哗，而不得不玩弄"结束训政，还政于民"的把戏了。所有这些，是便于彻底打败日本侵略者，建立新中国的国内有利条件。

然而尽管存在着这些空前有利的国际和国内条件，却并不是说：中国人民彻底打败日本侵略者建设新中国的途程上已经没有重大的困难和阻碍了。在国际上——特别在国内，困难和阻碍还是巨大的。只有放手动员群众，壮大人民力量，克服这些困难和障碍，中国人民才能获得抗日战争的胜利和新民主主义中国的诞生。

摆在我们面前的困难和障碍，首先是日本侵略者还有力量，它还拥有了强大的陆军及虽受损失而仍然相当有力的海空军，它还有相当优越的战略地位，盟军在太平洋上交通线的漫长及接近日本本土的幅员广大的屯兵场与数量足够的前进基地的缺乏，都使日本法西斯加强抵抗的信心，准备持久的挣扎。而中国及英美的同盟国内部还存在着动摇份子与绥靖主义份子更使日本法西斯有持久抵抗、争取时间、乘间伺隙、谋取妥协和平的妄图。这就是说：在彻底打败日本侵略者的路上，还有一段复杂艰难的日程，不应该低估敌人的战斗力而盲目乐观，也不应漠视敌人的阴谋讲和而毫不警惕。中国人民应该要求现在的国民党政府制止一切妥协的阴谋活动，要求一切同盟国家坚持使日本侵略者无条件投降的政策。中国人民应该扩大自己的人民军队，加强自己的军事力量，在敌人所到之处，广泛发动抗日的人民战争，并准备配合盟军作战，收复一切失地。只有依靠人民的力量，壮大人民的力量，才能彻底消灭日本侵略者。

其次是美英盟邦统治阶层中的绥靖主义份子与帝国主义份子，这些老爷们企图在远东恢复其战前的殖民地血腥统治，他们不愿意中国人民获得民族的独立解放，而企图把从日本奴役下解放出来的中国放在他们自己的压榨之下，把中国变为他们独占的或共占的殖民地。国民党反动派对英国反动将军斯科比在希腊的屠杀事业欢呼，这些老爷们响应这个欢呼。他们支持独夫蒋介石，支持国民党反动派的法西斯专政，反对中国人民的解放事业。中国人民应该告诉这些帝国主义者：中国人民为自己的独立自由，与日本帝国主义者已经奋斗了八年之久，决不会忍受其他帝国主义者的奴役的。中国人民争取民族解放和民主政治的伟大运动，是世界上没有一种力量能够抗拒的。中国人民要求美、英盟邦切实执行大西洋宪章的诺言及莫斯科、开罗、德黑兰、克里米亚历次会议的决议。中国人民要求立即停止以租借物资仅仅援助消极抗战专制独裁的国民党政府的政策，一切援助必须公平分配给一切中国的抗日力量，八路军、新四军及其他人民抗日军队，必须得到一半以上的物资援助。

中国人民感谢美英和一切同盟国家的人民对于我们的宝贵的同情和援助。中国人民知道这样一些必要的区别：第一个，美英政府与美英广大人民的区别，其政府的对华政策包含着很错误的部分，这部分政策的实质是帝国主义性的，但是其最广大的人民是不负这个责任的。第二个，美英政府中决定政策的人们与其他广大工作人员的区别，前者包含有帝国主义成分，后者很多是同情中国人民的。第三个，今天的政策与可能改变的明天的政策之间的区别。例如，最近半年的美国对华政策，我们是坚决反对的，但假如有一天它改变了这个政策，我们并不要反对到底，我们希望盟国的人民起来监督政府的外交政策，勿使它违背你们的意志，带上帝国主义的成份，而损害中国人民的解放事业，丧失中国人民的友谊。

然而最大的困难与阻碍却在于中国内部，这便是国民党内反人民集团的寡头专制统治及其消极抗战摧残人民的政策。这一集团的统治与政策是中国民族团结的破坏者、抗日失败的负责者、是彻底战败日本建设新中国的根本障碍。八年抗战的经验，证明了：中国存在着两条抗日路线，国民党政府压迫人民实行消极抗战的路线与中国人民觉醒与团结起来实行人民战争的路线，不克服第一条路线和不采用第二条路线，抗战就不能胜利，建国就不能成功。中国人民已经从惨痛的经验中认识了这点。全国人民一致要求废除反人民集团的一党专政，废除它的失败主义的与法西斯主义的路线。全国人民一致要求组织联合政府，要求实行积极抗战的民主主义的政治路线，但是这个反人民集团却至今深闭固拒，压制人民的要求，坚持专制独裁，坚持反动祸国政策，拒绝联合政府，拒绝作任何民主改革。并更进一步弄名词以淆视听，挟外人以压同胞。口头上玩弄"召开国民大会还政于民"的欺骗，实际上积极勾引国际□的帝国主义反动份子准备大规模的内战。不废止这一个反人民的专政，不实行全国范围内的民主改革，则彻底打败日本侵略者与建设新中国是不可能的。因此，中国人民在为争取抗战胜利建立民主的新中国的斗争中，应当再接再厉，为废止一党专政建立联合政府而斗争。

毛泽东同志在中国共产党七次大会上的政治报告，已经为全中国人民提出了争取实现这一联合政府的道路与办法，这一联合政府应有的纲领政策。团结在这一伟大的历史报告之下，动员、统一与扩大全中国人民的抗日民主力量，为废止一党专政、建立联合政府而斗争，是抗战进入九年度时中国人民最迫切的战斗任务之一，只有实现这个任务，才能彻底打败日本侵略者建立独立、自由、民主、统一与富强的新中国。

抗战八年了！中国人民在日本法西斯侵略下，在国民党反人民企图的独裁专制下，无限英勇坚忍、不惜牺牲、不怕困难、前仆后继、不屈不挠地发展胜利的保卫祖国的人民战争。现在人民战争的胜利快要来临了，继续努力吧，胜利一定是我们的。任何企图阻碍我们胜利的国内及国际的反动力量，将被中国人民的伟大力量，从历史舞台推落下去。

胜利的保卫祖国的人民战争万岁！

独立、自由、民主、统一与富强的新中国万岁！

（新华社延安八日电）

（原载一九四五年七月十一日《晋察冀日报》第一版社论）

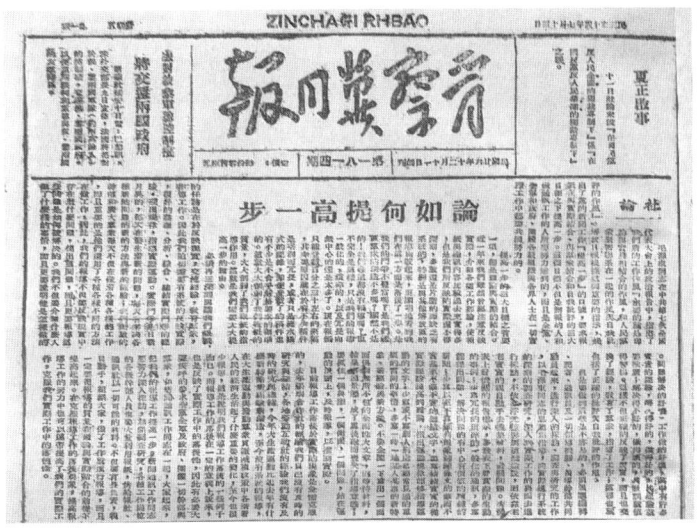

论如何提高一步

毛泽东同志在中国共产党第七次全国代表大会上的政治报告中，指出了我们新的工作作风"主要的就是理论与实践相结合的作风，和人民群众紧密联系在一起的作风与自我批评的作风"。解放日报根据这个重要的指示，提出了党的新闻工作"提高一步"的口号，要求报纸在与实际结合、与群众结合和自我批评的三大目标之下提高一步。这个目标不但是办报的人和做通讯工作的人所要努力达到的，而且是全党、全军和政府、团体各级组织与各界人士在一切实际工作中都要共同努力的。

提高一步的三大目标之首要一项，即是理论与实□的结合。近一年来我们虽然曾经注意反映实际，介绍各种工作经验，使报纸与通讯内容比较过去充实得多，但是我们所反映的实际还不够深刻，多数还是片断的而缺乏有系统的，特别是与其他解放区的报导比较起来，更显明地看到我们在这一方面是落后了一步。是我们的斗争不丰富吗？是我们边区群众的创造不多吗？显然不是的！我们难道都没有报导吗？也不完全是这样，只是我们的报导一般化的，琐碎的，以及冗长而无中心的还是太多了。现在报纸只能登载百分之三十左右的来稿，其主要原因就在于有不少稿件是空洞而冗长，或者只是流水账式的记录，即便登载了的稿件也有不少是不合乎严格要求的标准的。这就大大削弱了我们报纸的质量，大大削弱了我们报纸的指导作用。这就是我们需要大大提高一步的理由。

必须再三深刻认识我们报纸的任务是在于反映现实，交流经验，教育群众，指导工作。因此我们迫切需要有系统的反映实际，很好的整理、分析、综合、总结实际斗争的经验，找出规律，指导实际运动。实际斗争是日新月异的，每天在发生着新的问题，每天有解决各种新的问题的新的方法与新的经验；我们无数的干部和广大群众每天不但在做着各种各样的工作，而且重要的是他们还用了各种各样不同的方法在做工作，因此，我们的报导不但要反映现实中存在着什么问题，提出这问题，而且更要报导这些问题是如何被解决的。我们不但要介绍什么人做了什么样的事情，而且更要说明他是怎样做的。问题解决的好坏，工作做的好坏，其中有许多宝贵的经验，解决得好的，做得好的，其经验就要推广；解决得不好的，做得坏的，其教训就值得警惕。这样不但正确的反映了现实，而且也交换了经验，教育了群众，指导了工作；这里也就包括了正确的批评与自我批评的作用。

但是要做到这些是不容易的，必须强调编辑、记者、通讯员及一切领导机关、领导干部共同动员起来，进行深入的采访、调查与研究的工作，以毛泽东同志的思想为指导，向实际进行系统的深刻的调查研究，深入到实际工作的里面去进行采访，不依靠浮光掠影与道听途说，而依靠老老实实的亲自动手去搜集材料，发掘问题。少发表上层机关的报告指示，多发表下层实际的生动的事例；少写冗长的琐碎的一般化的通讯，多写能提出问题、解决问题的有中心有价值的精炼的新闻；少写以至不写罗列现象铺陈条文的华而不实甚至不华不实的总结文字，要写结结实实的从实际经验提高到理论，指出运动规律能够指导运动的文字；少写或不写别人别处已经常见过的重复的雷同的事情，多写一时一地某人某事的新特点、新经验与新方法。不要企图一下写出一个面面俱到无所不包的全面性大文章，而等待材料，结果事过景迁，成了马后炮而丧失了指导意义；要抓住一个典型，一个侧面，一个问题，站在运动的浪头上，及时报导，以推动实际。

　　目前报导工作落后于实际的现象是急需克服的，去年张瑞合作社的经验我们自己没有及时的研究与总结，各地劳动互助社的经验我们没有及时的研究与总结，今年大生产运动比起去年有什么新特点新经验新创造，至今没有系统的报导，在大生产运动与发动群众贯彻减租政策中各阶层人民的经济生活起了什么重要的变化，至今也很少报导，这是说明我们报导工作落后的一些例子而已。而报导工作的落后在一定的意义上说来，也是反映了实际工作中的落后性，因此有必要大声疾呼的要求全党全军及政府、团体一切干部与群众，和新闻通讯工作同志在一起，大家起来，把我们的报导工作提高一步。新闻通讯工作同志要努力深入探访，加强调查研究，各种工作岗位的各级干部人员也要大量利用报纸，供给报社、通讯社以一切可能的材料。不但要首长负责，亲自动手，组织大家，做了工作就进行报导，而且一定要把报导的质量在理论与实际结合的前提下提高起来。在克服报导工作的落后现象，提高报导工作的努力中可以连带提高了我们的实际工作，克服我们实际工作中的落后性。

（原载一九四五年七月十三日《晋察冀日报》第一版社论）

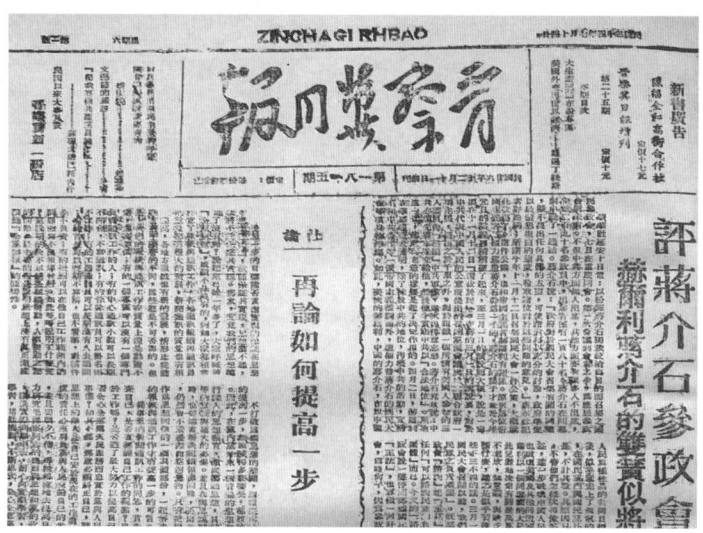

再论如何提高一步

　　□□一步的目标能够贯彻实现的保证在思想。□□□□□，就能保证其实现，思想搞不通，□将不能保证其实现。那末，究竟我们的思想搞通了没有呢？说起来已经一年多了，大家呼喊着"全□□□"，成绩不是没有的，例如大家都相当在意了报纸与通讯工作，各地通讯组织与通讯员□□□都有很大的发展，新闻通讯的质量也有相当提高，各地方报纸也有新的发展，情形比从前确□□阅读□的不同，这些都是不可否认的。但是，□们的报纸与通讯工作在质量上还是动荡不定，忽高忽低；有的一个专区可以没有一个专门负责通讯工作的人；有的中心通讯小组可以长期不开会，不写通讯；有的骨干通讯员可以挂名而不工作；有的工农通讯员可以长期没有人去过问；有的首长可以长期不写稿，也不□稿，对稿件全不负责；有的机关可以在他自己工作范围内的问题而写不出报导材料。如此等等说明了什么呢？□□说明的决不单纯是组织变动，人事变动之类的问题，最主要的还是说明思想上没有真正彻底□通"全党办报"的重要性。

不打破这个思想的难关，则报纸与通讯工作的提高一步，无论喊得多么响亮；都将流入空谈。因此，在党内党外来一个普遍的思想动员，进行深入的思想教育，彻底搞通思想，目前还有头等的意义与极大的必要。并且在与思想动员的同时，也要适当解决组织领□问题，否则光谈思想，仍然会不着边际的空洞□物。只有把组织问题作为思想问题的一个具体部分，一起解决，我们的报纸与通讯工作才有提高一步的可言。

从事党的新闻通讯工作的同志，首先应该检查自己，是否有轻视自己工作的观点？自己安心于工作吗？是否尽了最大努力以提高自己呢？是否全心全意为人民服务而忠实于党与人民的新闻事业？如其不然，那就必须纠正自己，战胜自己思想上的敌□。使自己安于现在的工作岗位，以高度的责任心来□□党与人民交给自己的光荣担子，并且要朝夕不保，□精竭虑地去提高自己，努力研究毛泽东同志的理论与思想和党的政策方针，□□进实际问题中去，耐心向实际学习，向群众学习，开动机□，不断思考，全心全意为人民大众埋头服务。领导上也必须注意，不仅仅是给予新闻工作者以原则的指示，使他们懂得实际工作的大致轮廓与一般概念，而必须多方具体帮助他们了解与研究党的各种具体政策及各时期中心工作进展的过程，使他们熟识实际斗争的全面。选拔政治质量坚强的干部担任报纸与通讯工作而又给以切实的帮助与培养，这样与他们自己的努力结合起来，才能使他们的政治理论水平，与实际联系和与群众联系的本领得到迅速的提高，使他们的工作质量能够日益适合于党和人民的要求。

在全党、全军和政府、团体各级组织、各级干部中同样必须思想上进行普遍的检查与动员，要把通讯报导工作与自己的业务和各种实际工作统一起来进行检讨。要找出由于□□基本原因，使我们的报导赶不上实际运动，赶不上群众的斗争，甚至于落后于其他解放区。其中有那些是由于我们在实际工作中根本没有引起注意，因此无法报导；有那些是由于我们官僚主义的作怪，而放松了报导或□于报导，又有那些是由于我们本身存在的其他什么思想上的原因而没有报导。要检查我们对报纸与通讯的性质和目的□在□什么样□认识和观点，检查我们是如何利用报纸的。在这里，我们最好读，读毛主席在一九四二年四月一日解放日报改版的座谈会上的讲话，根据毛主席的批评与指示联□我们自己的思想来进行检讨，特别是负责干部更要检讨。毛主席指出：利用报纸应当是各机关的经□□务之一，经□报纸把一个部门的经验传播出去，就可推动其他部门工作的改造。因此，利用报纸，通过报纸指导工作，为报纸写稿不应该是领导机关与负责干部的"额外□担"，而应该是其"本份工作"之一。

在领导机关□负责干部打通思想的带头作用□亲自动手之下，我们就有可能把新□通讯工作的组织领导问题加以解决，各级通讯组织不健全，对报纸提高的障碍与困难就可以消除大半。大家下一个决心，拿出力量，一定能够充实与健全其组织，我们就将不可能也不允许再有一个分区找不到一个通讯工作的专人，将不会再有徒有形式的中心小组与徒有虚名的骨干通讯员，对工农通讯员的培养，就会被切实注意，机关首长对写稿看稿的责任心也会加强。通过这些组织的推动，也就能够用各种方法组织群众看报、读报、写稿，使广大群众参加□□，我们报纸与通讯工作的提高一步就有了强大的力量的依靠。

在把新闻通讯工作提高一步的运动中，我们要学习三十□从领导到群众全体办报的模范，学习三分区□给□□□□集体写作，开展通讯运动的经验，学习冀晋全□展开七月□报运动的榜样，把提高一步进成为群众的运动，使我们的报纸真正从群众中来又到群众中去，为人民服务又指导着人民，使报纸真正成为人民群众最实际最生动的教科书和人民大众自己生活与斗争中不可□少的武器。

（原载一九四五年七月十四日《晋察冀日报》第一版社论）

三论如何提高一步

我们的报纸是组织群众、教育群众而为群众服务的,因此,报纸办的好坏,其基本标志就看它与群众有无联系和联系程度的如何。毛泽东同志教导我们"要全心全意为人民服务,和人民群众密切联系在一起",那末就请检查一下我们与群众联系得如何吧!

几年来,特别是经过整风运动后的这近一年来。我们大家都知道联系群众,加强群众观点,从群众中来到群众中去的群众路线等这一系列的□论、方法与作风,并且确实在实际工作中有了改进,表现了许多进步。但是我们丝毫不能因此而自满起来,不要以为我们已经反映了不少群众的生活和要求,介绍了不少群众的斗争经验与创造,介绍了不少的群众英雄模范与典型，表扬了不少的好人好事，批评了一些坏人坏事，从群众中学到了一些东西，也给予了群众一些知识，就自夸有成绩而自鸣得意了。要知道我们的进步，比起人民群众的蓬勃发展，实际运动的日新月异和伟大时代的破浪前进的速度相差真不可以道里计，我们还远远地落在后头。而且就从已经反映了的，介绍了的，表扬了的、批评了的一切事物和已经从群众学到的给予群众的东西来说，有许多内容也还是□乏得很的。因此，从今天已有的成绩的基础上，从现在□□的这一地步□，再向前提高一大步，仍然是非常迫切而刻不容缓的。

实际生活与斗争的主人公是广大的人民群众。因此反映到报纸上，我们的主人公照理也应该是人民群众。然而现在的情形并不完全如此，我们主人公的地位表现得还很不显著，在许多场合仍然存在着喧宾夺主的现象。看看我们登载上层机关的指示、□电、报告、总结不是仍然很多吗？而从群众活动方面反映这些指示和总结是怎样从群众中来和怎样到群众中去的情形不是仍然很少吗？在一个群众自己的集会场合中，我们报导真正属于群众的具体生动的言论、行动不是也很少吗？而报道上层人物的言行姿态不是还太多吗？总的一句话：我们的笔墨□□□用在表现上层活动的还太多，用在表现下层群众活动的还太少。

但是，我们的笔，它有神圣的职责或义务，就是它必须用来写群众，而且还必须写得真实，写得深刻。群众的生活、要求、经验、创造是多种多样的，是不断发展不断变化的。有不同的人物，不同的时间、地点和条件，就有其不同的特点、不同的创造与经验，这些就构成了新□丰富而生动的事迹内容，绝对不是用一般化的公式所能概括得了的，然而我们现在又恰恰是多了一些公式化的一般化的报导，而且动辄就是连篇累牍的长篇通讯与论立，甚至在群众中已经过时了的和众人周知的政治空论还占了很大比重。我们应该再读一读列宁"论我们报纸的性质"那篇文章，他早已明白地告诉我们："那些简单的，众所周知的，明了的，为大众所大抵知晓的现象……用不着重复议论，而只要写上几行，以电讯方式印下旧的、众所周知的，早有评价的政治底新的表露就行了……□搜集、缜密检查及研究新生活的真正建设的各种事实……少登些政治的空谈，少等些知识分子的议论，多接近些生活，多多注意□农群众存在事实上在其日常工作中怎样在建设新的东西。"这一篇□在一九一八年写的文章对于一九四五年到今天的我们还是非常必要的批评与指示。从此我们应该记住了：要用最大的笔墨与篇幅去写群众，写得真实、写得深刻，又要写得精练，写得简短，更要特别注意写新的东西。不论记者、通讯员和任何执笔写稿的人，决不要仿造别人的文章，雷同别人的样式，不要人云亦云，要知道别人的文风并不见得都是新的好的，而且即使是新的好的，一模仿起来很快也都成了公式，要紧的是忠实地去写群众生活与斗争中无穷发展着的新鲜东西，也只有这些新的东西才是新的文风的唯一的源泉。

写群众要写得好，还要老老实实的去学群众。不但要学群众的创造经验，学群众的英勇诚实，而且要学群众的习惯语言，使我们的报导真正能够体现广大群众自己的生活与斗争，而为广大群众所喜见乐闻。在这一方面，我们现在的弱点也极严重，虽然像从前那些下决心不让群众看懂听懂的语言文字已经极少见了，但是如毛泽东同志所指□过的像个"□三"的那种语言乏味的东西，至今仍然充斥于我们的报纸。大家经常可以看到许多为群众所不喜闻乐见的冗长的文章和取消群众生动语言的记录，以及生吞活剥群众语□的标题在报纸上出现。这些如果我们不痛下决心加以彻底改变，我们就将没有办法去写群众，将无法与群众建立更密切的联系。

要建立报纸与群众之间的最密切的联系，最彻底的与最完善的方法还要靠群众写、群众办。吸引广大人民，特别是工农群众来为报纸写稿，把通讯工作建筑在广大群众的基础上，这是大家多年以来的愿望，然而我们并没有在这一工作上花费一切必要的气力。应该反省我们对工农通讯员的培养，做了一些什么工作□有的地方曾经注意培养了一些为什么又垮下□，我们在领导上对工农通讯员究竟如何认识的，如何估计他们的作用？是在口头上不敢否认和不敢轻视，而思想上报着消极与轻视的观念呢？还是心悦诚服的真正以他们为主人，而努力培养他们，为他们服务了呢？当大家都呼喊培养工农通讯员的时候，马上找到几个"工农通讯员"以为点缀，这种现象是存在的，但是，其结果没有别的，只是严重地障碍了我们报纸与群众的密切联系，障碍了我们报纸的提高。

今后我们必须完全根据群众的意见来办报，群众需要各种科学知识与参考材料，群众有许多疑难问题要求解答，有许多兴利除弊的意见要求发表，我们都要用可能的篇幅来满足他们的需要。冀晋区党委最近号召的爱护运动中，以批评党报为中心之一，这是非常有意义的，它将会增强报纸与群众的联系，我们应该诚恳的欢迎读者群众对报纸各种批评与建议。只有我们的一切都从广大人民的利益出发，一切为了服务于人民大众，我们的事业才有它的生命和意义，只有努力写群众、学群众、教群众、又使群众写、群众办、我们才能真正实现与群众密切的联系，我们才能提高一步。

（原载一九四五年七月十五日《晋察冀日报》第一版社论）

深入学习七大文件

中共晋察冀分局号召在全□区开展七大文件的学习运动以后，各级党政军民机关部队团体学校已先后开始进行"论联合政府"的学习。边区级各机关，在一星期至十□的初步学习中，一般干部对于七大及毛主席报告的历史意义与重要性获得了进一步的认识，在粗读、测验、笔记、座谈等学习方法之下，收到一定的成绩，具备了逐渐转入精读阶段的条件。冀晋区据报告已经结束了粗读阶段，陆续进入文件的分段精读；冀察区据报，也已进行了将近二个月的一般阅读的谈论，七月份重新布置开始深入学习；冀中区也已开始了一般干部的阅读与讨论。现在这个学习运动正继续开展，并且吸收了许多党外人士参加，日益扩大其规模，逐渐成为广泛的群众性学习运动。

目前□学习运动，已经提供了一些较好的经验与方法，如□局党校建立互助组，进行问答与漫谈□进而采取自由结组进行专题讨论与研究，分局机关从讨论与反省对七大的认识转入学习毛主席报告；军区司令部与政治部采取了集体学习、小组漫谈、坚持两小时学习制度，并对中下级干部采取讲解、启发问题与自学讨论相结合的方法，现在已经结束了粗读阶段，进入精读的阶段；边区抗联采取学习文件与提高工作相结合、学习文件与个人思想反省相结合，干部学习与工作小组对群众的宣传相结合等方法，并且发扬民主，实行典型示范；公安管理处支部出版学习通讯以组织学习讨论；报社机关进行干部测验；冀晋区党委直属单位和冀察冀中区各机关也都采取了漫谈、讨论与阅读文件互相交错结合和思想斗争结合，联系本地区实际问题，联系干部思想检查及民主互助等方法。此外还有许多机关都进行了对杂务人员的讲课，吸引他们学习。这一切方法都有助于思想的酝酿与学习热潮的造成。现在的问题就是如何根据已有的基础，全面深入七大文件的学习。这就需要加强领导，发扬群众的创造性与积极性，采取更多的方法，更广泛的搜集经验，交流经验，规定统一的步骤与必要的制度，更加推进这个学习运动。

但是，目前学习的缺点还是很多的，一部分干部对七大文件的重要性仍然认识不足，看成"没有生命新鲜内容"的一般文件；一部分干部则走马观花，粗枝大叶，断章取义，空谈泛论；一部分干部学习不紧张或者钻不进去，有的领导上则任凭自流，这就使得整个运动的发展表现着严重的不平衡和比较的松懈。所以如此的原因，有的是由于盲目与自大，好猎奇而不务实际；有的是由于对党史的不了解，学习发生困难；有的则是由于教条主义的为害或经验主义的作怪，而其基本关键还在于领导。

思想领导与组织领导在这个学习运动中都是特别重要的，而首长负责、自我学习则是领导的中心环节。县团级以上是目前学习的重点，因此，县团以上的负责干部必须以身作则，自己首先认真学习，认真阅读思考与研究文件，认真学习掌握毛泽东同志的思想，认真吸取党与中国革命近二十余年来以至近百年来的丰富斗争经验，求得精通党的路线方针与政策。如果领导干部不认真学习，对各种问题在自己思想上还弄不清楚，就不可能去帮助别人学习，不能领导学习。因此必须强调首长负责，加强自我学习，各单位的领导骨干有必要组成核心小组，深入研究，交换心得，统一思想，以便有效地领导各单位的全面学习。

在领导方法上，必须广泛的发扬民主，发动群众，自下而上的学习，大胆放手让大家发言、质疑和议论，根据过去时事学习与整风的经验，组织小组的漫谈、讨论、研究、酝酿成熟时以机关为单位组织论战还是较好的方式，但不轻易进行大的论战，因为如果未经充分准备与思想酝酿而举行大规模论战的结果，往往会牵制于一两个名词与概念上争论不休，浪费时间与精力，妨碍全面弄通思想。过去有的地方在大论战中虽然使不正确的思想得到了纠正与克服的机会，但正确的思想部分却没有充分的发扬，以致没有建立起正确的思想系统，这个经验值得注意，以防止重复这种缺点。今天的一切方法必须以帮助干部弄通思想，全面了解政策为目的。在这一目的之下，要采取各种各式启发大家的思想，从许多纷纭的紊乱的意见中，慢慢引导到原则问题上去，从肤浅的认识引导到深刻的内容中去，对于夸夸其谈和背诵文件的人，要从实际问题方面多加提示，以不同的具体的提示引导他们走向实际的研究。在个人与小组学习达到一定程度时组织一个单位的大讨论与小的论战才能真正使学习深入。领导机关在一定时期，根据平日检查汇报所搜集的材料，对一定的问题作必要的解释与报告是必需的，因为这样能够加强学习的思想领导。这种解释与报告的内容，不只是理论问题、原则问题，而且也包括学习方法的检讨与指导，要纠正一些空谈国内外形势的不研究实际政策，死读与背诵文件，而不钻研具体问题，光开会讨论而不研究材料，只喜欢听讲而不努力自我学习等等偏向与一切教条主义形式主义的学习方法。

在组织与制度上，目前有必要加强与健全起来，除执行战斗任务及处理特殊紧急工作之外，一切机关，部队，全体在职干部，每天应保证平均三小时的学习时间，统一规定，在此学习时间内、开会、会客、接洽工作及日常政务须完全停止，学习期限不可能过短，应根据具体情况加以延长。学习□报制度应逐级建立起来。每种文件的学习，又必须规定精读时间，每人应有学习笔记，小组交换检查，笔记要写心得，不要抄书，精读到一定的程度时，再组织小组讨论及其他。精读与讨论时□□必要的参考材料，但不必死板规定多少种，更不应该死读那些参考书籍，而应该以自己研究的问题为中心去吸取材料。各单位根据实际需要，出版学习墙报和刊物是有作用的，重要的经验与学习总结，利用报纸发表，则帮助推动学习运动的作用更大，我们希望大家都能注意利用报纸，作为全面深入推动学习的一个有力工具。

区乡干部及一般农村党员，虽然暂时不组织文件的学习，但是利用时间组织读报、把报上关于七大的主要材料与主要问题，进行通俗的介绍与解释，帮助区乡干部党员了解和在群众中宣传仍然是必要的，我们在七月节的宣传中虽然进行了一半的普遍宣传工作，而且比过去的宣传获得较好的成绩，但这还是不够大，今后还须加强深入广泛的宣传。我们应该学习阜平合作英雄陈富全宣传七大决议的经验与方法，也应该学习云彪三区的干部在反抢麦斗争中进行集体学习的经验□方法，进一步把它推广起来。在区乡干部的训练班中进行关于七大决议的扼要讲解同样也是必要的。

七大文件的学习，现在已经达到，而且必须进入全面深入的阶段了。但这一深入学习的任务是较为长期的，全都学习与掌握文件的任务更是长期的，这个任务的完成，除了领导的加强与发动群众的创造性与积极性之外，将是不可能的，因此我们必须在领导方法与学习方法上，再三注意，不断求其进步。

（原载一九四五年七月二十六日《晋察冀日报》第一版社论）

开展边区民主大选举运动

边区民主大选在本年秋收前后，各地区都将开始举行，这是边区第二届的大选举，而且这一届选举运动是与解放军人民代表会议代表的选举结合在一起的，这就更增加了这个选举运动的意义与重要性。虽然边区的民主主义不仅限于选举，尤其重要的是民选政府真正为人民大众办事谋利益，八年来它不但在人民直接的参加与管理之下，而且组织了人民的经济生活与文化生活，保障了边区人民各种民主自由一直到武装的自由。正因为如此，边区人民在过去大选举运动中曾经表现了十分高涨的参政热忱。一九四〇年第一次大选，据不完全的统计，北岳区参加县选的选民达全体公民百分之八十六点三，参加边区参议院选举的达百分之九十一点一，远超过任何资本主义国家的选举纪录。人民在掌握□□上并不像国民党所说的"中国人民还不会运用民权""选得训他几年"，相反的，八年来边区民主政治建设的经验，证明中国人民完全能够而且善于管理自己的国家大事的。今年的大选举在边区人民八年来丰富的民主斗争经验与民主生活的基础上来进行，我们相信必然会得到更大的成绩。

目前全中国抗日人民和各抗日民主党派及一切爱国人士，正展开为争取实现民主联合政府的伟大民主运动，而这一运动的主力正是我敌后解放区的人民，因此，今年我边区的民主大选举无疑的更将有力的推动全国民主运动的发展。

为了胜利的完成今年的民主大选举，我们必须的思想上和行动上进一步贯彻党的"三三制"政策。数年来我们基本上执行了"三三制"政策，因而能够团结了各阶层人民共同抗日，建设了新民主主义的巩固阵地。但必须指出，这一政策的贯彻还是非常不够的。由于部分干部对"三三制"政策认识的不够与偏差，因而在执行上存在形式化、找不到人勉强凑数及党员包办代替等倾向。这些尽管是局部的个别的现象，也必须引起我们深刻的注意。应当认识"三三制"政策是我党在新民主主义革命阶段关于政权组织的具体政策。"三三制不仅是符合于全体抗日人民的利益的政策形式，三三制还是锻炼我们的党员，我们的党的组织，使之真正成为全体抗日人民、整个中华民族的利益的代表者，成为引导他们走向胜利之路的带路人的必须途径。"（解放日报社论）应当认识党外人士中存在许许多多公正贤明与群众有联系的人□，只要我们打开狭隘圈子，深入群众。就会发现他们，共产党员有义务与党外人士合作，无权利排斥党外人士，只有如此，才能进一步团结全民，战胜日寇。

在大选举运动中，各级政府应广泛发扬民主，号召全体人民展开批评领导与批评工作批评政权工作人员的运动，使一切抗日人民，真正的做到

"知无不言，言无不尽"使人民□□□的一切□□□共对政府各□政策该□的意见，都□□□出来。各级政府干部□□尤应根据□□人民服务的忠仆，一切从人民的利益出发及同人民负责的思想，深入地反省自己思想上，工作上，作风存在的缺点与错误，坦白地进行自我批评，只有在干部认识的自我批评的基础上，才能真正地开展群众的批评运动，各级政府在人民代表会上的工作报告，应当是实际的而不是表面的，克服只谈成□而不提缺点的不良倾向，各种选举机关在办□选举中同样地应贯彻民主作风，一切应根据政府法令，尤应尊重公民资格，不应随意剥夺公民选举权利。在民主精神广泛发扬之下，人民参政积极性必然会□加提高□真正能够代表人民利益的份子，必然为群众所□□而被选举，脱离群众不关心人民利益的干部，必然得到人民的教育，而一切奸细特务份子必然为群众所□别而深恶痛绝之。只有如此，才能保证选举的胜利。

第三，在大选中应进行广泛深入的宣传动员工作，掀起参政参选热潮，发动并组织各阶层人民的竞选。在贯彻"三三制"的精神下，应重视英雄模范在边区各种建设中的伟大作用，使既能有在实际社会事业中产生的为人民衷心爱戴的各阶层优秀代表当选，又能有各种运动中产生的□群众有密切联系的群众领袖当选，使村代表会、县议会、边区参议会真正成为□□□阶层利益并与广大人民有密切联系的强有力的人民代表机关。在选举中应重视妇女的政治地位，深入动员妇女选民，积极参加选举，使有一定数量能代表广大妇女的领袖当选，在边□地区更须将民主运动深入到沦陷区去，吸收沦陷区忠诚抗日的人士参加□议会及边区参议会，经过民主选举运动，使抗日民主政权□沦陷区同胞发生更密切的联系，更好的开展沦陷区工作。

第四，大选工作应根据不同地区不同情况，具体进行，在一般巩固区，应在进一步领导开展去生产运动，贯彻耕三余一及发展农业及副业的模范上进行大选，宣传竞选尽可能利用生产空隙通过□工组织生产会议等进行，使一切选举活动不□□□能□动生产，选举大会□□隆重热烈的召开，□□□人数，力求□□，但应避免形式主义与□□主义的倾向，发扬选举中实事求是的精神。在新解放区，民主政治的实质首先应当是放手运动组织群众贯彻基本政策，使群众得以从封建□□下抬起头来，因此大选工作必须与减租、清算、改造负担办法及贯彻改造封建劳力所把握的旧村政权等工作相结合。在发动组织群众贯彻政策的基础上尽可能进行□选，在群众尚未发动起来，群众迫切要求政策的贯彻或情况不许可的情况下。可采用间接选举、推选及聘请等办法，而在沦陷区亦应宣传介绍我边区民主建设□□成绩及此次大选的重大意义，适当的吸收沦陷区□日民主人士到选举运动中来，进一步开展城市工作，使解放区民主运动与沦陷区地下军运动有力的结合起来。边区子弟兵亦应掀起□政竞选热潮，广泛发扬民主，在大选中进一步贯彻拥政爱民政策，尊重政府的思想教育，深入爱护人民，巩固全军的团结、以扩大解放区的新□利，迎接民主大选举，在领导上，各级选委会应在政府领导□□，统一步调，集中力量，动员全民，参加选举。

第五，认真的健全人民代表机关。尊重与□视人民代表机关。为使各级人民代表会议能开得好，□□正解决问题。各级政府驻会机关应当进行各中工作的准备并认真的总结工作。各级领导机关尤应深入研究第一节边区参议会通过之□□条例，根据工作发展形势，深入群众进行调查研究，积极准备材料，提供第二届参议会讨论通过适合新的情况的条例法令。

今年边区民主大选是边区民主政治发展的新阶段，它是整个解放区与全国民主运动伟大浪潮中的重要组成部分，全体人民动员起来，为胜利的完成各级选举而斗争！

（原载一九四五年七月二十七日《晋察冀日报》第二版社论）

大力加强大生产的领导

七月初各地已□□下雨,秋苗日大体全面播种;小苗已大半锄过,仍在紧张进行。摆在我们夏秋生产工作面前的中心任务是:保证秋收,组织副业生产,克服困难,向既定的目标前进,这就必须打破等待思想,用大力组织锄苗、防洪、防虫(特别是防蝗)、防旱、补肥。今年年景各地情况不一,一般虽已不丰,但要增加人民收入,在省吃俭用之下,仍能有盈余,就必须用大力组织手工业、运输运销等副业。因此,边府七月二十九日生产工作的指示提出防灾备荒,争取耕三余一的口号是完全正确的。实现这些口号的决定的环节在于领导。

今年上半年大生产的领导工作,除有些地区外一般是松懈的。这在客观上虽有任务□多，下雨过晚，组织改变，干部调动等原因；但主观上的缺点则是主要的。从半年来的实践中证明：全边区党政团体，对于毛主席的思想："物质力量的准备，就是一切工作的根本"，认识仍有不足；因而把各种工作平分春色，未能抓紧经济建设的中心一环。靠天吃饭的思想普遍严重存在，组织起来，人能胜天的思想，没有确立，因而对生产的领导一般采取了观望等待态度。龙华四月五日各村区大秋作物已基本上播种完毕（只剩三千三百亩山坡薄地未种），都抓住了苗，克服了旱灾的威胁。□□到今年三月底组织群众挖蝗卵三万一千八百余斤（每斤八万个卵），□□正了蝗灾为患。这些人能胜天的范例，值得各□普遍学习。半年来群众生产情□一般是高涨的，在组织起来（户计划，家庭会议，组织劳动力），精耕细作（特别是水利）方面是有许多新创造的；但领导上的重视不足，培养帮助英模很差，这说明群众观点不够坚强。在思想上由于山头主义的作祟，致生产委员会的力量削弱，政府与抗□干部都对生产的领导远赶不上去年，合作社与抗联工作的结合，没有贯彻群英大会的精神。因此党政民在领导上□够统一，步调上不够一致，使得领导工作落在群众运动之后，使得工作受到不□□的损失。

由于今年落雨较晚，使得一向七八月比较□□的季节，变成比较农忙的季节，而防灾备荒，争取耕三余一的□□任务，必须用大力加强领导工作。因此，必须从思想上、组织上、领导方法上解决一些现存的问题。

第一，防灾备荒与耕三余一的口号是不是有矛盾呢？防灾备荒与争取耕三余一都是积极的行动口号。目前秋禾虽□大体全部下种；但秋收并不是垂手可得。旱灾的威胁在许多地区仍未过去；滹沱河□河在冀中决口，为□十余县，秋涝有绝大的可能性；太行、冀南连年蝗患，夏秋飞蝗仍有□时威胁我区可能；各种虫害——如稻蚕、黏虫、花媳妇——亦□在难免。因此用大力组织群众与各种灾害作斗争，□□□□，才能保证秋收。□的情况说明：局部地区的□□，已不可免；节约，省吃俭用、采野菜、储树叶，是为了备荒的长期打算。而耕三余一的目的，正是备战备荒。耕三余一是我们三年的行动口号，今年秋收虽较□，但植棉计划均已超过，只要用大力加强农业生产的领导，积极组织群众副业，开展节约运动，仍可增加人民收入，达到耕三余一的目的。阜平皂□□，全村四百三十人，水旱地每人平均不及一亩，村合作社在"每家要有一种副业"的口号之下，组织了烧酒、毛织、造纸、□粉、卷烟五种副业，据春季计算，单工资一项，就可解决二百五十人的生活问题，这一范例，是值得各地学习的。因此，反对生产领导上的自流□向与对耕三余一的右倾思想是十分重要的。

第二，民主建设与经济建设的关系怎□呢？就我们实行了三三制与减租政策的新民主主义社会来说，经济建设是民主建设的中心内容。就毛主席所指出的一九四五年的任务来说：除□扩大解放区开展城市工作以外，开展大生产运动是我们全年的中心任务，而前者与后者是相互□联，并且特别有利于我们经济工作的开展。因此，政府与群众团体应用较大的力量领导经济工作。经济工作一□好各种创造就都出来了。今年的民主大选运动，必须围绕着大生产运动进行：公民小组尽可能与拨工队相结合，竞选与组织防灾备荒，组织副业□□相结合，民主选举的宣传工作利用田间、□坊、拨工□□会来进行，村民代表会的中心内容应该检查讨论本村的□□建设，各级政府的自我批评应着□□于生产工作的□□。□之，认真贯彻"不违□时"的政策，这是□□干部群众□□的重要标准之一。在民主大选运动中，□□□的领□□□提高一步，以保证两千万人民的□□，保证供给。

第三，加强生产委员会，密切党、政、团体、合作社工作的结合。党、政、民、合的共同目的是为人民服务，各个组织间互相的成见必须排除，山头必须拆平。生产委员会是在政府领导之下的领导经济工作的专门组织，通过这一组织，要集中各方面的意见，统一力量，统一行动；因此，必须把生产委员会的会议、会报、检查制度健全起来，政府与抗联一定干部的结合办公制度建立并健全起来。使得大家都能掌握全部情况，掌握生产运动的发展。目前合作社的业务主要除积极发展农业外，应放在组织人民的手工艺、运输、运销上去，联系农业（贷粮、贷款、解决肥料、籽种、农具、牲畜等）；组织劳动力是党政民的共同责任，而抗联必须运用自己现成的组织负最大的责任。对合作社工作强调"党政领导"是正确的，各级党与政府的负责同志，必须贯彻亲自动手的精神，认真花时间花力量研究领导合作社的工作，负责解决问题；合作社应该经常向政府做报告。生产委员会在分工上必须指定专人搜集整理合作社工作的材料，有计划地听取合作社的报告，讨论合作社的工作。

第四，把"组织起来"的工作提高一步。检查、修正户计划，通过家庭会议与拨工队会议，把劳动力具体组织到锄苗、浇地、防洪、护滩、打蝗、手工艺、运输等具体作业上，使防灾备荒，争取耕三余一的口号，具体化到户计划与拨工队中，成为伟大的群众运动。在领导方法上再一次的提出：（一）贯彻"首长负责，亲自动手"的精神，各级党政负责同志，必须系统的而不是零碎片面地，经常地而不是偶然地，了解掌握全面情况，正确的提出一定时期具体的生动的口号，发现问题，纠正偏向，抓紧组织的检查。（二）团结骨干，有系统的比较有专人负责的领导英雄模范，反对乱访问，细腻研究总结英模在领导生产的每一个具体环节，以吸取经验，推动全盘。（三）加强"个别指导"。今年由于组织的变更，各级干部的大调动，县区干部急迫地需要指导群众的具体办法。县以上生产委员会，应随时总结典型经验，迅速推广。（四）加强通讯报导工作，这是传播经验，报告工作最好的方法之一，贯彻"全党办报"的方针，使党报□为领导生产的有力工具。

第五，部队机关学校生产，同样也须要加强领导。巩固部队机关革命家务，建立个人革命家务，是当前部队机关学校生产的行动口号。在公私两利的原则下，建立个人家务，对减轻机关负担、照顾个人及家属生活上是有好处。防灾备荒、节约、开展手工业，同样是部队机关学校生产须用大力进行的。总结典型经验（农业、手工艺、作坊）推动全盘也是很重要的。

第六，英雄模范的培养与发现，英模事□的调查总结，战斗生产展览品的准备与搜集，无论在群众中或部队机关学校中，都需要及时抓紧进行；以保证不发生"临时抱佛足"的毛病，不埋没一个英模，高级领导机关在群英大会开会前把大部分英模的事迹□掌握起来，缩短群英大会的时间；在展览会方面，要把今年扩大解放区与开展大生产运动的全面情况表露出来。

（原载一九四五年八月三日《晋察冀日报》第一版社论）

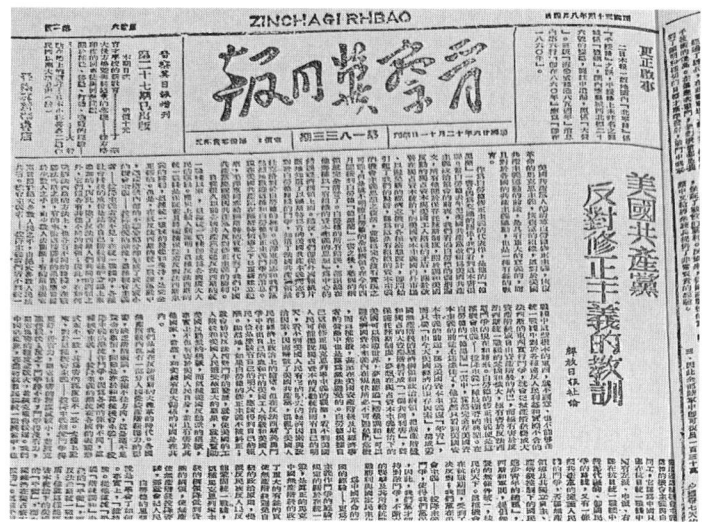

美国共产党反对修正主义的教训

美国共产党人的清算白劳德修正主义，恢复革命的马克思主义，恢复党的组织，这对于美国共产主义运动的前途，是具有重大的意义的，而且对于各国的共产主义运动，也是一种有益的教育。

作为白劳德修正主义的代表作，是他的《德黑兰》一书。因为交通的关系，我们看到这本书很晚。当白劳德去年把美国共产党改组为美国共产主义政治协会的前夜，我们看过白劳德的个别论文，所有他关于保存托辣斯制度，关于调和美国反动的独占资本与美国工人阶级的矛盾，关于改善在独占资本统治下的美国资本主义国内外市场，以避免新的经济危机的各种空想设计，即开始引起了我们的惊讶，认为这是有组织的资本主义的机会主义思想之复活，并认为完全没有实现之可能，但是就不明了白劳德的全部纲领。在今年四月间接到白劳德《德黑兰》一书之后，整个的纲领就完全清楚了。白劳德的所有错误，都环绕在他那种以"有组织的资本主义的思想"为中心的错误经济纲领上面。随后，我们即从外国报纸片断地知道了福斯特为首的美国共产主义同志们对于白劳德路线的斗争，知道了法国共产党领袖杜克洛对于白劳德的批判。毛泽东同志和我们党热烈地欢迎这种和白劳德修正主义斗争的消息。现在美国共产党在福斯特领导之下已重新建立起来，毛泽东同志给福斯特的贺电代表了我们中国共产党庆祝美国共产党人反对修正主义的胜利。

　　自从很久以前各国共产党发起反法西斯的统一战线以来，这种统一战线即成为各国广大人民的运动。历史上给人类证明：这种反法西斯但是统一战线是保证并且将继续保证着反对法西斯主义的胜利，这种统一战线的发起和坚持，是完全正确的。但是，在这反法西斯的统一战线运动中，无产阶级内部的不稳定部分却形成了或大或小的机会主义——投降主义的潮流，这种机会主义者——投降主义者看不见：在统一战线中，各种社会阶级的成份是站在自己阶级利益的立场上来参加的，因此，除了反法西斯人们共同的纲领之外，它们还各自有其他不同的纲领；因此，在如何战胜法西斯的方法上，也各有不同的路线。在战胜法西斯之后，有的主张这种胜利的果实应当归于少数人之手，由少数人去垄断；有的则主张它应当归于绝大多数人民之手，由绝大多数人民所共有。机会主义者——投降主义者们看不到统一战线中这些根本的东西，就不愿意、也不能够在统一战线中对于各种违反人民利益和实际不合的法西斯的东西实行斗争，就会把无产阶级变成大资产阶级或自由资产阶级的尾巴，而极有害于反法西斯统一战线的巩固和广大，极有害于反法西斯斗争的现在和将来。白劳德的修正主义便是这种机会主义——投降主义一种最显著的典型。在白劳德的《德黑兰》一书中，竟然完全在美国资本主义的前途上迷惑住了，他竟然只看到美国资本主义的前途，认为美国资本主义还"年青"，而只要"由今天美国经济的现存因素"，构成美国无产阶级的经济纲领和政治纲领，把无产阶级和独占的大资产阶级看成"一个共同利害"，要保护托辣斯制度，梦想在独占资本主义统治下的美国可以领导世界，梦想经过"阶级调和"可以避免叛国资本主义内在规律所必不可避免的危机，而这种危机，甚至在美国资产阶级及其经济学者的营垒中也是认为无法避免的。白劳德根据自己这种修正马克思列宁主义的观点，看不到美国人民可能摆脱独占资本的反动统治而有自己的明天，看不到美国人民有它的明天的经济因素与政治因素，因而解散了美国共产党，混乱了美国人民在经济上政治上的瞻望。但在反法西斯应有斗争中付出自己的血和汗的美国工人阶级和美国人民，恰是应该有自己的明天，应该得到自己的报酬。显然地，如果白劳德的修正主义不被纠正；就会妨碍反法西斯斗争的发展，就会使美国的工人阶级和美国人民遭受极重大的恶果，就是帮助美国反动派的猖獗，而这种美国反动派的猖獗，事实上不但有害于美国人民自身，并且有害于其他国家，当然，和美国有很大关系的中国是在其内。

我们是处在反法西斯的大变革的时代。各国无产阶级内部有一部分人因受资产阶级压力的影响，缺乏清醒头脑，掌握不住方向，这是毫不足惊奇的事情，问题是在于这种机会主义——投降主义的潮流斗争。因为各国的条件不同，这种机会主义——投降主义的潮流在各国的表现形式并不一致，其为害的程度也不一致。大体上说来，对于这种机会主义——投降主义潮流斗争得更好，更有力，则它为害的程度就较小，并被克复得较快；反之，斗争得不好，斗争得没有力，则它为害的程度就较大，并被克复得较迟。我们中国共产党，在进行抗日民族统一战线当中，也实现□□□机会主义——投降主义的潮流，我们这里的机会主义与白劳德的修正主义大抵异曲同工，它认为中国只有抗日与不抗日的分别，否则在抗日统一战线中各阶级因为阶级地位的不同□有左派、中派、右派的区别（不分左中右），否认在抗日统一战线中有一条以大地主、大资产阶级为代表的、即国民党反人民集团的反对人民战争的路线，又有一条以无产阶级为代表的、即中国共产党的拥护人民战争的路线，否认这两条路线的斗争，否认无产阶级在统一战线中政治上的领导及其独立自主、并把无产阶级的政党和大资产阶级控制下的国民党看成一样，的所谓"优秀进步青年的总汇"，否认国民党反人民集团是法西斯和军阀，提倡无产阶级对于大地主大资产阶级的无条件统一，抹煞抗战之胜利应该是中国人民的天下。这种机会主义——投降主义的思想，在抗战期间，受到了我们党领袖毛泽东同志所坚决反对；我们党在毛泽东同志的领导下和这种机会主义——投降主义的思想经常地作了不调和的斗争，使得我们党保持了马克思列宁主义的统一，因此，我们党才能在八年抗战的惊涛骇浪中坚持对敌斗争，不断克服国民党反人民集团对人民的袭击及其所给抗战的危害，而领导了人民向抗战胜利与国家民主化的方向前进。

为中国革命的经研所反覆证明，也为世界各国的经验——更为美国这次共产党向白劳德修正主义作斗争的经验所证明；毛泽东同志所极明确规定的关于在统一战线中既须联合又须斗争的政策，是真正的马克思列宁主义的政策。这不但是中国无产阶级的政策而且对世界各国无产阶级作了重大的有益的贡献。只有又联合又斗争，才能使无产阶级避免自己的孤立，又才能鲜明无产阶级的政治原则，提高人民的政治觉悟，克服反动派反民族反人民反民主的政治企图，也因此，才能巩固统一战线，才能扩大统一战线。如果对于这种马克思列宁主义的政策有所动摇，使无产阶级的纲领降低到资产阶级甚至买办封建法西斯集团的纲领，使无产阶级变成它们的尾巴，那就是使无产阶级投降资产阶级，那就没有什么统一战线，那就会把人民的事业引到失败的道路。

白劳德的思想方法论是完全错误的。他自己说是"学会了如何在地震与波涛之中维持平衡"。事实上，"维持平衡"——就是他的思想方法论。

从他这种"平衡论"出发,他就这样梦想经过"阶级调和"去维持反法西斯统一战线中各阶级的"平衡",而不是要经过人民的斗争去克服反法西斯统一战线中所存在而又是必不可免的矛盾;他就这样想经过"阶级调和"去维持在独占资本统治下的美国资本主义经济战时与战后发展的"平衡",而不是要经过人民的斗争去克服美国经济在独占资本统治下所必不可免的"地震与波涛"。这种平衡论和马克思列宁主义的辩证唯物论是完全□□的,□□□□之□的东西,而且从来是各种机会主义者一种主要的思想方法论。在我们中国,不论在大革命时代的陈独秀投降主义,不论抗战时期所出现的新陈独秀主义,它们□于统一战线所采取的投降政策,只要联合不要斗争的政策,它们的主要思想方法论也即是这种平衡论。和这种平衡论的思想方法相反,毛泽东同志关于又联合又斗争的政策。恰是应用唯物辩证法一个最出色的模范。是平衡论呢?还是唯物辩证法呢?实际是真理的标准。实际拥护了唯物辩证法,打倒了平衡论。

美国共产党人反对白劳德修正主义的胜利,即马克思列宁主义在世界各国的又一胜利。马克思列宁主义是无敌的真理,又一次被说明了。我们中国共产党因为在毛泽东同志指示下,虽在很早就和我们党内那种与白劳德修正主义相类似的机会主义——投降主义做了不调和的斗争,因而得以避免它可能给人民事业更大的损害,但是美国共产党人这次和白劳德修正主义的斗争,对于我们党,对于我们全体党员,同样地是很有益的教育。

美国共产党人反对白劳德修正主义的斗争,对于我们中国共产党人给了些什么有益的教育呢,这就是:我们中国共产党人必须要更善于掌握马克思列宁主义;我们必须更善于向毛泽东同志学习,学习他如何应用唯物辩证法以决定中国人民命运的问题,他是应用得这样精明,至于百发百中。毛泽东思想是中国的马克思主义,是创造的马克思主义,而毛泽东同志这样的人物是列宁斯大林式的人物:他在战斗中是大无畏的和对人民公敌是毫不留情的;他在事情开始复杂化并当着在地平线上呈现某种危险的时候,不会发生任何张惶失措或类似张惶失措的心理；他在解决复杂问题，领导周密决定方向，周密估计正反各方面的时候是明哲而镇定的。不说别的，八九年来，我们是处在这样政治复杂而变化极端迅速紧张的时代，我们依靠毛泽东同志的领导，没有迷失了方向，我们和中国人民一起，战斗地向着胜利前进，这个最现实的生活就更证明了；毛泽东同志是对的，而一切反对毛泽东同志的是错了。毛泽东同志是我们有党以来各个革命时期和马克思主义的修正主义者斗争的模范，是我们有党以来各个革命时期和机会主义者、投降主义者斗争的模范。毛泽东思想——这是我们和一切机会主义相区别的标志。我们中国共产党人如果不善于掌握毛泽东思想，那就一定会离开马克思列宁主义，就一定会被机会主义所侵害，而败坏中国人民解放的事业。

提高学习毛泽东思想的课□，造成学习毛泽东思想的新热潮——这就是美国共产党反对白劳德修正主义的斗争所给我们的教育。

（新□社延安二月电）

（原载一九四五年八月四日《晋察冀日报》第一版社论）

进一步贯澈党的三三制政策

政权三三制是我党在解放区建设新民主主义社会的基本标志之一，是实现各抗日民主阶级联盟关于政权组织成份的一种政治规定。对于共产党人来说，我们必须与广大人民相结合，健全新民主主义的政权建设，作为全国人民建立民主联合政府的实际的榜样；而三三制的政权形式便是锻炼全党更好的为人民服务，团体与引导全体人民争取胜利的最好的一种革命组织形式。所以三三制政策，是党的真实的积极的政策，全党必须认真执行。

一九四〇年边区民主大选举运动，正值我党中央开始提出三三制的规定，选举的结果，我们基本上执行了这一政策；并将政权三三制列为边区施政纲领的一项。历年来在村选、县选当中,我们或动员选民,或自动退□,或经政府聘请,各地都曾努力于三三制的实现,与启发了各个阶层人民参政的积极性。一九四三年边区参议会的成立,在参议员当中包括着地主士绅,名流学者,科学家及技术专家,少数民族和宗教代表,及其他党派与无党无派的代表人物;七个驻会参议员中共产党员仅二人;九个边区政府委员中共产党员只占三分之一,这一切都合乎三三制的规定。但严格检讨起来,正如毛泽东同志在一九四五年的任务中曾指出的:"各地有做得好的,有做得差的",我们对三三制的执行原来就是不平衡的。又经过了一九四三年以来全边区厉行简政,一九四四年边区行政区划的大变革,干部大量调动,加以自然的与战争的影响,牺牲、死亡、以及少数混到政权中的特务破坏分子被人民所遗弃;这种不平衡性,就更加增大了。因此,今年边区民主大选举运动的中心任务之一,一方面是在大部地区要进一步贯彻党的三三制政策;另一方面对某些边□地区,对新解放区及过去还没来得及实行三三制地区,又是一个新的任务。同时为了认真贯彻三三制,必须与发□民主作风密切联系起来,毛主席在一九四五年的任务中曾指出:"共产党人必须和其他党派及无党无派人士多商量、多座谈、多开会,务使打通隔阂,去掉误会,改正互相关系上的不良现象,以便协同进行政府工作与各项社会事业。凡参加人民代表会议(参议会)工作,政府工作及社会工作的一切人员。不问何党何派,或无党无派,应该一律被尊重,应该一律有职有权。"这是必须执行的。

关于三三制正确的了解及其执行,应根据共产党员在人民代表机关和政府机关中不得超过三分之一的原则,尽量做到使抗日民主人士,各党各派及无党无派代表人物,并且他们的确是为群众自己所变成的,在政治上是变成坚持抗战,坚持团体的□□,被选举到政权中来。一切与此□□的。如"共产党三分之一,国民党三分之一,无党无派三分之一"或"按□□平均划分比例"的说法□都是一种误解或曲解。同时,决不能让反共特务破坏分子混入。对于新社会有地位的人□有进□□反动的□□。□□正爱国的国民党员与反动特务份子□□□□。□□□对于一切候选人，要□□□□他们的个人品质，□如□□□□抱有□心并有□□□？是否赞成民主□其言行是否□大□数人所反对？只有这样慎重的选举，才能认真实行三三制，而不是□□子，□□。

但上述三三制方□的实现，必须通过全体公民直接的，□等的，无记名的□□制度。我们共产党人区别于国民党统一□□的标志之一，便是我们不能指定人民选举共产党员，同样也不能指定□□选举非□□□□，这是确定不□的，□□共□□□的□□，要完全依靠党和党员在人□中取得了□切的信仰与衷心的□□，□在一切群众已经发动起来的地区，我们当是比较容易的。因此，共产党员及党的组织□必须站在人民之中，坚持实行毛主席所教导我们："共产党员只有对党外人士实行民主合作的义务，而无排斥□人继续一切的权利"的原则。我们必须□□□边区的战斗英雄与□□劳动英雄及各种群众领袖民主进步份子的□□活动。再次，要热心帮助□□持□外人士参政活动的积极性，实行竞选联盟。在选举之前，能动员群众批评领导□□□选代表，在高度民主基础上□□正确的领导，使选举结果能大体复合于三三制的规□，□□办法是很好的。党对□□的领导。又必须保持不脱离群众的原则，要照顾实际情况；使三三制一般的号召与具体实际相结合；要□过人民群众的选举□动，去调□政权人员成份，网络各种人□，使三三制□□质上的合□。一切违反民意，□制选举，□□包办，将执行领导机关所给的任务，与服从广大群众要求相对立起来的现象，必须□正和纠正。

对于不同地区须有不同的做法。并□政权尚未改造的地区，或形式上实行选举实际的政权仍□□在反动势力之手，其第一等任务便是发动群众，改造政权，把人民的压迫者推落下去，取得□□群众民主的优势，然后才能谈到□行三三制的问题，对于敌□政权斗争最尖锐的游击区，三三制政权人选首先要□□以适合继续斗争,实际上能维护人民利益为真正为人民兴利除□,要把执行三三制与保护人民利益结合起来,不能孤立的机械的执行。要看具体的地区情况□活运动。

最后,还必须着重指出,在一些已经实行了三三制的地区,要加强我们与党外人士的合作,□□政权□□的民主□□,与党员的民主作风,今年大选之后,三三制的实现,将更加□□□□,党员干部的民主作风就更显得重要了,它不但影响□□政府与广大人民的团结,而且将更加直接影响到政权内部的团结与□□□□,因此,在"七大"号召团结全党,团结全民族的精神□,一切在政权中工作的共产党员,应当虚心□□的群众的批评,认真检讨党□工作,贯彻党的民主作风,这是巩固我党□□□的团结,加强政权建设的重□□□之一。

(原载一九四五年八月三日《晋察冀日报》第一版社论)

当前的紧急任务

最近几天是远东时局发生空前未有的急剧变化的时候，随着苏联对日本的宣战，百万红军的迅□之势进入东北，不出两天，日寇政府即在不可抗拒的盟军威力前面和完全毁灭的威胁前面向本帝国主义侵略下解放出来，争取独立自由的日子已经降临了。

在兹历史转变的重要关头，我们中国人民应当清醒地认识当前的严重任务，坚定不移地奔赴自己的解放目标。日寇政府已经要求投降盟国。但是日寇的广大武装还待迅速解除。在我国战场上，五十八万敌军和将近八十万的伪军还盘踞着广大地区和许多城市交通要道。我们要依据波茨顿盟国要求日本无条件投降的宣言，迅速□除敌伪军的武装，收复一切敌占城镇交通要道，把沦陷区一万万六千万同胞赶快解救出来。这便是中国人民，首先是解放区军民义不容辞的紧急任务。

现在各解放区的军队正在遵照着延安总部的命令向敌占区城镇和交通要道全面进展。解放军的指战员们！在这有历史意义的伟大进军中，要坚决的、大胆的迅速的进攻，勇敢、勇敢、再勇敢，就是我们的口号！战略防御的阶段已经一去不复返了，现在是要向中心城市交通要道举行大进攻，对这一点如果认识不足，如果稍有犹豫，稍有动摇就会为将来遗下很大的祸害。我们一定要坚决扫除前进途中的一切障碍，逼迫敌伪军向我投降，彻底消灭拒绝投降的敌伪军，收□敌伪军的武装占领城镇和交通要道，摧毁敌伪组织和反动势力，维持革命秩序，建立人民政权。我们解放军所到之处，要经常不懈地以模范的纪律和全心全意为人民服务的精神取得当地人民亲密无间的合作。

沦陷区的同胞们！地下军的指战员们！盼望了好多年的报仇雪耻的日子已经到来了！□蔽埋伏的时候已经过去，现在是行动的时候了！你们所热烈盼望的八路军新四军正在向你们的地区前进，赶快配合□□□解除敌伪军的武装，并把自己武装起来。

旧解放区和新解放区的同胞们！要一刻不放松地加强支援前线的工作，要热烈地援助进攻的军队，动员人民参军，替军队运输粮食，优待抗属，解决军队的物资的困难，扩大和加强地方军和民兵，保卫后方，并扩大主力兵团的后备，要贯彻减租减息，以发动广大农民群众的积极性和加强各阶层人民的团结，要加紧生产，厉行节约，积储粮食和物质，借以供应目前大进军的需要和战争结束后长期建设之用。

为了保证完成上面所说的紧急任务，我们必须要加强行动的统一和集中。目前解放军向敌占区全面进军，规模的巨大、工作的复杂都为以前所未有。各兵团之间、各地区之间、党政军民之间都需要在统一和集中的指导下协调动作，这方面如果我们做得不够便会减弱我军进攻的速度，妨碍紧急任务的执行。因此，在前方和后方的同志们都必须认识统一和集中的重要性，坚决抛弃长期游击战争中养成的若干不统一不集中的习惯。在大规模的集中行动中，必须服从上级的统一指导，很好地照顾友邦，任何各自为政闹独立性只顾局部忽视全体的倾向必须加以克服。

从乡村到城市，从游击战到运动战——我党七次大会所预见的转变，由于时局的突变，现在要迅速加以实现。我们过去长期在分散的农村游击战争环境中所习惯使用的一套办法，已不足以适应人口集中、交通便利的城市工作和大兵团运动战的新环境了。因此，我们必须具备勇于转变的精神，在实际工作中细心研究转变的途径，掌握新的一套办法，并按照具体情况坚决地和有步骤地实行转变。只有如此，我们的主观指导才能站在运动的前面，而不是落在它的后面，也只有如此的巨大变化，满足于现有的一套，不愿实行转变或者转变得不够坚决，那末一定会给我们的工作以不小的损失。

最后，我们还必须指出今天时局的一个显著特点。今天中国战场上的大反攻是在全国性的民主的联合政府还没有成立的情况下进行的。正因为如此。我们解放区军民负担着把很大部分敌人占领区解放出来的责任；正因为如此，我们完成这样的任务时还会遇到许多阻碍和困难；也正因为如此，我们解放区军民应该更加放手，更紧张地工作，用一切力量迅速解除敌伪军的武装，占领城镇和交通要道，解放沦陷区广大人民，把他们武装和组织起来，猛烈地扩大解放区，壮大中国人民的力量。我们越是放手发动群众，壮大人民力量，中国人民的光明前途也愈有保证。

勇敢前进，彻底消灭日本侵略者！

（原载一九四五年八月十四日《晋察冀日报》第一版社论）

踊跃认购胜利建设公债

日寇已经在盟军特□□是苏联红军不可抗拒的威力和完全毁灭威胁前面，宣布无条件投降，但敌伪庞大的伪装尚未解除，许多大城镇、交通要道及广大沦陷区尚待收复；特别是，蒋介石正在伺隙向中国人民夺取胜利果实，随时准备发动全面内战，因此，摆在我边区人民面前的任务还是艰巨的，需要我们更加倍努力。

在这新的形势要求之下，晋察冀边区行政职员会发行了胜利建设公债，这是为了动员一切财力物力加强支援前线并腾出一部分边□进城，以活跃城市金融贸易，使城市与乡村的经济联系，迅速建立起来，便于开展各种建设事业。我边区人民在八年多艰苦抗战中，坚决拥护政府领导，进行了英勇的斗争，因而取得人民抗日战争的胜利，当此抗战最后阶段，我边区人民在欢欣鼓舞迎接胜利的喜悦中，一定会更高度发扬八年来一贯拥政的优良传统，竭诚踊跃认购此项公债，以争取早一日彻底消灭日本侵略者，建设乡村与广大的新解放区。

全边区党、政、军、民、商店、合作社，应紧急动员起来，通过各个系统，利用各种方式广泛深入的进行宣传发行胜利建设公债的意义，造成边区广大地区与广大人民不分男、女、老、幼、军、民、商、学，大家争先恐后认购公债的热潮！

（原载一九四五年八月二十二日《晋察冀日报》第一版社论）

索 引

《抗敌报》《晋察冀日报》

B

八路军永远和我们在一起 / 1811

把"矢"拿稳 把"的"认清 / 1705

把新闻报导工作提高一步 / 2483

把拥政爱民与拥军优抗更推进一步 / 2530

百倍的提高警觉性 准备粉碎敌寇"扫荡" / 1647

保护妇女干部及其婴儿的决定的意义 / 1281

保护根据地人力的斗争 / 1774

保卫冀中、保卫边区 / 1748

保卫中华民族的青年一代 / 1559

保障群众团体的独立性 / 375

保障人权巩固团结 / 685

保障逃亡户的财产权益! / 2109

保证长期抗战胜利的政治任务 / 182

报纸与新的文风 / 1823

北岳区抗敌后援会第三次大会的胜利 / 1581

北岳区人民武装部成立 / 1534

北岳区人民武装发展的新时期 / 1552

边区财政建设的新阶段 / 1112

边区财政经济建设胜利的保证 / 643

边区春耕运动的检讨　/ 26

边区当前的几个紧要工作　/ 451

边区当前的粮食问题　/ 288

边区当前的两个迫切的任务　/ 309

边区当前形势与当前任务　/ 298

边区的民主政治　/ 2387

边区第二届县议会的任务　/ 2223

边区妇救会第四次代表大会的成功　/ 614

边区妇女大会的主要教训　/ 2414

边区妇女工作的新认识　/ 2016

边区各群众团体号召全边区人民发扬团结互助的民族友爱精神迅速救济受难同胞　/ 810

边区工救会第二次代表大会的成功　/ 327

边区民主政治的伟大建树　/ 587

边区农会第三次代表大会的成功　/ 596

边区人民对于今年"九一八"应有的认识　/ 103

边区人民武装的伟大日子　/ 541

边区人民武装委员会成立一周年　/ 1056

边区文救第一次代表大会的成功　/ 705

边区五年来的伟大成就　/ 1991

边区西南部反"扫荡"的胜利与继续准备反"扫荡"　/ 574

边区新民主主义政治建设的新时期　/ 1999

边区新文化建设的壮举　/ 1171

边区学生第一次代表大会的意义和任务　/ 552

边区一个月来保卫麦收战的胜利　/ 605

边区一九四〇年冬季反"扫荡"的胜利　/ 776

边区政权改革的现阶段　/ 653

边区中学恢复自费的严重意义　/ 1196

不可挽救的敌占区粮荒　/ 2139

布置集会工作中的朴素切实作风　/ 1106

部队应该怎样帮助春耕　/ 254

C

朝鲜民族的战士和我们并肩作战　/ 2371

朝着敌后吴满有的方向前进　/ 2392

彻底除奸　/ 437

彻底打破反共阴谋争取时局好转　/ 840

彻底克服太平观念　/ 84

彻底实现边区民主政治促进全国宪政运动　/ 507

彻底实行《双十纲领》与《双十纲领》实施重点　/ 1995

彻底实行精兵简政　/ 1820

彻底实行全国精神总动员　/ 282

彻底实行三三制是今年村选的中心任务　/ 1668

彻底肃清亲日派　/ 907

彻底消灭浪费现象　/ 1570

彻底执行目前救国十大任务　/ 496

成都事件和皖东事件　/ 538

斥汉奸的"独立"与解放　/ 2099

出路和迷路　/ 1273

春耕中的劳动组织问题　/ 269

春季攻势前夕的苏德战争形势　/ 1622

从春节的宣传看文艺的新方向　/ 2126

从敌寇的铁蹄下把宗教解救出来　/ 1893

从放弃徐州说到争取抗战胜利的条件　/ 32

从晋东北各县长联席会谈到加强政府工作　/ 29

从李国瑞的转变说起　/ 2517

从王林口歼灭战扩大到彻底反"扫荡"的胜利　/ 807

从自己装进的囚笼里跳出来　/ 1650

村政权的简政工作　/ 1657

D

打击敌人在敌后　/1619

打开在职干部学习的新阶段　/1794

打破贯澈政策的阻障　/1603

打碎汉奸亡国无民政府的伪"中央"　/486

打碎旧的一套　/1351

大后方的土地问题　/1594

大力加强大生产的领导　/2690

当前北岳区精兵简政的几个问题　/1880

当前村选与村建设中的几个问题　/979

当前的紧急任务　/2705

当前的住房问题　/1397

当前救灾工作中的几个问题　/463

党的决定　/1664

党内民主问题　/1699

党与党报　/1889

地中海烽火与太平洋暗云　/1190

敌后的民主建设　/1934

敌后根据地生产运动的开展　/2448

敌后军民的道路　/2378

敌后形势与我军政治工作　/1871

敌后游击战争的新任务　/1465

敌据城市我据乡村乡村能战胜城市吗？　/258

敌军工作是反攻的先锋　/1515

敌寇必败之局与"四次治运"　/1710

敌寇大批解决伪军的阴谋　/2405

敌寇的掠夺与"增产"　/2052

敌寇第三次治安强化运动的惨败　/1490

敌寇开放长江的阴谋　/457

敌寇所谓"对华政策的转换" /2044

敌寇所谓第五次治安强化运动之剖析 /1904

敌人对晋南的进攻 /219

敌汪密约证明了什么 /483

敌伪"物资对策"的穷途 /2113

敌伪"治安强化运动"向那里去 /1539

敌伪残杀青少年的新阴谋 /2096

敌伪的"紧急食粮问题" /2158

敌伪的所谓"剿共建国"和"增产救民" /2173

敌伪金融危机与"二亿借款" /2047

敌伪抢粮的新阴谋 /2152

敌占区的"通货问题" /2068

敌占区青年起来反抗日寇的奴化奴役 /2035

敌占区同胞起来！反对敌寇的"粮场制度"与"配给制度" /1450

帝国主义战争的新阶段 /558

帝国主义战争在走向世界战争的路上 /699

东条的动向 /2279

东条访宁 对我发动新进攻之信号 /2058

动员广大妇女参加春耕 /934

动员起来，粉碎敌寇抢粮"扫荡"！ /2251

读国民党"九一八"纪念告全国同胞书后 /115

读林主席报告 /2366

对百团大战应有的认识与评价 /669

对茂林事件我们该做些什么 /876

对农运工作的几点意见 /225

对群众工作的建议 /58

对伪政权的清算 /2089

对于边区妇救今后工作的期望 /100

对于敌近卫内阁总辞职应有的认识 /194

对于战时区村政权工作的一个建议 / 129

F

发扬百团大战与边区子弟兵的伟大胜利 / 674

发扬边区公安局暂行条列的基本精神 / 1047

法西斯主义底末日 / 2215

反"扫荡"与反投降 / 753

反"扫荡"战争的新阶段 / 1340

反对等待、自满 紧急防旱备荒! / 2624

反对敌寇"并村政策" / 1364

反对敌寇的"国防献金运动" / 1531

反对敌寇疯狂轰炸,誓死复仇! / 1886

反对敌寇经济掠夺的暴行 / 1311

反对敌寇强征我青年壮丁 / 343

反对动摇投降 / 441

反对官僚主义 / 45

反对国民党的反动新闻政策 / 2239

反对亲日派、反共顽固派摧残青年 / 1036

反对亲日派反共顽固分子摧残文化的罪恶行为 / 1053

反对群众工作中的主观主义 / 1742

反对日寇凌虐英美侨民 / 1536

反对投降派祸国亡国的罪行 / 470

反对武装挑衅 / 417

反对学习中的教条主义 / 1329

反法西斯统一阵线的生长与壮大! / 1306

反侵略的力量增长着 / 1433

防旱与水利 / 2661

防洪放淤的重要意义 / 1217

防止税收中的舞弊现象 / 52

废除一党专政实行民主政治 / 904
粉碎敌寇对边区的"冬季'扫荡'" / 736
粉碎敌寇对边区的"扫荡" / 433
粉碎敌寇灭亡中国的"治安强化运动" / 1050
粉碎敌寇阴谋　巩固军民团结 / 1725
粉碎敌寇抓捕一百一十万壮丁的计划 / 1437
粉碎敌寇抓捕壮丁的新阴谋 / 1072
粉碎敌人抢粮阴谋 / 2177
粉碎敌伪"蒙疆四次跃进运动" / 2076
粉碎晋察冀边区反共特务份子的谣言攻势 / 2255
粉碎日寇秋季"扫荡" / 1320
粉碎日寇阴谋与巩固全国抗战堡垒 / 153
粉碎汪派汉奸的破坏阴谋 / 399
丰收中加紧优待抗日军人家属 / 113
阜平人民加紧英勇战斗吧 / 785

G

个个成为劳动英雄 / 865
给党报的记者和通讯员 / 1944
给县长联席会议的意见 / 60
根除贪污现象 / 42
根绝国内的法西斯宣传 / 2207
更加发展边区的经济建设 / 831
更进一步发动解放区妇女参加生产卫生文化运动 / 2540
巩固边区金融的当前问题 / 170
巩固晋察冀地方政权的民主基础 / 97
巩固扩大边区青年统一战线 / 546
巩固青年组织 / 264
巩固与提高机关部队的生产 / 2398

关于边区保育运动及其有关的诸问题　/1014

关于边区村选及村建设运动的几个问题　/895

关于边区的救灾与粮食问题　/396

关于边区减租减息的修正条例　/1000

关于标准亩和免征点的问题　/1031

关于部队帮助春耕问题　/275

关于当前救济灾难的几个问题　/798

关于发展私人资本主义　/2644

关于国民参政会　/56

关于建立地方参议会的意见　/209

关于晋察冀边区的统一累进税　/801

关于统一累进税的分配　/1261

关于统一累进税调查工作中的几个问题　/1177

贯彻全党办报的方针　/2410

贯彻党的政策　/1788

贯彻减租　/2520

贯彻精兵简政　/1693

贯彻抗联首届代表大会的精神与决议　/2148

贯彻统累税税则到人民中去　/2010

贯彻统累税新税则的精神　/1745

贯彻文化为工农兵服务的方针　/2424

贯彻拥政爱民与拥军政策　/2348

广泛的发展和提高边区的劳动互助组织　/2533

广泛开展边区通讯写作运动　/430

广泛开展抵制仇货运动　/1223

广泛开展抵制日货运动　/408

广泛开展互助运动　/1393

广泛开展旧历新年的文化娱乐工作　/1556

广泛开展李勇爆炸运动　/2169

广泛开展群众游击战与武装除奸　/ 1369

广泛开展游击战争与加强地方武装　/ 143

广泛深入除奸运动　肃清投降妥协份子　/ 370

国民党真愿为秦桧耶？　/ 2244

国内经济大势与改革之必要　/ 1418

H

汉奸"华北""华中"的矛盾与"一元化"　/ 2119

汉奸"新国民运动"的本质　/ 1954

汉奸"一元化体制"的大悲剧　/ 2072

汉奸的自供状　/ 2086

汉奸新民会组织青少年团阴谋的败露　/ 1949

好男儿参加到抗日武装中去　/ 961

号召救灾生产运动　/ 373

互助赈济　/ 439

户计划与家庭会议　/ 2543

华北敌占区的惨状与敌伪的"肃正吏治"　/ 2055

华北敌占区的金融危机　/ 2019

华北敌占区的经济恐慌　/ 2032

华北各抗日根据地在空前残酷斗争中　/ 1763

华侨同胞的正义呼声　/ 937

欢迎国际反法西斯战友　/ 1654

欢迎科学艺术人才　/ 1287

欢迎日伪军归诚　/ 1505

欢迎石部武装同胞归来　/ 79

欢迎伪军反正　/ 77

欢迎战地工作考察团　/ 330

回答边区政府农业生产的号召　/ 277

J

击破敌人的经济掠夺与封锁　/1756

积极进行平粜工作保证边区军民粮食　/858

积极进行治安工作　/889

积极开展秋冬的生产运动　/2493

积极开展游击区的生产运动　/2374

积极扩大春耕运动　/1642

积极准备举行军民誓约运动　/1518

积极准备开展冬学运动　/1407

及时展开春耕运动　/2357

纪念"八一"　/62

纪念"八一三"与武装人民　/67

纪念"二七"　/902

纪念"二七"斗争的十九周年　/1573

纪念"九一八"八周年与当前任务　/390

纪念"九一八"七周年　/111

纪念"九一八"十周年粉碎敌寇秋季"扫荡"　/1337

纪念"七七"保卫西北保卫大武汉坚决抗战到底！　/48

纪念"七七"坚持长期抗战　/340

纪念"三八"妇女节　/516

纪念"三一八"　/1645

纪念"三一八"　/985

纪念"五九"反对祸国殃民的罪行　/1097

纪念"五九"洗清这一代的耻辱　/543

纪念"五七"和"五九"　/293

纪念"五卅"十六周年　/1147

纪念"五卅"与当前紧急任务　/561

纪念"五一"进一步开展敌后赵占魁运动　/2419

纪念"一·二八"七周年　/213

纪念"一二·九" 反对敌寇掠夺青年 / 1941

纪念"一二八"誓死反对汪派投降派的卖国投降 / 479

纪念"一二九"运动六周年 / 1457

纪念百团大战一周年 / 1300

纪念本报四周年 / 1463

纪念边区政府成立一周年 / 200

纪念儿童节 / 279

纪念儿童节加强儿童工作 / 1021

纪念高尔基与我们的文化运动方向 / 580

纪念黄花岗七十二烈士殉难三十一周年 / 532

纪念九一记者节 / 1860

纪念抗战八周年 / 2666

纪念联合国日,保卫西安与西北! / 2459

纪念马克斯深入开展整风运动 / 2429

纪念双十节坚持团结抗战 / 696

纪念苏联红军的诞辰 / 943

纪念孙中山先生诞辰 我们的严重任务 / 424

纪念伟大的"八一" / 358

纪念五九的二十三周年 / 18

纪念五一与加强工人阶级建设根据地的自觉运动 / 1079

纪念五一与我们的战斗任务 / 2122

纪念中共伟大诞生的十九周年 / 599

纪念中国共产党的二十四周年 / 2657

纪念中国共产党英勇奋斗的二十三周年 / 2467

继续提高生产技术 / 1231

继续西线与东线的胜利予敌寇以更大的打击 / 306

冀热辽反"扫荡"大捷 / 2553

冀中第二次春季反"扫荡"的胜利 / 602

冀中我军大捷 / 2444

索引

加紧动员人力物力　粉碎敌寇的新进攻　/ 304

加紧动员新战士壮大边区铁的人民子弟兵　/ 795

加紧对敌伪军的宣传工作　/ 234

加紧救灾加紧抗战回答敌人的残暴　/ 361

加紧秋收与保持青纱帐　/ 81

加紧完成救国公粮　/ 256

加紧宣传与推动村级普选运动　/ 216

加紧战争动员粉碎敌人围攻　/ 118

加紧争取伪军　/ 1060

加紧自卫队的整理与训练　/ 159

加拿大军增防香港　/ 1444

加强边区文化工作的新意义　/ 708

加强边缘区的对敌斗争　/ 2560

加强党性的锻炼　/ 1314

加强地方武装在反"扫荡"中的活动　/ 739

加强对于学习的领导　/ 1759

加强反"扫荡"的战斗步调　/ 1326

加强机关部队生产的领导　/ 2361

加强区政权的几个问题　/ 2102

加强争取伪军伪组织人员　/ 2106

尖锐对敌斗争坚决反对资敌　/ 1378

坚持敌占区的抗战　/ 134

坚持华北抗战到底　/ 992

坚持华北抗战加强军区工作　/ 968

坚持华北抗战要加紧锄奸工作　/ 166

坚持既定的正确方针　/ 1011

坚持抗战与赈济问题　/ 173

坚决粉碎敌寇"第二次治安强化运动"　/ 1238

坚决粉碎敌寇对边区西南部的"扫荡"　/ 564

坚决拥护党中央关于经济和技术工作的决定　／1127

坚决展开对敌斗争　／1116

检查和总结年度工作　／1454

检查一下我们的群众观点　／2435

检讨此次反"扫荡"中新的经验教训　／774

简政要从思想上贯澈　／1912

建立欧陆第二条战线　／1386

建立新的劳动观念　／2092

建立新中国的客观条件　／1791

建立周密系统经常的调查工作　／1381

奖励自由研究　／1284

教条和裤子　／1631

揭穿日伪破坏我方金融的阴谋　／37

揭穿与打击反共的无耻谣言　／577

揭破敌伪的新骗局　／2116

揭破敌伪汉奸无耻的欺骗宣传　／124

揭破一切法西斯的特务罪行　／2503

解放区人民热烈参军　／2582

解决锄奸政策的出发点　／1395

今年"五一"我们需要做的事情　／2586

今年春耕运动的几个问题　／927

今年春耕中的垦荒问题　／239

今年的"五五"　／15

今年的冬学　／1931

今年的拥政爱民月与拥军运动月开始了　／2337

今年纪念"二七"的特殊意义　／492

今年完全击败希特勒　／1728

今天的敌后战斗　／1842

紧急动员起来，消灭蝗蝻！　／2452

索 引

紧急动员起来挽救时局危亡　／732

紧急动员起来武装保卫秋收！　／1372

谨防扒手　／1153

进一步贯澈党的三三制政策　／2701

进一步贯澈减租政策成为开展大生产运动的必要条件　／2353

近东的暗云　／1675

近卫新内阁的成立　／1251

晋察冀边区各界抗日救国联合会成立　／1130

晋察冀边区目前对敌斗争的特点　／1277

晋察冀边区永远是我们的　／1388

晋察冀军民反"扫荡"大捷　／2319

晋察冀扩大解放区的胜利　／2653

晋南战役的教训　／1181

禁用简笔字　／1613

精兵简政当前工作的中心环节　／1846

精兵简政的模范　／1851

井陉煤矿的血腥事件　／535

警惕起来！动员起来！战斗保卫秋收！　／1876

究竟谁是叛逆？　／940

旧军队的改造　／2578

旧阴谋新花样　／2383

救济水灾坚持敌后抗战　／349

救救难侨　／1638

救灾与互助　／355

救灾与节约　／352

军区成立三周年与苏联建国二十三周年　／727

军区抗日部队团结的当前具体问题　／69

军区政治部为庆祝一九四一年新年告边区同胞书　／816

K

开展边区民主大选举运动 / 2686

开展大生产运动是全边区军民的神圣任务 / 2343

开展敌军工作的新任务 / 2631

开展敌占区及接近敌占区工作 / 971

开展冬学运动提高抗战力量 / 454

开展对敌政治攻势 / 1815

开展反"清剿"反"封锁"的斗争 / 2334

开展反对敌寇征调青年的人员战争 / 1144

开展今年的春耕运动 / 237

开展军民誓约运动 / 1415

开展清洁卫生运动 / 924

开展群众减租斗争 / 2283

开展群众性的卫生运动 / 2627

抗敌后援会成立二周年 / 1064

"抗日决心烧不掉"! / 445

抗日民族统一战线发展的道路 / 231

抗议"满井事件" / 476

抗议非法摧残重庆新华日报的罪行 / 1089

抗议平江惨案 抗议投降份子的一切违法罪行 / 384

抗议停发八路军经费 / 788

抗议无法无天之罪行 / 873

抗战到底自力更生 / 1356

抗战与民主不可分离 / 2184

克服春荒与开展春耕 / 504

克服村本位主义反对资本主义思想 / 1043

克服调查研究工作中的主观主义 / 1616

克服救灾中的不正确倾向开展救灾运动 / 364

克服目前时局的主要危险 / 346

克服一切困难澈底完成统一累进税 /1399

克服一切困难坚持抗战到底 /608

克复时局危机的充分有利条件 /759

控诉吧！制裁吧！复仇吧！ /405

控诉敌寇屠杀俘虏的暴行 /1883

扩大百团大战与争取护秋斗争的胜利 /677

扩大妇女团结，为民主而奋斗 准备成立解放区妇女联合会 /2574

扩大宣传积极领导村级普选运动 /229

L

腊戍失守与国内团结问题 /1735

劳动契约自由 /883

历史教训 /1918

列宁还活着呢！ /1976

灵寿之役 /1915

领导整风的关键 /1836

论"非常时期人民团体组织纲领" /568

论"三三制"政权的理论基础 /996

论《晋察冀边区租佃债息条例》 /2004

论北岳区的反"扫荡" /2275

论边区参议会与县区村暂行组织条例 /590

论边区反"扫荡"战争的胜利 /448

论边区国大代表的选举 /620

论边区人民生活的改善 /646

论部队的团结与军政民的团结 /72

论当前边区的新文字运动 /1254

论当前边区青年运动的方向 /571

论德国法西斯进攻苏联 /1202

论敌近卫的国策声明 /624

论敌寇对越南的冒险 / 637

论敌人进攻海南岛 / 245

论敌汪条约的签订 / 769

论敌占区的粮荒 / 1576

论粉碎敌人围攻中的收获和教训 / 251

论公安局工作 / 1004

论关于"中日媾和的谣言" / 729

论国法军纪 / 921

论节省 / 54

论晋察冀边区的文化教育运动 / 649

论晋察冀边区国民党高级干部的投敌叛国 / 2315

论抗日根据地的各种政策 / 868

论抗战勤务动员办法 / 1068

论民族气节 / 947

论民族自尊心与抗战胜利的自信心 / 146

论闽浙沿海之战 / 1075

论平津粮慌 / 528

论日本的侵略动向 / 1119

论如何提高一步 / 2671

论通讯工作 / 2023

论统一累进税的调查工作 / 1093

论统一累进税的计算与审查工作 / 1100

论统一累进税的评议工作 / 1104

论诱降逼降的阴谋 / 779

论战争动员工作中的组织形式问题 / 132

论志愿的义务兵役制的实行 / 1524

论志愿义务兵役制的实施 / 1294

罗丘会谈以来的太平洋形势 / 1308

略论时局 / 1133

索引

M

马克思逝世五十八周年 / 976

马尼拉失守后的太平洋战局 / 1512

没有共产党，就没有中国 / 2233

美国对华信用贷款 / 771

美国共产党反对修正主义的教训 / 2695

美国修改中立法及其影响 / 197

猛烈的开展冬学运动 / 849

猛烈开展对敌政治攻势 / 2478

猛烈开展反"清剿"反掠夺斗争 / 2266

猛烈开展着的世界革命运动 / 1039

目前村政权建设的重点 / 2062

目前抗战的新形势 / 21

目前时局的严重危机 / 745

目前伪军工作的任务 / 2612

目前形势的特点与我们的任务 / 688

募集碎铜烂铁 / 402

P

排除困难推进卫生运动 / 1018

评柏林声明 / 1926

评国民党大会各文件 / 2617

破击战的伟大胜利 / 1460

破晓前的黑暗 / 1702

普遍的开展高度分散的群众游击战争 / 1354

普遍深入开展冬学运动 / 2490

Q

起来！粉碎敌寇第三次"治安强化"运动！ / 1411

起来！制止内战！挽救危亡！ / 2192

起来，反对敌寇残暴的烧杀！ / 1297

切实完成村级普选运动 / 222

青年应站在志愿义务兵役制的前列 / 1563

请重庆看罗马 / 2226

庆祝八路军总攻胜利 / 1174

庆祝边区澈底反"扫荡"的胜利 / 823

庆祝边区成立四周年 / 1521

庆祝边区第一届参议会开幕 / 1988

庆祝边区农会成立三周年 / 953

庆祝边区文联成立 / 1193

庆祝边区银行成立二周年 / 525

庆祝东方各民族反法西斯大会开幕 / 1402

庆祝反"扫荡"胜利与我们的工作 / 2287

庆祝红军节 / 2013

庆祝华北朝鲜青年联合会晋察冀支会暨朝鲜青年义勇队华北支队第二队的诞生 / 1469

庆祝华北联合大学建校两周年 / 1214

庆祝冀察热宁边区的建立 / 87

庆祝晋察冀边区成立三周年 / 855

庆祝晋冀鲁豫战役出击胜利 / 1316

庆祝军区成立二周年 / 422

庆祝抗大五周年 / 1150

庆祝欧洲反法西斯战争胜利结束 / 2600

庆祝西线新胜利、准备粉碎敌寇对边区的新"扫荡"武装保卫春耕 / 522

庆祝中国青记边区分会成立 / 519

秋季生产运动中的几个战斗任务 / 393

全边区人民紧急动员起来，为粉碎敌寇"扫荡"而斗争 / 1323

全国同胞起来！制止当前严重危机　/741

全军生产自给　今年应是普遍推行的一年　/2592

全面展开对敌经济战　/1479

全体人民动员起来把敢于向边区进攻的反动派打出去　/2197

确定自力更生的经济政策　/1628

群众大选中应注意的几个问题　/2510

R

让敌人死在地雷阵地里　/2263

让易满徐的父兄子弟首先广泛武装起来　/318

热烈救济被难同胞　/783

热烈庆祝边区三大群众团体成立的两周年　/510

热烈拥护与加入政民平粜局　/852

热烈准备参加军民誓约典礼　/1509

认清边区当前抗战的形势与任务　/127

日本共产党和日本人民的反战斗争　/1429

日本战时经济的严重危机　/756

日德意军事同盟　/692

日寇的新困难　/1678

日寇对它的"大东亚战争一周年"的悲哀的"回顾"　/1937

日寇驱使人民进行长期战　/1922

日寇所谓"归还租界"与"撤废治外法权"　/1959

日寇特务化伪组织的阴谋　/2135

日寇统治下的伪军　/2083

日寇无耻堕落的宣传伎俩　/1801

日苏冲突的观察　/64

S

三论如何提高一步　/2678

陕甘宁边区劳动英雄代表大会给我们指出了什么？ /2303

深入边区的文化运动 /411

深入除奸动员准备迎击敌寇"报复'扫荡'" /703

深入解释并正确执行双十纲领 /843

深入统一累进税的调查工作 /982

深入学习七大文件 /2682

深入业务学习 加强组织领导 /1805

神圣的壮举 /1082

生息民力坚持阵地 /2440

胜利的完成边区参议会的选举 /660

胜利完成边区统一累进税 /1028

胜利完成麦收工作 /1141

实施生产教育的重大意义 /2132

实现"耕三余一" /2549

实行民主政治挽救时局危亡 /899

实行三三制 /1660

实行统一累进税是中共一贯的主张 /1109

实行战时节省运动 /242

始于东北终于东北 /1349

世界政治的新时期 /1211

世界政治的新转变 /1472

是开辟第二战场的时候了！ /1898

是战略反攻还是攻势防御？ /1681

斯邱会谈 /1839

四论红军冬季攻势 /1980

苏北事件何以善后 /766

苏联爱国战争三周年 /2463

苏联废除苏日中立条约 /2571

苏美间密切合作的意义 /1291

苏英对德联合行动协定的重大意义 /1226

肃清计划、检查、总结工作中的主观主义 /1830

肃清新闻工作中的党八股残余 /1635

算清血债！ /387

T

踏着烈士们的血迹前进 /1270

踏着先烈的血迹前进 /1009

太平洋战争爆发后的国内军事形势 /1493

太平洋战争形势 /1475

太平洋战争与全民动员 /1597

太平洋战争与苏联 /1483

太平洋战争中日寇在我沦陷区内的动向 /1500

讨论整顿三风的具体化 /1715

剔除浪费厉行节约 /846

提高干部的文化水平 /1591

提高教师社会地位加强国民教育 /1164

提高民族气节反对敌人的自首政策 /1566

提高农产价格保护农民利益 /2189

提高一步 /2603

统一累进税调查工作在平西的开始 /1264

统一累进税与统一战线 /1123

突击压绿肥 /2475

团结、英勇、顽强 粉碎敌寇秋季"扫荡" /1346

团结的大会胜利的大会 /2635

团结的力量 /2007

W

外强中干的敌奔袭战术 /1785

完成募集救国公粮计划　/ 176

完成秋收秋耕　/ 1383

汪逆的"战时特别法"　/ 2155

围山打猎为民除害　/ 2507

维希内阁的改组　/ 1708

伟大的"一二八"　/ 1549

伟大的对民族国家的忠义行为　/ 916

伟大的破击战　/ 1422

伪钞的"直接兑换制"及其危机　/ 1962

伪钞破产的命运　/ 1973

伪军当前的劫运与出路　/ 2080

伪军反正的浪潮　/ 1546

伪组织"参战"后的华北敌占区　/ 1984

为澈底粉碎日寇的围攻而斗争　/ 156

为党的一贯方针而奋斗　/ 1797

为反法西斯的国际统一战线而斗争　/ 1208

为护麦的澈底胜利而斗争　/ 2455

为了猛烈的扩大抗日部队而斗争　/ 162

为刘庄惨案而控诉　/ 2029

为茂林的惨变而控诉　/ 861

为胜利的完成区选而奋斗　/ 611

为实施统一累进税而紧张的战斗的动员起来　/ 1024

为完成征募救国公债而斗争　/ 34

为维护中华民族与全人类的历史文化的创造而斗争　/ 150

为县级选举的胜利而斗争　/ 631

为消灭日本法西斯兽类而斗争　/ 2065

为迅速完成救国公粮而奋斗　/ 427

为远东慕尼黑质问国民党　/ 1160

为争取边区工业品完全自给自足而继续努力　/ 1184

为最后澈底胜利的完成统一累进税而斗争　/ 1234

我们保留了多少青纱帐　/ 106

我们的告白　/ 321

我们对于放弃武汉应有的认识与努力　/ 139

我们始终要同老百姓在一起　/ 1863

我们要求真正的民主宪政　/ 513

我们要实际的反汪反投降　/ 489

我们要为被残害的同胞复仇　/ 1361

我们一定要报仇　/ 2165

我们怎样打败了涞源的敌人　/ 6

武装保卫边区与保护春耕　/ 296

武装保卫麦收　粉碎敌人进攻　/ 335

武装保卫秋收　/ 74

武装保卫秋收全部完成统累税　/ 1366

X

掀起拥政爱民及拥军的热潮　/ 2310

献给边区工会成立三周年　/ 965

献给全本区的青年　/ 39

向边区各界呼吁　/ 549

向傅、聂、吕三位领导者致敬　/ 584

向沁源军民致敬　/ 2330

向着独立自由幸福的新中国　/ 473

消灭春疫预防春瘟　/ 950

消灭群众运动中党派主义的残余　/ 1855

新加坡的陷落和日本军部法西斯主义　/ 1609

新加坡沦陷后的国内形势　/ 1606

新年的优抗工作　/ 837

新四军杀敌讨逆大胜　/ 956

新闻必须完全真实 / 2563

宣布党八股的死刑 / 1585

宣传工作的当前任务 / 179

宣传唯物论 / 1768

宣村歼灭战 / 813

悬崖勒马呢，继续倒行逆施呢 / 988

学习平山团的光荣模范 / 312

学与用的统一 / 1969

旬日来的美日谈判 / 1447

迅速结束上忙钱粮与救国公债 / 89

迅速完成公粮　坚持敌后抗战 / 419

迅速完成公粮征收工作 / 1404

迅速展开防疫卫生运动 / 1625

迅速召开解放区人民代表会议 / 2649

迅速总结区选准备县选 / 617

迅速组织春耕委员会 / 248

Y

《延安解放报》《新中华报》对于双十纲领的评价 / 826

严惩违反抗战国策的"反共"投降份子 / 378

严厉镇压敌探汉奸切实保障人权恢复和巩固抗日社会秩序 / 1375

严重的捷克问题 / 94

严重的时局 / 913

谣言与烟幕 / 1156

要求国民党取消在敌后的特务政策 / 2321

要求国民政府整顿军纪军令 / 2219

"一·二八"和今天 / 880

一党专政还是民主宪政？ / 499

一定要反省自己 / 1752

索　引

一定要学习廿二个文件　/1731

一个极其重要的政策　/1867

一九三九年的礼物　/191

一九四二年度的村选与村财政建设　/1672

一九四〇年的边区公粮　/718

一九四三年的国际局势　/2297

一切为了反"扫荡"战争的彻底胜利　/1332

一切为着希特勒主义之死亡　/1241

一位新的榜样　/2041

一致行动起来坚决粉碎敌寇大举"扫荡"　/2260

以战斗的胜利来纪念五卅　/315

异哉所谓"工作团"　/109

意大利投降后时局之展望　/2247

英美对我援助和期望　/1808

英美借款与争取外援　/185

迎接边区第二届群英大会及展览会　/2498

迎接解放区青年联合会的成立　/2597

迎接今年的国际青年节　/91

迎接困难　加强团结　/1718

迎接中国青年反法西斯大会　/1497

拥护边区婚姻条例　/1220

拥护陕甘宁边区施政纲领　/1167

拥护双十纲领团结知识分子　/665

拥护政府金融政策　粉碎敌伪货币阴谋　/285

拥护中共北分局的双十纲领　/640

拥护中共北分局双十纲领加紧除奸　/680

拥护中共中央九项主张　/886

永远崛立着的晋察冀人民　/2162

勇士与懦夫　/1901

踊跃缴纳统一累进税 /1258

踊跃认购胜利建设公债 /2708

用热忱慰劳祝贺前线的胜利 /301

用突击的精神加紧武装边区子弟 /337

用真三民主义打碎假三民主义 /414

与记者节 /656

远东大局 /1425

Z

再接再厉消灭内战危机 /2211

再论敌后精兵简政 /1772

再论如何提高一步 /2674

再论展开尊爱运动 /2567

在七月节前面的号召 /593

在双十纲领的伟大感召下 /721

在斯大林的领导下去粉碎敌人 /1248

在游击战争环境中在职干部教育是可能和必要的 /1691

在战斗里完成秋收秋耕与秋种 /2269

造成学习热潮 /1721

怎样纪念今年的"五一" /12

怎样加强教育训练工作 /261

怎样解决春耕资金农具种子肥料耕畜等问题 /272

怎样进行坚壁清野 /121

怎样进行今年边区的麦收？ /324

怎样开展边区的新文字运动 /1187

怎样来庆祝我们的胜利 /3

怎样学习？怎样检查？ /1777

展开春耕运动 /1578

展开对敌宣传战粉碎敌寇的"治安强化运动" /1303

索引

展开全民族的全面的抗战纪念"八一三"的两周年 / 367

展开通讯员工作 / 1966

展开宣传工作上的新阵容 / 1588

战后新世界的瞻望 / 1780

战时动员工作的组织系统与形式问题 / 136

战时儿童保育会晋察冀边区分会的创建 / 834

站在反法西斯斗争最前线 / 1487

张瑞的合作社道路 / 2526

掌握马克思主义的理论武器 / 1085

掌握马列主义的锁钥 / 1543

争取边区反"扫荡"的彻底胜利 / 791

争取边区工业品的自给自足 / 634

争取反"扫荡"的彻底胜利 / 443

争取抗战胜利的有利条件 / 627

争取麦收的胜利 / 555

争取统累税调查工作的平衡 / 1138

争取伪军与宽待伪军家属 / 206

争取相持阶段迅速到来 / 203

争取一九四一年边区春耕运动的完全胜利 / 930

整顿三风必须正确进行 / 1684

整顿三风中的两条战线斗争 / 1738

正确的学风、正确的党风 / 1908

政治与技术 / 2180

只有新民主主义才能救中国 / 2272

质问国民党 / 2201

中共北分局的双十纲领与边区青年 / 662

中共晋察冀边区党委发表彻底粉碎敌寇"冬季'扫荡'"的宣传大纲 / 762

中国共产党创立二十三周年 / 2472

中国共产党忠实于自己的诺言 / 1827

中国面临着重大的新危机 / 711

中国青年反法西斯大会的胜利 / 1528

中国人民胜利的指南 / 2607

中国思想界现在的中心任务 / 2143

轴心的春季攻势 / 1600

祝妇女儿童考察团的成功 / 291

壮大群众的武装 / 381

准备春耕 / 910

准备粉碎敌人的"报复'扫荡'" / 715

准备继续粉碎敌人的围攻 / 266

准备进行统一累进税的征收工作 / 1199

准备举行农产品展览会 / 1205

准备庆祝边区成立二周年 / 467

准备迎击敌寇的"扫荡" / 2487

准予汉奸自首 / 892

自我批评从何着手 / 1688

总结日本的临时议会 / 1441

纵寇无益 / 1343

后记

本丛书的编撰工作是在中共山西省委宣传部的组织指导下，由山西传媒学院、山西大学新闻学院的青年教师组成的研究团队来完成的。其中，《晋察冀根据地卷》由李霞负责，李杰、卫昕怡、牛杰、侯赛华、吴泊瑶、刘运洲、王鹏媛编撰；《晋冀鲁豫根据地卷》由周恒负责，李浩然、韩雅琳、李家宜、罗丹萍、李俊、王博编撰；《晋绥根据地卷》由黄小白负责，张玉、苏颖编撰。《山西抗日根据地红色经典报人》由张汉静著，《山西抗日根据地新闻史：中国共产党推动民族认同的媒介动员策略研究》由庞慧敏著，《山西抗日根据地外国记者传略》由梁红艳著。王鹏飞对本丛书进行了统稿。

王先明、高策、郝平、曹天忠、李玉、邢云文、宋建平、王志超、高生记等特邀专家教授对本丛书提出了宝贵意见。在丛书编撰过程中，中共山西省委宣传部文化传承发展处做了大量协调组织工作，并就丛书的内容、体例、编写等提出了许多指导意见。山西传媒学院党委及办公室、宣传部、人才部、科研部、计财部、资管部等部门，为本丛书的研究和撰写工作提供了优质的服务和良好的环境。本丛书的出版工作由山西人民出版社社长、总编辑梁晋华和副总编辑崔人杰牵头负责，社内编辑在工作中充分展现了精益求精、担当负责的职业精神。在丛书临付梓之际，我们对给予本丛书大力支持的单位和同志表示衷心的感谢。

"道阻且长，行则将至；行而不辍，未来可期。"我们将继续认真贯彻落实中共山西省委宣传部的总要求、总目标，不断深入挖掘红色历史文化，全力以赴，扎实工作，打造经得起历史检验的学术精品，为历史留下永恒的精神财富。

编者

二〇二五年八月

图书在版编目（CIP）数据

山西抗日根据地红色新闻经典文献. 晋察冀根据地卷 / 张汉静主编. —太原：山西人民出版社，2025.8.
（山西抗日根据地红色文化经典文献大系 / 张汉静主编）.
ISBN 978-7-203-14059-7

Ⅰ.I253

中国国家版本馆CIP数据核字第2025J17J43号

山西抗日根据地红色新闻经典文献·晋察冀根据地卷

主　　编：张汉静							
编　　撰：李　霞	李　杰	卫昕怡	牛　杰	侯赛华	吴泊瑶	刘运洲	王鹏媛
责任编辑：吉　昊	孙　琳	周小龙	杨雨卉	张书剑	冯灵芝	薛正存	任秀芳
席　青							

复　　审：崔人杰
终　　审：梁晋华
装帧设计：张镤尹
封底篆刻：刘争义

出 版 者：山西出版传媒集团·山西人民出版社
地　　址：太原市建设南路21号
邮　　编：030012
发行营销：0351-4922220　4955996　4956039　4922127（传真）
天猫官网：https：//sxrmcbs.tmall.com　电话：0351-4922159
E-mail：sxskcb@163.com　发行部
　　　　　sxskcb@126.com　总编室
网　　址：www.sxskcb.com

经 销 者：山西出版传媒集团·山西人民出版社
承 印 厂：山西出版传媒集团·山西人民印刷有限责任公司

开　　本：720mm×1020mm　1/16
印　　张：177.5
字　　数：2450千字
版　　次：2025年8月　第1版
印　　次：2025年8月　第1次印刷
书　　号：ISBN 978-7-203-14059-7
定　　价：795.00元（全八卷）

如有印装质量问题请与本社联系调换